NICKY DRAYDEN

OVERWATCH™

# DIE HELDIN VON NUMBANI

Aus dem Englischen von
Kerstin Fricke

Mit Illustrationen von
Betsy Peterschmidt

FISCHER Taschenbuch

# KAPITEL 1

Warmes goldfarbenes Licht fiel durch das Fenster in Efis Werkstatt und erfüllte sie mit einem Hoffnungsschimmer ... Sie hoffte, dass ihr neuer Roboter diesmal funktionierte und sie nicht vor ihren Freunden blamierte – wie schon so oft.

Efi beobachtete die sechsbeinige Spinne, die über die hölzerne Tischplatte rannte. Sie bestand aus pechschwarzem Metall und verfügte über die fortschrittlichste künstliche Intelligenz, die sich Efi mit ihrem Einfallsreichtum und Taschengeld leisten konnte. Sie hielt den Atem an, als sich der Roboter der Tischkante näherte. Er würde die Welt revolutionieren, davon war Efi überzeugt, aber im Augenblick stand er vor einem großen Problem.

*Plopp.*

Der Roboter stürzte von der Tischkante und kam auf dem Boden auf. Dann stolperte er wie benommen herum und schwankte mal hierhin und mal dorthin. Endlich machte es den Anschein, als hätte er sich wieder gefangen, und er tat einige zuversichtliche Schritte ... nur um direkt gegen den nicht verschnürten Turnschuh von Efis bestem Freund Naade zu prallen.

Naade runzelte die Stirn und hob den Roboter hoch, der wie eine aufgeregte Krabbe mit den Beinen in der Luft herumzappelte. »Ist nicht wirklich clever, was?«, fragte er.

»Noch nicht«, antwortete Efi und nahm ihm den Roboter vorsichtig ab. »Aber bald, und dann werden sich alle darum reißen.«

Die Freeware zur Verarbeitung der Raumwahrnehmung, die sie heruntergeladen hatte, wies einige erhebliche Bugs auf. Selbstverständlich konnte sie diese problemlos beheben, aber das würde einige Zeit dauern, und schon jetzt warteten einhundertfünfzig Kunden auf ihre Bestellungen. In der Ecke ihrer Werkstatt pingte ihr Laptop und verkündete einen weiteren Verkauf. Efi zuckte zusammen.

*Jetzt sind es schon einhunderteinundfünfzig Kunden …*

Nur um das klarzustellen: Efi war wirklich dankbar, dass ihr Roboterprototyp auf Hollagram derart großes Interesse erregte: 1023 Likes, 850 Claps und 332 Shares. Aber irgendwann zwischen der ersten Bestellannahme und der Herstellung der ersten Einheit war ihr bewusstgeworden, dass ihr die Sache über den Kopf wuchs. Wie immer hatte Efi große Träume und nicht genug Hände, um diese zu schaffen. Sie hatte gehofft, dass Naade und Ḥassana – die seit dem unglückseligen Zwischenfall auf der Wissenschaftsmesse vor ein paar Jahren ihre besten Freunde waren – ihr freiwillig unter die Arme greifen würden, sobald sie erkannten, wie revolutionär der Roboter sein würde, doch bisher verlief die Demonstration nicht gerade gut.

»Ich möchte auf jeden Fall einen«, sagte Hassana mit breitem Grinsen im Gesicht. »Ein sechsbeiniger Roboter, der richtig gut von Tischen fallen kann, wäre wirklich toll.«

»Ha, ha, sehr witzig«, erwiderte Efi, stellte den Roboter zurück auf die Werkbank und hielt ihn mit den Händen von der Kante fern. Der Roboter mochte unbeholfen sein, doch sie war felsenfest davon überzeugt, ihre Freunde mit dem, was sie ihnen als

Nächstes zeigen wollte, beeindrucken zu können. Efi drückte einen silbernen Knopf auf dem Rücken der Spinne, und eine lebensgroße holografische Projektion von Naade im Schneidersitz flackerte über der Tischplatte auf. Sie sah den echten Naade blinzelnd an.

»Wow!«, rief Naade und betrachtete das Hologramm von allen Seiten – von den nicht zueinanderpassenden Socken, die unter den Hosenbeinen der Schuluniform hervorlugten, bis hin zu der Narbe auf der Stirn, die er von dem verlorenen Kampf gegen das Parkverbotsschild vor dem Kọfị Aromo zurückbehalten hatte. »Du hast recht. So einen Roboter wird jeder haben wollen.«

»Vergiss es. Ich will keinen«, widersprach Hassana. »Ein Naade reicht mir völlig. Wenn ich allerdings den einen gegen den anderen austauschen könnte …«

Naade streckte Hassana die Zunge raus, aber sie tat so, als würde sie es nicht bemerken, fuhr stattdessen mit einer Hand durch die Projektion und ließ die Finger hindurchgleiten, als würde es sich um holografische Fingerfarbe handeln. Das Bild löste sich an den Stellen auf, an denen sie es berührte, und danach setzten sich die Pixel wieder zusammen. Das Naade-Hologramm drehte den Kopf und lächelte sie an. Hassana erschauderte.

»Nichts und niemand wird ausgetauscht«, teilte Efi ihren besten Freunden mit. »Und ich baue natürlich keine Armee aus Naades. Der Roboter heißt Junie, was die Kurzform von ›Juniorassistent‹ ist, und er soll in gesellschaftlichen und beruflichen Situationen als Double zum Einsatz kommen. Wenn man beispielsweise nicht zu einer Besprechung erscheinen kann, schickt man seinen Junie, der Videoaufnahmen macht und alles aufzeichnet.«

»Das heißt, ich könnte in Geschichte schlafen, und er würde für mich mitschreiben?«, fragte Naade mit weit aufgerissenen Augen.

Efi runzelte die Stirn. Das war in der Tat möglich, aber Naade schien dieser Gedanke viel zu gut zu gefallen. »Das soll dir nicht dabei helfen, im Unterricht nicht aufpassen zu müssen«, erklärte Efi kopfschüttelnd. »Bitte sag meinem Freund, warum es wichtig ist, immer gut aufzupassen, Naade-Junior.«

Das Holobild nickte und flackerte, als es die Audioaufnahmen des Stimmtests abrief, die Efi zuvor aufgenommen hatte. Dann machte es den Mund auf, um etwas zu sagen, aber es kam nur ein verwirrender Mix aus Englisch, Yoruba, Kauderwelsch, Französisch und möglicherweise Kantonesisch heraus, und das Hologramm wedelte dabei wild mit den Armen.

»Hör auf damit, Naade!«, befahl Efi verzweifelt, aber sobald sie sich ein wenig beruhigt hatte, fiel ihr ein, dass sie mit einer KI und nicht mit ihrem Freund sprach. »Prozess anhalten, Naade-Junior!«

Der Junie beruhigte sich lautlos, ging flackernd aus und hinterließ nichts als einige Staubkörnchen, die in der Luft tanzten.

»Oh ja, das ist eindeutig eine Verbesserung zu Naades üblichem Geschrei«, stellte Hassana fest und lachte.

Naade jedoch entging nicht, wie sehr sich Efi ärgerte, er legte ihr einen Arm um die Schultern. »Ich weiß nicht viel über das Programmieren von Robotern oder über KIs, aber ich weiß, dass keiner beim ersten Versuch alles richtig macht«, sagte er leise.

»Das weiß ich auch.« Efi schniefte. Sie hatte in einem Alter mit dem Bau von Robotern angefangen, in dem andere Kinder noch mit Buchstabenwürfeln spielen. Solche Bugs waren völlig normal. Sie rechnete immer mit einem oder zwei Fehlern. Was sie jedoch nicht erwartet hatte, war diese absolute Katastrophe. »Es ist nur so, dass ich schon so viele Bestellungen habe, und alle freuen sich darauf, ihren Junie zu bekommen. Ich habe meine ganze Freizeit in der Werkstatt verbracht und versucht, diesen Roboter zu perfektionieren.«

»Wie können wir dir helfen?«, fragte Hassana und zog sich einen Metallstuhl vor die Werkbank. »Du weißt doch, dass du dich auf uns verlassen kannst.«

Efis Laune besserte sich schlagartig. Sie konnte auf ihre Freunde zählen. Man überstand keine drei Stunden zusammen auf dem Boden der Schulbücherei aufgrund eines Gravitonstrahls mit Fehlfunktion, ohne Freunde fürs Leben zu werden. »Okay. Wenn du dich um die Montage der Beine am Chassis kümmern könntest, wäre das super.« Efi deutete auf zwei Kisten auf der Werkbank, die voller Roboterteile waren. »Du musst ein bisschen löten und die Schaltkreise anpassen, aber ich habe etwas, das dir dabei helfen kann.«

Dann drehte sich Efi zu dem riesigen holografischen Monitor an der Wand um und rief ein Video auf.

»Oh! Ein Film? Spielt Kam Kalu mit?«, fragte Naade und versuchte, die machohafte, lässige Art eines seiner Lieblings-Nollywood-Actionhelden nachzumachen. Was in die Hose ging. Und zwar gewaltig.

»Eigentlich ist es eher eine Art Anleitungsvideo, in dem die Farben und Enden der Kabel beschrieben werden und wie man die Kalibrierung am effizientesten …« Efi schenkte ihren Freunden ein beschämtes Lächeln. »Vermutlich wäre es einfacher, wenn ihr euch das Video einfach anseht. Macht es euch auch wirklich nichts aus, mir zu helfen?«

»Verbringt nicht jeder seinen Freitagabend mit dem Bau von Robotern?«, erwiderte Naade und hielt sich ein gegabeltes Kabel wie einen gezwirbelten Schnurrbart unter die Nase.

»Genau. Wie schwer kann das schon sein?«, meinte Hassana. Dann deutete sie mit einer Lötpistole auf einen Haufen Servomotoren und machte »piu, piu, piu«.

»Ähm …« Efi zuckte zusammen. »Du hältst sie falsch rum.« Sie drehte die Lötpistole und legte den Schalter um, woraufhin ein blassblaues Licht erschien.

Naade musste so heftig lachen, dass er fast vom Stuhl fiel. »Du hättest dir beinahe die Augenbrauen zusammengelötet«, sagte er zu Hassana. »Ha, stell dir nur vor, du hättest Montag in der Schule allen erzählen müssen, dass du den Isaac gemacht hast!«

»Ich hab eben einen Fehler gemacht«, erwiderte Hassana. »Wieso vergleichst du mich deswegen mit Isaac?«

»Weil er sich die Handfläche an die Stirn geklebt hat und so rumlaufen musste! Das war echt legendär!«

Efi hielt das Video an. »Wovon redet ihr beide da eigentlich?«, fragte sie.

»Ach, das war gar nichts«, antwortete Hassana. »Nur ein kleiner Zwischenfall heute im Wissenschaftslabor.«

»Ein *kleiner* Zwischenfall?«, wiederholte Naade und wedelte wild mit den Armen herum, so wie es Naade-Junior zuvor auch getan hatte. Zumindest diesen Teil hatte Efi richtig hinbekommen. »Das war das unglaublichste, dämlichste, lächerlichste, großartigste Wissenschaftslabordesaster aller …« Naade schnappte nach Luft, weil Hassana ihm einen Ellbogen in die Rippen bohrte. Sie warf ihm einen ernsten Blick zu, und er setzte sich gerade hin. »Ach, das war gar nichts. Du hast überhaupt nichts verpasst.«

Efi biss sich auf die Unterlippe. Wieder einmal hatte sie einen krassen Schul-Insiderwitz verpasst. So sah ihr Leben eben aus. Sie hatte schon gleich nach der Einschulung den Mathe- und Wissenschaftsunterricht der höheren Klassen besucht und war noch während des ersten Grundschuljahrs in den Unterricht für die Mittelstufe versetzt worden. Am Ende des darauffolgenden Jahrs hatte sie sich selbst Algebra und Geometrie beigebracht. Inzwischen besuchte sie nach dem Mittagessen Oberstufenkurse, die ihr großen Spaß machten – wie die Differenzial- und Integralrechnung und Physik für das internationale Abitur –, allerdings verpasste sie aus diesem Grund viel von dem, was Naade und Hassana in der Schule erlebten. Und in der letzten Zeit schien es immer schlimmer zu werden.

»Erzählt ihr mir mehr darüber?«, flehte Efi. »Bitte.«

»Du hättest es sehen sollen, Efi«, sagte Naade. »Entschuldige, dass ich überhaupt davon angefangen habe. Nächstes Mal passe ich besser auf.«

»Nein, ich möchte es ja hören. Das muss wirklich lustig gewesen sein!« Efi setzte ein möglichst breites Lächeln auf. Sie wollte nicht, dass ihre Freunde Mitleid mit ihr hatten. Sie wollte dazugehören.

»Okay …« Naade gab widerstrebend nach. »Tja, du weißt ja, wie Isaac ständig versucht, alle zu beeindrucken, oder?«

Efi lachte laut auf. »Er will auf jeden Fall immer im Mittelpunkt stehen.«

Naade zog eine Augenbraue hoch. »Das ist eigentlich eher traurig als witzig. Er versucht es auf Teufel komm raus, meint es jedoch nur gut. Jedenfalls hat Isaac für unsere Diskussion über halbdurchlässige Objekte heute eine für militärische Zwecke zugelassene Barriere mit ins Wissenschaftslabor gebracht. Ich habe keine Ahnung, woher er diese fortschrittliche Technologie hatte, aber die Anleitung war offenbar in Omnicode geschrieben, und Isaac hat behauptet, er könnte das lesen.«

Efi musste abermals lachen, da sie davon ausging, dass dies der witzige Teil der Geschichte war. Ein nicht verbesserter Mensch, der etwas derart Komplexes wie Omnicode lesen konnte? Efi hatte die geschriebene Sprache der Omnics fast drei Jahre lang studiert und konnte nur hier und da einzelne Worte verstehen. Und wenn sie Omnicode nicht lesen konnte, dann war Isaac ganz bestimmt nicht dazu in der Lage. Efi ließ ihr Lachen in einem gekünstelten Hüsteln ausklingen, aber Naade starrte sie trotzdem mit leerem Blick an. Rasch setzte sie eine nachdenkliche Miene auf und nickte. »Okay, red weiter.«

Naade fuhr fort. »Jedenfalls hat Isaac letzten Endes die Barriere um seinen Kopf und eine Hand aktiviert, wodurch es so aussah, als würden sie sich in einem Fischglas befinden. Zum Glück drückte er die Nase zu einer Seite, so dass noch genug Luft reinkam …«

Efi biss sich auf die Unterlippe, um nicht erneut loszulachen. War das die lustige Stelle? Hatte Isaac schon ›den Isaac gemacht‹? Sie wartete so lange mit ihrer Reaktion, dass Naade schließlich die Achseln zuckte.

»Man muss es einfach gesehen haben«, erklärte er schließlich. »Na los, gucken wir uns dieses Anleitungsvideo an. Ich habe die Hoffnung noch nicht aufgegeben, dass Kam Kalu doch mitspielt. Er könnte jede Rolle übernehmen.«

»Den Zahn kann ich dir ziehen: Er spielt nicht mit. Aber ich kann im Hintergrund ein bisschen Musik laufen lassen, während wir arbeiten. ›Wir bewegen uns im Einklang‹?«, schlug Efi vor und tanzte bereits im Takt ihres Lieblingslieds von Lúcio, um das Gefühl, etwas verpasst zu haben, wieder abzuschütteln.

»Super Idee!«, rief Hassana begeistert.

Efi und Hassana wetteiferten immerzu darum, wer von ihnen der größere Lúcio-Fan war. Dabei versuchten sie vor allem, einander darin zu übertreffen, jedes noch so kleine Detail und sämtliche Informationen über ihren Lieblings-Aktivisten / -DJ / -Helden auswendig zu lernen. Beispielsweise wusste Efi, dass er Skates in Größe zweiundvierzig trug. Sie wusste, dass er mit seinem Schallverstärker ein Ziel in bis zu acht Metern Entfernung treffen konnte. Und sie kannte sogar den Song, den Lúcio beim Volksaufstand gespielt hatte, mit dem die gewalttätige Vishkar Corporation aus der ersten Favela vertrieben worden war – »Rejuvenescência«, ein Lied der Heilung und des Wachsens. Efi war schon immer der Ansicht gewesen, dieser Song wäre überaus passend, denn die Wunden, die die Corporation in der Gemeinde hinterlassen hatte, waren zwar tief und zahlreich, doch Lúcio hatte gewusst, dass sie mit der Zeit heilen würden.

Hassana schien hingegen eher an banaleren Dingen interessiert zu sein … wie an der Tiefe von Lúcios Bauchnabel, der Zahnseide, die er benutzte, und was er am liebsten aß: pão de queijo – kleine runde Käsebrötchen, die Hassana gern backte, wenn sich der Tag jährte, an dem sie Lúcios Musik zum ersten Mal gehört hatte. Naade war zwar ein genauso großer Fan, doch er achtete darauf, sich nach Möglichkeit aus dem erbitterten Wettkampf der beiden Freundinnen herauszuhalten.

Naade und Hassana hatten sich das ganze Anleitungsvideo angesehen und machten sich an die Arbeit. Da die beiden schnell lernten, war Efi zuversichtlich, dass sie wenigstens zwei Dutzend Junies zusammenbauen würden, wodurch sie Zeit bekam, die Fehler im Code auszumerzen. Sie vertiefte sich in ihr Programmier-Interface, hatte eine Schüssel mit *Lúcio-Oh's*-Cornflakes bereitstehen und ließ sich vom stetigen Takt der Musik in eine Art Trance versetzen. Zeile um Zeile korrigierte sie die Logiklöcher und ließ dann die Junie-Bewegungssimulatoren auf ihrem Computer durchlaufen.

Die Prozessoren heulten so laut auf, dass das schrille Jaulen sogar die Musik übertönte. Efis Computer hätte längst ein Upgrade bekommen müssen, aber sie konnte es sich momentan nicht leisten, dafür Zeit oder Geld zu investieren, wo es doch so viel anderes zu tun gab. Daher wartete sie geduldig, während die Simulationen langsam durchliefen. Es schien eine Ewigkeit zu dauern, aber endlich huschten kleine Gittermodelle des Roboters über den Bildschirm und wichen Hindernissen aus. Den simulierten Spinnen gelang es, die Tischkanten zu umgehen. Nun war es Zeit, die Firmware des Junies auf den neuesten Stand zu bringen und herauszufinden, ob in der wirklichen Welt auch alles funktionierte.

Efi blickte von ihrem Monitor auf und stellte fest, dass es im Raum viel dunkler geworden war. Inzwischen war es bereits

Abend. Auf der Werkbank standen gerade mal vier Junies unter einer umgedrehten Kiste. Naade saß an seinem Arbeitsplatz und hatte vor sich einen umgedrehten Roboter in einer Schraubzwinge befestigt. Er tippte immer wieder gegen die Servos, die die hydraulischen Beine steuerten, damit sie sich im Takt des Lieds bewegten, das gerade lief.

»Naade!«, schimpfte Efi. »Bitte versuch, dich zu konzentrieren. Mir ist klar, dass das nicht gerade die aufregendste Art ist, das Wochenende zu verbringen, aber unsere Arbeit ist wichtig.«

»Entschuldige, Boss«, erwiderte er und flüsterte Hassana etwas zu, das Efi nicht verstehen konnte, woraufhin die beiden abermals lachten.

Während der Arbeit wurde Efis Lächeln immer verkrampfter, doch sie zwang sich, es weiter aufrechtzuerhalten und sich ihre wahren Gefühle nicht anmerken zu lassen. Zwar waren Efi, Hassana und Naade beste Freunde, aber sie hatte stets das Gefühl gehabt, dass Naade und Hassana Efis beste Freunde waren, einander aber nur notgedrungen ertrugen. Normalerweise neckten sie einander und machten sich über den anderen lustig, und in den schlimmsten Fällen hatten sie sich übelst gestritten.

Aber in letzter Zeit schien die Distanz zwischen ihnen zu schwinden, und jeder Insiderwitz, den Efi nicht verstand, bewirkte, dass sie sich zunehmend einsamer fühlte. Zwischen den Welten gefangen. Die Teenager in ihren Highschool-Kursen hatten eigene Insiderwitze, die komplett an ihr vorbeigingen und die sie nicht einmal im Ansatz begreifen konnte.

»Efi?« Die Stimme ihrer Mutter drang durch die Werkstatttür herein. Dann spähte Efis Mutter auch schon um die Ecke und entdeckte Naade und Hassana. »Ach herrje. Hallo! Ich wusste nicht, dass ihr alle hier seid.«

»Guten Abend, Tante Fola«, sagten Hassana und Naade gleichzeitig und im selben Singsang, als hätten sie das unzählige Male geübt.

»Efi lässt uns schuften«, erklärte Naade und hob einen halb zusammengebauten Junie in die Luft.

»Ach ja?«, fragte ihre Mutter. Sie trug eine fröhliche hellblaue Buba – eine lockere Bluse mit weiten Ärmeln – und dazu Halsketten mit hellrosa Perlen. Efis Mutter mochte leuchtende Farben, und sie hatte die runden Wangen und gütigen Augen, die man durch viele Jahre sozialer Arbeit innerhalb der Gemeinde bekam. Auf diese Arbeit war Efi sehr stolz, auch wenn es bedeutete, dass ihre Mutter ständig versuchte, Efi bei Problemen zu helfen, die diese eigentlich gar nicht lösen wollte. »Efi, Schatz. Können wir uns mal kurz unterhalten?«

Efi sackte in sich zusammen. Gleich würde sie wieder was zu hören bekommen, aber sie folgte ihrer Mutter trotzdem gehorsam in den Flur.

»Als ich dich gebeten habe, mehr mit deinen Freunden zu unternehmen, hatte ich eigentlich etwas anderes im Sinn.«

»Sie haben sich bereitwillig angeboten!«, verteidigte sich Efi.

»Das weiß ich. Sie sind gute Freunde. Aber in deinem Leben kann sich nicht alles um Roboter drehen. Warum geht ihr nicht raus und unternehmt etwas Tolles? Geht Gokart fahren. Spielt ein paar Videospiele. Oder Minigolf!«

»Minigolf, Mama?«

»Ach, was weiß ich denn, wie ihr Kids euch heutzutage amüsiert!«

Da fühlte sich Efi sogar noch schlechter. Sie hatte nämlich auch keine Ahnung, wie man sich amüsierte. Wenn sie nicht in ihrer Werkstatt war, saß sie über ihrem Lernstoff oder in der Schule. Auch wenn sie es nur ungern zugab, hatte sie nicht besonders viel Zeit für Spaß … jedenfalls nicht für das, was man im traditionellen Sinne als Spaß bezeichnete. Efi machte ihre Arbeit Spaß. Sie liebte es, Dinge zu erfinden, auch wenn es für die meisten Leute – darunter auch ihre Mutter – so aussah, als würde sie sich die Finger wund arbeiten.

Aus Efis Werkstatt war erneut Gelächter zu hören, und Efis Miene verfinsterte sich noch mehr.

»Was hast du, Schatz?«, erkundigte sich ihre Mutter. »Du scheinst besorgt.«

Efi seufzte. »Es ist wegen Naade und Hassana.«

»Haben sie sich wieder gestritten?«

»Nein. Es ist *schlimmer.* Sie kommen gut miteinander aus.«

»Aber das ist doch super, oder etwa nicht? Normalerweise gehen sie sich doch ständig an die Gurgel.«

Efi zuckte mit den Achseln. »Wahrscheinlich wünsche ich mir einfach, dass alles wieder so wäre wie früher, als wir noch dieselben Kurse besucht haben.«

»Beziehungen können manchmal sehr kompliziert werden, aber das bedeutet nur, dass du reifer wirst. Du wirst erwachsen …« Sie zog das Wort »erwachsen« in die Länge, als wäre sie bei einer feinen Teegesellschaft. Als wäre das ein kleiner Witz und als ginge es nicht etwa darum, dass Efis Sozialleben in sich zusammenfiel.

Efi wusste, dass sie nicht zurück in die einfachen Mathekurse konnte, aber möglicherweise gelang es ihr ja, ihre Freunde auf ihr Level zu bringen. Sie konnte den beiden einen Roboter als Tutor bauen, der darauf programmiert war, ihnen in jeder wachen Minute etwas beizubringen. Vielleicht schaffte sie es ja auch, sie dazu zu überreden, sich kybernetische Gehirn-Upgrades anzuschaffen – so wie Sojourn, eine von Efis Lieblingsheldinnen aus den alten Overwatch-Cartoons, die auf dem wahren Leben des ehemaligen Overwatch-Captains basierten.

»Schon gut, Mama. Ich werde selbst eine Lösung finden«, versicherte Efi ihrer Mutter.

»Davon bin ich überzeugt. Aber vergiss nicht, dass die Logik dir in dieser Sache nur bedingt weiterhelfen kann. Naade und Hassana sind echte Menschen mit echten Emotionen und echten Bedürfnissen.«

»Ja, Mama«, erwiderte Efi. Sie wandte sich um und erblickte die ganzen Junie-Teile, die sich auf dem Tisch türmten, und da hatte sie eine Idee, wie sie den ganzen Tag über mit ihren Freunden in Kontakt bleiben konnte, ohne dass sich alle bionische Neuronen ins Gehirn einsetzen lassen mussten.

Ihre Mutter schnaufte, sie spürte vermutlich, dass Efi längst wieder in ihrer eigenen Gedankenwelt versunken war. »Und entgegen der allgemeinen Auffassung kann man auch nicht seine ganzen Probleme mit Robotern lösen.«

»Ja, Mama«, wiederholte Efi laut, dachte dabei aber: *Wart's nur ab.*

Als Efi zu ihren Freunden in die Werkstatt kam, war sie vor Aufregung ganz zappelig. Sie holte tief Luft und nahm die positive Energie, die an ihrem Lieblingsort herrschte, in sich auf. Dieser Raum hatte ihr schon als Kleinkind als Spielzimmer gedient. Damals war er in den Primärfarben gestrichen und voller plüschiger Cartoonmonster mit großen, freundlichen Augen gewesen, doch im Laufe der Zeit hatte sie ihre Spielzeuge auseinandergenommen und ihre sprechenden Puppen und leuchtenden Elektronikgeräte in Haufen aus Schaltkreisen, Antriebselementen und Sensoren zerlegt. Und sobald sie herausgefunden hatte, wie alles funktionierte, hatte sie damit angefangen, eigene Erfindungen zu bauen. Anfangs waren Efis Eltern nicht gerade erfreut darüber gewesen, weil all diese teuren Spielzeuge viel zu früh dahingeschieden waren, bis sie ihrer neugierigen Tochter eines Tages einen Roboterbaukasten schenkten, der alles ins Rollen brachte.

»Na gut«, meinte Efi zu ihren Freunden. »Versuchen wir's noch mal.« Ihr Optimismus war ansteckend, und kurz darauf standen sie um den Werktisch und jubelten dem kleinen Junie zu, der Zentimeter um Zentimeter auf den Rand zumarschierte und erst im letzten Augenblick stehen blieb, sich umdrehte und an der Tischkante entlanglief. Das war nur ein kleiner Erfolg, aber Efi platzte beinahe vor Stolz, und nachdem sie noch einige weitere Tests durchgeführt hatte, lud sie die neue Firmware in alle bereits zusammengebauten Roboter hoch. Hassana und Naade verpackten sie in Kisten, damit sie verschickt werden konnten.

»Ein Dutzend an einem Tag«, stellte Naade mit einer Geste zu dem Stapel Junie-Schachteln fest. »Zwölf Kunden, die bald sehr zufrieden sein werden.«

»Wohl eher zehn«, korrigierte Efi ihn.

Hassana blickte ruckartig auf. »Was? Wurden Bestellungen storniert?«

»Nein«, antwortete Efi und nahm zwei Schachteln vom Stapel. »Aber ich möchte, dass ihr beide einen bekommt und mit zur Schule nehmt.«

»Super!« Naade reckte eine Faust in die Luft. »Jetzt muss ich nur noch ein kleines Kissen in meinem Rucksack verstecken und …«

»Im Unterricht wird nicht geschlafen, Naade«, fiel Efi ihm ins Wort. »Ich hatte mir das eher so gedacht, dass die Roboter euch folgen, sehen, was ihr seht … und mir Bericht erstatten. Auf diese Weise verpasse ich wenigstens nichts mehr, wenn ich nach dem Mittagessen zu meinen Highschool-Kursen gehe.«

Hassanas Lächeln verblasste langsam, und Naade schüttelte den Kopf und erinnerte sich wahrscheinlich an jenen schicksalhaften Tag in der Schulbücherei, an dem Efi um zwei Freiwillige gebeten hatte, die ihr bei der Vorführung ihres Projekts für die Wissenschaftsmesse halfen. *Da übertreibt man es* ein Mal *ein bisschen beim Verstärken des Gravitationsfelds und bekommt das bis in alle Ewigkeit vorgehalten*, dachte Efi. Seitdem waren ihr Dutzende von Erfindungen gelungen, und niemand war mehr verletzt worden.

»Bitte!«, flehte Efi. »Probiert es doch einfach aus. Seht es als Testlauf. Vielleicht lassen sich so auch die Verkaufszahlen steigern! Was kann dabei denn schon schiefgehen?«

# HollaGram

**BotBuilder11** baut Roboter, um anderen zu helfen.

FANS **349**

HOLOVID-ABSCHRIFT

Automatisch generiert von TranscriptMinder XL Version 6.317

**Junie-Backer-Update #4**

Ich habe jede freie Minute in der Werkstatt verbracht und kann nun hocherfreut bekannt geben, dass HEUTE die ersten Junies verschickt werden!!! Vielen Dank für die Geduld. Und die Unterstützung. Ohne euch hätte ich das nie geschafft.

Ruft eure Nachrichten ab, um zu erfahren, wann euer Juniorassistent bei euch eintrifft, und vergesst nicht, Holovids von euch und eurem neuen Roboter in den Kommentaren zu posten!

REAKTIONEN

♥ 285 👏 233 📢 214

***KOMMENTARE (23)***

**BackwardsSalamander** Super! Kann's kaum erwarten!

**RealDealDuckBill** Ich wünschte, meiner wäre schon da!

**NaadeForPrez** Ich hab meinen schon! Wenn ihr nächste Woche jemanden in Geschichte schnarchen hört, bin ich das!

*Weiterlesen …*

# KAPITEL 2

Miss Okorie kritzelte energisch auf dem holografischen Monitor im Klassenzimmer herum, und die mathematische Formel löste sich Zahl um Buchstabe um Zeichen vom Bildschirm und schwebte im Abstand von fünf Zentimetern davor. Auf Efi wirkte die Lehrerin wie eine Art DJ, wie sie da vor der Klasse herumfuchtelte, nur dass es hier um Gleichungen und nicht um Beats ging. Sie bearbeitete das Problem, bewegte sich durch Koordinaten, Konstanten und Ableitungen, während Tangentenmodelle in 3-D neben ihr wie Backuptänzerinnen herumwirbelten. Im Normalfall hätte Efi eifrig genickt und die Gleichung auf dem Tablet gelöst, das vor ihr auf dem Tisch lag, aber heute konnte sie sich einfach nicht konzentrieren.

Efi behielt den mit »Live-Feed« beschrifteten Button im Auge, der auf ihrem Bildschirm blinkte. Sie war mit Hassanas und Naades Junie-Robotern verbunden, hatte es bisher jedoch vermieden, den Feed aufzurufen, weil Miss Okorie zwar eine ganz angenehme Lehrerin war, man es sich mit ihr aber nicht verscherzen durfte. Dennoch war die Versuchung groß, und Efi fragte sich die ganze Zeit, was ihre Freunde wohl in diesem Augenblick machten. Hatte im Wissenschaftslabor heute schon jemand ›den Isaac gemacht‹?

Vielleicht sollte sie mal einen kurzen Blick riskieren.

Sie drückte auf den Knopf und hatte im nächsten Moment Naade auf dem Bildschirm, der leise beatboxend durch einen Flur ging. Dank der Kameras des Junies hatte sie einen 360-Grad-Blickwinkel, so dass Efi alles mitbekommen würde, sobald etwas geschah. Naade bog nach links ab, kam am Kunstraum vorbei, und Efi konnte einen Blick ins Innere werfen. In diesem Sekundenbruchteil glaubte sie, gesehen zu haben, wie Stevie Igwe Sibe Oye eine Notiz zuschob.

Auf *Papier.* Was immer darauf geschrieben stand, musste so wichtig, derart privat sein, dass er es nicht riskieren wollte, von den digitalen Filtern der Schule abgefangen zu werden. An sich war das schon skandalös genug, doch dazu kam noch die allseits bekannte Tatsache, dass sich Stevie und Sibe auf den Tod nicht leiden konnten. Sibe war die Präsidentin des Schulrats und Stevie der Leiter des Debattierklubs und zugleich allzeit darauf bedacht, jedem zu jeder sich bietenden Gelegenheit Kontra zu geben. Stevie hatte Sibe während ihres ganzen Wahlkampfs genervt und ihr vor allem wegen ihrer Vorschläge, einen besonderen Dankbarkeitstag für die Omnic-Angestellten der Schule einzuführen, in den Ohren gelegen. Er konnte dieser Idee nichts abgewinnen und behauptete, die Omnics wären schon jetzt eine Gefahr, man könne ihnen nicht trauen, und an der Schule könnte jederzeit eine Omnic-Krise im Miniaturformat ausbrechen.

Efi rümpfte die Nase. Sie mochte Stevie nicht besonders, und es gab in Numbani glücklicherweise nicht viele Menschen, die so dachten wie er. Die Nachricht auf Papier hatte allerdings ihr Interesse geweckt, falls es sich bei dem, was sie gesehen hatte, tatsächlich um so etwas handelte. Sie hielt das Bild an und zoomte hinein, aber es war zu verschwommen, um das Objekt besser erkennen zu können.

Augenblick mal. Hassana hatte doch gerade Kunstunterricht. Efi wechselte den Feed, spulte dreißig Sekunden zurück und sah, wie Hassana ihre Leinwand bemalte. Der Junie musste auf ihrer Schulter sitzen. Sie schuf ein Selbstporträt mit klaren Linien und satten Farben. Hassana besaß ein gutes Auge für Details, und Efi hatte keinen Zweifel daran, dass jeder einzelne der vielen Zöpfe ihrer Freundin, die sie oben auf dem Kopf zu einem ordentlichen Knoten hochgebunden hatte, auf dem Bild zu finden sein würde.

Efi wechselte den Feed, um den hinteren Teil des Klassenzimmers sehen zu können, und erhaschte das verschwommene Bild von Naade, der auf dem Flur vorbeiging. In diesem Augenblick sah Efi das, was sie bisher für ein Produkt ihrer Fantasie gehalten hatte.

Eine Nachricht wurde weitergereicht. Und die beiden schenkten sich ein verstohlenes Lächeln.

Das war ein Knaller.

Ein unfassbarer Hammer.

Es war …

Eine Nachricht von Efis Cousin und Klassenkamerad Dayo erschien auf ihrem Bildschirm:

Die Lehrerin kommt.

Rasch schloss Efi den Feed, rief die Gleichung wieder auf und kritzelte wild drauflos, um sie zu lösen. Auf einmal war Efi in eine Duftwolke von Miss Okories schwerem Parfüm gehüllt und konnte dank ihres gesenkten Kopfs den Rocksaum der Lehrerin sehen, die neben Efis Tisch stehen blieb.

»Efi«, sagte Miss Okorie, »wenn du nicht zu beschäftigt bist, könntest du der Klasse dann bitte zeigen, wie man die Gleichung nach y auflöst?«

Efi räusperte sich. »Ja, Ma.« Sie stand auf und ging an Dayos Tisch vorbei, der ihr einen besorgten Blick zuwarf. Dabei raunte sie ihm lautlos ein *Danke* zu, weil ihr Cousin sie mit der Nachricht gewarnt hatte. Er nickte und schaute schnell wieder auf sein Tablet, bevor sich Miss Okories Zorn auch noch gegen ihn richten konnte.

Dann stand Efi vor der Klasse und legte sich einen Finger an die Schläfe, als müsste sie scharf nachdenken. Sie wusste, wie sie die Lösung finden konnte. Tatsächlich war sie im Lehrstoff schon drei Kapitel weiter, aber sie hatte rasch gelernt, dass Teenager, und zwar nicht einmal die klugen Teenager in ihrem Mathekurs, es nicht leiden konnten, wenn sie von einer fast Zwölfjährigen vorgeführt wurden. Das bedeutete jedoch noch lange nicht, dass sie unehrlich war … Sie tat nie so, als würde sie die Antwort nicht kennen, sondern gab vielmehr vor, erst überlegen zu müssen. Schließlich machte sie die »Aha!«-Geste, die bedeutete, dass sie es herausgefunden hatte, und löste die Gleichung. Als sie damit fertig war, wischte sie sich die Hände ab und wollte schon auf ihren Platz zurückkehren, doch anstelle des »Sehr gut, Efi«, das sie von ihrer Lehrerin gewohnt war, sagte Miss Okorie: »Nah dran, Efi. Könnte ihr jemand zeigen, wo sie einen Fehler gemacht hat?«

Efi stand wie erstarrt da, während die Lehrerin Dayo aufrief. Er griff nach seinem Gehstock und ging nach vorn, um das untere Viertel von Efis Lösung wegzuwischen. Die Pixel lösten sich auf und hinterließen eine leere Fläche. Er löste das Problem, und Efi erkannte ihren Fehler sofort. Wie hatte sie nur derart schlampig sein können?

Aber sie kannte den Grund dafür. Anstatt sich auf den Lehrstoff zu konzentrieren, war sie die Hälfte der Zeit mit anderen Dingen beschäftigt gewesen. Hatte sie Naade nicht vor genau dieser Nachlässigkeit gewarnt? Efi musste sich auf das konzentrieren, was hier vor sich ging, anstatt sich den Kopf über das zu zerbrechen, was ihre Freunde gerade trieben.

»Großartig«, sagte Miss Okorie in dem Moment, in dem die Glocke das Stundenende verkündete. »Bitte macht für morgen die Aufgaben vierunddreißig A, B und C. Und vergesst nicht, den Lösungsweg genau aufzuschreiben!«

Efi packte ihre Tasche und wollte den Raum schnell verlassen, aber ihr Cousin folgte ihr auf dem Fuß. Dayos Schuluniform sah an ihm sehr formell aus. Er hatte sie zweifellos selbst genäht und das Schulemblem und die Stickereien an den Manschetten mit goldenen Verzierungen versehen – gerade genug, dass er auf den Schulfluren auffiel, aber noch so dezent, um nicht die Aufmerksamkeit eines Lehrers zu erregen. Er trug sein Haar zu winzigen Zöpfen geflochten – einhundertsiebenundfünfzig waren es, hatte er Efi mal verraten, weil es sich dabei um seine Lieblingsprimzahl handelte. Efi hatte den Fehler gemacht, ihn zu fragen, warum dies seine Lieblingsprimzahl war. Daraufhin hatte er ihr erklärt, dass Zahlen eine wichtige Bedeutung besitzen, und war zu einer spontanen Mathe-Geschichts-Lektion mit mehr Tangenten übergegangen, als Miss Okorie je auf ihrem Holoboard unterbringen könnte.

»Warte, Efi. Warum hast du es denn so eilig?«, fragte Dayo, sobald er Efi an ihrem schnellen Abgang gehindert hatte.

»Keine Ahnung. Ich brauche einfach frische Luft. So wie eben habe ich noch nie versagt, noch dazu vor *allen.*«

»Kein Mensch ist immerzu perfekt.«

Efi nickte. Sie wusste, dass sie nicht perfekt war. Einmal hatte sie für ein Wissenschaftsprojekt nicht die Bestnote bekommen. Und dann war da noch dieser Zwischenfall, als sie mit den Haaren in den Zahnrädern eines Robotermotors hängen geblieben war. Auch dieses Fiasko hatte Dayo mit angesehen, und dank seines geschickten Umgangs mit der Schere hatte er den Großteil ihres Ponys retten können. Heute trug sie ihr lockiges Haar zu kleinen Zöpfen geflochten, die sie zu einem Pferdeschwanz gebunden hatte, damit es ihr nicht in die Quere kommen oder ihre Experimente beeinflussen konnte.

Ja, sie hatte Fehler gemacht, aber auch daraus gelernt.

»Was hast du dir eigentlich angesehen?«, erkundigte sich Dayo. »Du hast derart konzentriert mit zusammengekniffenen Augen auf dein Tablet gestarrt, dass ich schon dachte, du fällst rein.«

»Einen Live-Feed der Junies, die ich Naade und Hassana gegeben habe. Ich bin wirklich gern hier und lerne den halben Tag an deiner Schule, aber ich habe immer das Gefühl zu verpassen, was meine Freunde erleben.«

»Hey, dies ist ebenfalls *deine* Schule. Und du hast hier auch Freunde!«

»Meinst du etwa dich? Du musst mein Freund sein. Wir sind schließlich miteinander verwandt.«

»Ne, wenn du nicht cool wärst, würde ich so tun, als gäbe es dich überhaupt nicht.« Dayo stieß Efi an der Schulter an. »Ich habe meinen Bruder vor ein paar Wochen am S-Bahnhof gesehen, als sich die Türen gerade schlossen. Ich hätte nur die Hand ausstrecken müssen, damit er noch einsteigen konnte, aber ich habe ihn schlichtweg ignoriert.«

»Oh.« Efi schnappte nach Luft. »Hast du Tantchen davon erzählt?«

»Nein, sie soll sich nicht schon wieder aufregen. Bisi hat sich für einen Weg entschieden, und wenn du mich fragst, verdient er weitaus Schlimmeres als eine verpasste S-Bahn.«

Bisi war Dayos älterer Bruder, aber der Kontakt zu ihm war seit über einem Jahr abgebrochen. Efi konnte nachvollziehen, warum die Begegnung bei Dayo einen bitteren Nachgeschmack hinterlassen hatte, aber dadurch wurden all die guten Erinnerungen, die Efi an die gemeinsame Zeit mit ihm hatte, nicht ausgelöscht. Bisi hatte Efi sogar ihr erstes Werkzeugset geschenkt … Und zwar keins aus Plastik wie das, mit dem ihre Eltern zu ihrem vierten Geburtstag angekommen waren, sondern echte Werkzeuge aus Karbonstahl. Bisi war klug. Vielleicht sogar klüger als Dayo. Er hätte in seinem Leben Großes erreichen können.

Doch er hatte sich direkt nach der Highschool mit einigen schlimmen Leuten eingelassen. Er hatte irgendwelche Schulden bei ihnen, und als sie kamen, um die einzutreiben, hielten sie Dayo für Bisi. Weil er nicht zahlen konnte, verprügelten sie Dayo und ließen ihn mit einer zertrümmerten Hüfte und einer schweren Gehirnerschütterung zurück. Seitdem lastete auf der Familie ein großer, äußerst peinlicher Schandfleck.

Bisi hatte Dayo im Krankenhaus besucht, sich leise entschuldigt und war dann einfach … verschwunden. Manchmal fragte sich Efi, ob sich Dayo nicht freuen würde, wenn sein Bruder wieder nach Hause kam, sobald er seinen Ärger erst einmal überwunden hatte. Efi hätte sich jedenfalls gefreut.

»Hey, Dayo!«, rief ein Junge durch den Flur. »Macht die Kleine dir Ärger?«, fragte er dann und lachte.

»Du kennst doch meine Cousine Efi«, erwiderte Dayo. »Efi, das ist Sam.«

»Stimmt! Das Genie, nicht wahr?« Sam starrte Efi an, als würde er damit rechnen, dass sie einen mathemagischen Trick vorführte, eine irrationale Zahl aus dem Ärmel zog oder etwas in der Art. Efi konnte diese Blicke nicht leiden, die fast immer von einem Kommentar wie »Sag mal was Kluges« begleitet wurden.

Sie wollte sich anpassen und nicht aus der Menge hervorstechen.

»Es fällt Efi schwer, hier Freunde zu finden«, sagte Dayo achselzuckend.

Efi riss die Augen auf. Hatte er das gerade wirklich gesagt? Sie war entsetzt und wäre vor Scham am liebsten im Boden versunken. »Ich … äh, muss gehen. Ich will meine S-Bahn nicht verpassen!« Dann lief Efi hinaus, so schnell sie konnte. Efi mochte Dayo wirklich sehr, und er war immer sehr nett zu ihr. Er hatte ihr sogar erlaubt, ihn in der Schule mit dem Vornamen anzusprechen, damit sie sich wie eine Gleichgestellte fühlte und nicht wie die kleine Cousine, die ihm Respekt erweisen musste. Aber manchmal schien er vollkommen gefühllos zu sein.

Efi stieg in die Straßenbahn 47, um von der Schule nach Hause zu fahren. Vor den Fenstern sauste ganz Numbani an ihr vorbei: eine glänzende Hightechskyline inmitten von Streifen mit Natur und umwerfender Schönheit. Die Glasflächen der Gebäude verschmolzen mit dem zu großen, zu blauen Himmel, und auf so gut wie jedem der gestaffelten Balkone war ein Garten zu erkennen, so dass man kaum sagen konnte, wo die Häuser aufhörten und die Natur anfing. Auf einer Terrasse sah sie Omnics und Menschen zusammen an einem Terrarium voller Orchideen arbeiten. Efi konnte die Energie, die durch ihre Stadt strömte, förmlich spüren, als würde diese *atmen* und ihre Bewohner in Harmonie vereinen. Manchmal hörte sie, wie ihre Mutter und ihre Tante von den ãrìṣà sprachen, spirituellen Wesen, die ein entscheidender Bestandteil der natürlichen Welt waren und ihr Leben auf eine Art und Weise beeinflussten, die Efi noch immer nicht so richtig verstand. Sie hatte versucht, über Fragen herauszufinden, wie die Technologie und KIs da hineinpassten, wurde aber immer nur abgewimmelt.

Seufzend stöpselte sich Efi die Ohrhörer ein und widmete sich ihrem Tablet. Der Live-Feed zeigte Naade, der im Unterricht schlief, und Hassana, die bei einem Buchstabiertest vor sich hin murmelte, daher wechselte Efi zu den Archivbildern und ging den Tag durch.

Nach einiger Zeit entdeckte sie etwas. Zwischen der vierten und fünften Stunde hielten Stevie Igwe und Sibe Oye Händchen!

Efi schickte Hassana direkt nach Schulschluss eine Nachricht.

Ich fasse es nicht, dass Stevie und Sibe zusammen sind!

Zusammen *waren*. Es hat gerade mal zwei Stunden gehalten.

Wirklich?

Du hättest die Trennung miterleben sollen. Es war episch!

Warte, ich sehe es mir an. Wann genau war das?

Keine Ahnung. Irgendwann nach Sport.

Efi ging den Feed durch, bis sie zu der Stelle kam, an der Hassana die Turnhalle verließ. Und da war es. Sie hatte es gefunden! Aber es war alles dunkel. Efi konnte gerade so eben gedämpfte Schreie hören. Und Beschimpfungen. Es hörte sich an, als hätte Sibe Stevie als »zurückgebliebenen stinkenden Alligator mit Eiswagen« beschimpft. Möglicherweise hatte sie aber auch »rückständiger Omnic-Hasser mit nichts als Eis im Herzen« gesagt. Efi war sich nicht sicher.

Was war da los? Ich kann überhaupt nichts erkennen.

Ah. Oh. Ich hatte den Junie beim Sport im Rucksack.
Die Basketballmädels sollten ihn nicht mit ihren klebrigen
Fingern anfassen. Und danach hab ich nicht sofort
daran gedacht, ihn wieder rauszunehmen.

Sorry.

Efi rief Naades Feed aus dieser Zeit auf. Vielleicht hatte er ja etwas gesehen. Aber genau in dem Moment, in dem sich die Trennung ereignete, war Naade auf dem Weg zur Toilette. Zum

Glück hatte er sich an die Privatsphäre-Einstellung erinnert, und das Video ging aus, doch es schien einen kleinen Glitch im Code zu geben, da die Audioaufzeichnung weiterlief. Efi stellte den Ton an ihrem Tablet gerade noch rechtzeitig aus, um das nicht mitzubekommen, was sie für den schlimmsten Teil der heutigen Aufnahmen hielt, doch in dieser Hinsicht hatte sie sich gewaltig geirrt. Der bei Weitem schlimmste Teil bestand darin, unzählige langweilige Stunden mit der Suche nach dem perfekten Klatsch zu finden. Sie musste schmatzendes Kaugummikauen ertragen. Haargezwirbel. Fußwippen. Durch den Mund atmen. Eintausend nervige Kleinigkeiten, die von den Mikrofonen und Kameras der Junies aufgefangen wurden.

Das war eindeutig nicht die beste Art, wie Efi ihre Zeit verbringen konnte. Sie machte sich online auf die Suche nach Algorithmen, die die Daten für sie sortieren konnten. Es musste doch möglich sein, etwas zu erschaffen, um die langweiligen Teile überspringen und die interessanten in einer kleinen Montage vereinen zu können, die Efi sich auf der Fahrt zur Schule ansehen konnte.

Sie ging die Posts auf *Free Thinkers* durch, der Seite, von der sie den Großteil ihres Open-Source-Codes bekam, als sie eine Ankündigung für ein neues Robotertechnikstipendium bemerkte. In den Forendiskussionen waren alle deswegen ganz aufgeregt. Efi wusste, dass sie sich besser gar keine großen Hoffnungen machte, aber sie musste immer wieder daran denken, was sie mit dem Geld alles anstellen konnte. Dann wäre sie in der Lage, Upgrades für ihre Computer zu kaufen, damit sie wieder auf dem neuesten Stand waren, und würde nicht mehr so lange Däumchen drehen müssen, während ihr Code kompiliert wurde. Vielleicht würde sie sich sogar ein Modell mit fortschrittlicher KI leisten können.

Efi klickte auf die Details des Stipendiums, für das die normalen Bedingungen galten: ausschließlich für Lehrer. Efi seufzte. Auf der Seite waren Dutzende von Stipendien aufgelistet, aber Efi konnte offenbar nie sämtliche Qualifikationen vorweisen. Manchmal war sie zu jung. Manchmal fehlten ihr die benötigten tollen Abschlüsse. Manchmal war ihr Roboterbau-Unternehmen zu klein. Oder zu groß. *Irgendetwas* verhinderte jedes Mal, dass sie sich bewerben konnte.

Als Efi sich schon frustriert ausloggen wollte, leuchtete das Mail-Symbol auf dem Display auf. Sie öffnete den Posteingang und stellte fest, dass sie eine neue Nachricht bekommen hatte.

Von: Anonymus088503
Betreff: Du wurdest für ein Stipendium der Adawe Foundation nominiert

Ha. Ja klar. Efi klickte die Nachricht gar nicht erst an. Wer wusste denn schon, wie viel Malware und Viren darin steckten? Efi wusste ganz genau, dass die Adawe Foundation ein »Superhirn-Stipendium« verlieh – es war eines der prestigeträchtigsten der Welt, mit dem die wissenschaftlichen Errungenschaften einer Person ausgezeichnet wurden. Das Ganze geschah zu Ehren von Gabrielle Adawe, der Gründerin von Numbani. Es gab nur wenige, die Efi mehr bewunderte. Im letzten Jahr hatte sie im Geschichtsunterricht ein Diorama gebastelt, in dem zu sehen war, wie Adawe zusammen mit anderen Overwatch gründete, eine Organisation aus Helden, die zusammenarbeiteten, um die Omnic-Krise zu beenden und den Frieden zu bewahren. Auf dieses Werk war Efi besonders stolz, auch wenn sie nicht besonders gut basteln konnte. Drähte und Leiterplatten lagen ihr viel mehr als Bastelpapier und Klebestifte, aber trotz allem war ihr Diorama brillant geworden. Es zeigte Adawe als Generalsekretärin der Vereinten Nationen, die eine Faust in die Luft reckte, während sie die ursprünglichen Mitglieder von Overwatch grüßte: Jack Morrison, Gabriel Reyes, Ana Amari, Torbjörn Lindholm, Reinhardt Wilhelm und weitere. Für Efi war es eine Inspiration, dass eine afrikanische Frau – eine Frau, deren Wurzeln in derselben fruchtbaren Erde verankert waren wie Efis – die Welt höchstwahrscheinlich vor der sicheren Vernichtung gerettet hatte. Adawe war eine Heldin, und Efi hätte alles getan, um für dieses Stipendium nominiert zu werden.

Aus diesem Grund ärgerte sie sich umso mehr über diese vorgetäuschte Nominierung. Allein aus Trotz klickte Efi die Nachricht trotzdem an. Sie würde ihr Tablet zu Hause sofort von sämtlichen Viren befreien. Doch wenn sie diesem »Anonymus« die Meinung geigen konnte, war es das Risiko wert.

Allerdings machte die Nachricht einen professionellen Eindruck. Die üblichen Anzeichen für einen Scammer waren nicht zu erkennen, und es wurden weder Kreditkarten- noch Bankdaten verlangt. Vielmehr wurden Efis Erfindungen in der Robotertechnik detailreich aufgeführt und dass sie nominiert wurde, weil sie ihrer Gemeinde einfallsreich half und das Potenzial hatte, noch weitaus Größeres zu erreichen. Der Verfasser ermutigte sie, sich für das Stipendium zu bewerben, und hatte einen einzigen Link angefügt, der nicht verändert worden war oder sie reinlegen sollte. Er führte direkt auf eine verschlüsselte Unterseite des Webauftritts der Adawe Foundation. Unter dem Link war die Nachricht unterzeichnet mit: »Ein Fan.«

Efis Hände zitterten, als sie das Bewerbungsformular anstarrte. War das wirklich echt? Hatte irgendjemand sie tatsächlich nominiert? Aber wer? »Ein Fan.« Handelte es sich um einen ihrer Hollagram-Follower?

Ganz langsam gewann Efi die Fassung wieder. Sie würde Adawe stolz machen und das Geld nutzen, um ihre Junie-Operation zu vergrößern, Hilfskräfte zu bezahlen und die Holobilder zu verbessern, indem sie Hartlicht-Technologie verwendete, damit die Roboter eher wie virtuelle Vertreter wirkten – sie konnten zudem auch älteren oder beeinträchtigten Menschen in ihrem Zuhause helfen. Ihre Gedanken überschlugen sich, da ihr so viele Möglichkeiten durch den Kopf gingen.

Sie würde ihre Eltern bitten müssen, ihr im Laufe der Woche bei der Bewerbung zu helfen. Efi ließ den Blick über die Seite schweifen und entdeckte die Bewerbungsfrist, die in großen roten Buchstaben aufgeführt war.

Sie endete heute.

Um Mitternacht.

Warum war diese Nominierung nicht früher gekommen? Wieso erst auf den letzten Drücker? Na ja, besser spät als nie. Efi durfte sich diese Chance nicht entgehen lassen. Sie sah auf ihrem Tablet, dass es bereits 16.10 Uhr war, als die S-Bahn an ihrer Haltestelle hielt. Somit hatte sie weniger als acht Stunden, um die Bewerbung auszufüllen und eine Selbstdarstellung zu schreiben. Sie konnte es schaffen. Das war mehr als genug Zeit.

***

»Efi!«, rief ihr Vater, sobald sie vor ihrem Laptop saß und die ersten Fragen der Bewerbung beantwortet hatte. »Komm her und deck den Tisch. Es ist Zeit fürs Abendessen.«

Efi knirschte mit den Zähnen. Abendessen. Sie schlang alles so schnell herunter, wie sie nur konnte, stopfte sich das Rindergulasch und gemischte Gemüse in den Mund und redete dabei ohne Unterlass. Zahlreiche Jollof-Reiskörner flogen durch die Luft, als sie die Fragen ihres Vaters beantwortete. »Die Schule war okay. Ich hab die Hausaufgaben längst gemacht. Mein Zimmer ist aufgeräumt. Alles ist super!«

»Immer mit der Ruhe, Schatz. Du wirst dich noch verschlucken«, ermahnte sie ihr Vater und legte den Kopf schief, damit er Efi über den Brillenrand hinweg mustern konnte. Er war gerade erst nach Hause gekommen und noch im Professorenmodus, wobei dieser Eindruck durch seinen kastanienbraunen Boubou, ein lockeres Gewand mit Stickereien am Revers, noch verstärkt wurde.

»Erzähl uns, wie du mit deinem Roboterprojekt vorankommst«, bat ihre Mutter und aß etwas Gemüse. Sie kaute langsam und ließ Efi dabei nicht aus den Augen. Ihre Mutter war eine Art Superheldin, denn sie schien stets zu spüren, wenn etwas nicht stimmte. Daher gab sich Efi die größte Mühe, um sich nicht anmerken zu lassen, dass sie diese Bewerbung rechtzeitig abschicken musste, weil ihr restliches Leben davon abhing.

»Wir haben heute die ersten Bestellungen verschickt«, berichtete Efi. »Der Rest müsste bis Monatsende fertig sein.«

»Das ist ja großartig. Wie wäre es, wenn wir nächstes Wochenende in ein schickes Restaurant gehen, um das zu feiern? Hassana und Naade können gern mitkommen.«

»Das wäre toll, Mama. Aber die Junies werden immer bekannter. Die Bestellungen nehmen kein Ende. Und ich bin bereits mit Update 3.4 beschäftigt. Vielleicht später?«

Ihre Mutter seufzte, machte den Mund auf und klappte ihn wieder zu. Efi wusste längst, was sie sagen würde. Dass Efi mehr Zeit damit verbringen sollte, ein Kind zu sein. Und ihre Mutter wusste ebenfalls, was Efi antworten würde: dass sie auch so ein Kind war. Ein Kind, das am liebsten Roboter baute.

»Okay, vielleicht später«, gab ihre Mutter nach und stand auf, um den Nachtisch aus der Küche zu holen. Efi versuchte, sich darauf zu konzentrieren, das Essen zu genießen, aber die Sekunden verstrichen und ihr Magen zog sich immer mehr zusammen. Sie musste die Bewerbung für das Stipendium bis Mitternacht fertigstellen.

»Na los, raus mit der Sprache«, sagte ihr Vater, sobald ihre Mutter das Zimmer verlassen hatte. »Was ist los?«

»Nichts von Bedeutung.«

»Du machst *nur* Dinge von Bedeutung, Schatz. Worum geht es diesmal?«

»Na ja, es gibt da ein Stipendium, für das ich mich gern bewerben würde. Ein ›Superhirn-Stipendium‹ von der Adawe Foundation.«

»Wow. Das ist eine große Sache!«

»Ich weiß. Einhundert Millionen Naira, die im Verlauf von fünf Jahren ausgezahlt werden«, sagte Efi, wobei die Summe ihr vollkommen unwirklich vorkam. »Damit hätte ich alle Freiheiten, um in der Robotertechnik Fortschritte zu machen.«

»Kann ich dir helfen? Soll ich noch mal über deine Bewerbung drüberlesen? Sie korrigieren? Brauchst du sonst etwas?«

»Könntest du Mama sagen, dass ich heute keinen Nachtisch möchte?« Efi wollte die Enttäuschung ihrer Mutter nicht mit ansehen, wenn sie ihr mitteilte, dass sie keine Zeit für ihre berühmten frittierten Kochbananen hatte.

Ihr Vater schnitt eine Grimasse. »Das kann ich machen. Gibt es denn sonst nichts, wobei du meine Hilfe brauchst?«

»Ganz bestimmt, Papa.« Efi lächelte ihn an, und er nickte ihr zu und ließ sie gehen. Sie verschwand schnell und leise in ihrem Zimmer, damit ihre Mutter es ja nicht hörte. Efi setzte sich mit ihrem Laptop aufs Bett und machte sich an ihr Essay, in dem sie beschrieb, wie sie die Welt mit dem Geld des Stipendiums zu verändern gedachte. Sie schrieb ein paar Sätze und löschte sie wieder.

Dann schrieb sie noch mehr und löschte auch das. Tief in ihrem Herzen wusste sie, was das Essay enthalten sollte, aber es fiel ihr unfassbar schwer, das in Worte zu fassen. Ihre Selbstzweifel wurden immer größer. Ja, sie war begabt, was die Wissenschaft und die Mathematik anging, aber sie lernte im Sprach- und Literaturunterricht gerade erst, wie man überzeugende Aufsätze schrieb. Daher schien es ihr unmöglich zu sein, dass sie mit den anderen Nominierten und deren umfangreichem Sprachschatz mithalten konnte.

Auf einmal hatte Efi eine Idee. Sie hatte doch ihre Follower auf Hollagram, der Social-Media-Plattform für kreative Köpfe, die dort mit ihren Unterstützern in Kontakt kamen. Efis Follower liebten ihre Holovid-Tagebücher, und ihre Updates bekamen immer Unmengen an Likes und Kommentaren. Sie las sich rasch die Anforderungen für die Essays durch – nichts wies darauf hin, dass es sich um eine *schriftliche* Fassung handeln musste. In ihren Vlog-Posts konnte sie gut Roboter verkaufen; jetzt musste sie nur noch herausfinden, wie sie sich selbst anzupreisen hatte.

Der erste Schritt bestand darin, die passende Kleidung herauszusuchen. Sie blickte auf ihren Overwatch-Schlafanzug hinab. Er war skurril, und sie liebte ihn und das, wofür er stand – ein Held zu sein –, aber er entsprach definitiv nicht dem Look, den sie sich vorstellte. Laut ihres Laptops war es bereits 22.30 Uhr. Ihr blieben noch knapp anderthalb Stunden, um das hinzubekommen. Sie kramte in ihrem Kleiderschrank und schleuderte Outfits durchs Zimmer. Zuerst probierte sie das schwarze Kleid mit der auf den Stoff gedruckten Goldfolie an und legte sich dazu einige dicke Halsketten um, eine aus geflochtenem rotem Leder und eine goldene. Sie sah ... *schick* aus. Vielleicht etwas zu schick.

Also zog sie das Kleid wieder aus und probierte einen lindgrünen Iro an – eine Art Wickelrock – sowie die dazu passende Buba-Bluse. Der Rock war etwas eng und schon älter, aber sie liebte ihn, und er war Efis einziges Kleidungsstück, für das sie je von Hassana ein Kompliment bekommen hatte. Hassana hatte gesagt, er würde sie an die frechen Stoffe erinnern, die Agba Aja trug. Der Vergleich mit einer der bedeutendsten nigerianischen Künstlerinnen, die noch dazu Omnic war, verlieh Efi das nötige Selbstbewusstsein, das sie brauchte, um sich der Adawe Foundation von ihrer besten Seite zu präsentieren.

Efi vollendete den Look, indem sie ihr Gesicht mit weißer Farbe verschönerte, die das satte Braun ihrer Haut gut zur Geltung brachte. Sie zögerte und war sich nicht sicher, ob die Ahnenfarbe für diesen Anlass nicht zu übertrieben war, doch dann fiel ihr die Bedeutung der Geschichte wieder ein. Für Efi symbolisierte die Farbe die Geschichte ihres Volkes und auch ihre Zukunft … jedenfalls die vereinigte Zukunft, die sie sich wünschte. Efi wusste, dass es sich lohnte, dafür zu kämpfen.

Sie nickte ihrem Spiegelbild zu. Ihrer Meinung nach sah ihr Look kreativ aus, wenngleich etwas zu gewollt. Efi wollte etwas, in dem man ihr ansah, dass sie sich nicht scheute, sich die Hände schmutzig zu machen.

Schon flog die Bluse aufs Bett, aber sie ließ den Rock schief auf ihrer Hüfte sitzen.

Ihr blieb nicht mehr viel Zeit, trotzdem rannte sie in ihre Werkstatt und zog sich ihr schlichtes weißes Arbeitshemd und die Handschuhe an und legte sich den Werkzeuggürtel um. Dieser Look wirkte:

Schick.

Kreativ.

Anpackend.

Aber nicht technikaffin. Das hatte sie ganz vergessen! Sie kramte in ihrem Behälter mit den Peripheriegeräten herum, der auf dem Boden neben der Laptopstation stand, und griff nach dem Headset, das sie beim Spielen aufgesetzt hatte – früher, als sie noch nicht die ganze Zeit in der Werkstatt gewesen war. Es handelte sich um ein modifiziertes Headset. Sie hatte die Reifen und Hörner selbst angelötet und eine goldene Krone hinzugefügt, nachdem sie *Vivis Abenteuer* im Modus schwer und ohne Extraleben geschafft hatte.

Efi rannte zurück in ihr Zimmer und kippte die ganze Sockenschublade aus, bis sie ihr Glücksarmband fand, das ihr Großvater während der Omnic-Krise getragen hatte. Er war damit mehrmals knapp dem Tod entronnen, und Efi konnte jede sich bietende Hilfe gebrauchen.

Sie musterte sich noch einmal im Spiegel. Ja, jetzt war alles perfekt.

Dann fand sie Sparky Bot auf dem Boden ihrer alten Spielzeugkiste.

Sie drehte die Kamera ihres Laptops in die richtige Richtung und startete die Aufnahme.

»Mein Name ist Efi Oladele, und das hier ist Sparky Bot«, sagte Efi, »eine voll funktionstüchtige Drohne. Ich habe sie gebaut, als ich vier Jahre alt war. Das war mein erster Roboter, dem viele weitere gefolgt sind. Ich habe sie gebaut, um Bauklötze bis zur Decke zu stapeln und meine Puppen in meinem Spielzimmer herumfliegen zu lassen. Ein paar Jahre später habe ich Chore Bot gebaut, der meiner Familie beim Putzen helfen sollte. Schon als kleines Kind sah ich Roboter als mehr als lustiges Spielzeug an. Ich habe gelernt, dass sie Menschen helfen können, und erkannt, welche Bindung zwischen Mensch und Maschine entstehen kann. Kurz darauf fing ich an, Bots für meine Nachbarn zu bauen. Als Mrs Enis Mutter krank wurde und sie jemanden brauchte, der auf ihre Katzen aufpasste, während sie ständig zwischen Numbani und Lagos pendelte, habe ich einen Roboter nur für sie erfunden. Er hat dafür gesorgt, dass ihre Katzen Futter und Wasser bekamen, aber das war noch lange nicht alles. Er hat auch mit ihnen gespielt – der eingebaute Laserpointer stand hoch im Kurs –, sie gestreichelt und mit ihnen gesprochen. Mrs Eni sagte, der Roboter hätte auch verhindert, dass ihre Möbel in Kratzbäume verwandelt wurden. Außerdem kommen meine Hydrationsbots in mehreren hiesigen High-schools bei den Footballteams zum Einsatz. Die Roboter verfügen über eine Gesichtserkennung und medizinische Sensoren und sorgen dafür, dass jeder Sportler genug Wasser trinkt, und sie warnen die Trainer, wenn sie Hinweise auf einen Hitzschlag entdecken. Dadurch gewinnen die Teams häufiger, und die Spieler sind seltener verletzt. Sie kennen ja die Redewendung ... Die beste Offensive ist eine gute Verteidigung, und die beste Verteidigung ist ein Hydrationsroboter an der Seitenlinie. Und das hier ist meine neueste Erfindung.« Efi hielt den Junie in die Kamera. »Der Juniorassistent, kurz Junie. Jeder Junie verfügt über komplexe Navigationsfunktionen und ist mit Kameras ausgestattet, die Dreihundertsechzig-Grad-Aufnahmen ermöglichen. Eine eingebaute KI-Komponente kann Forschungen durchführen, eine eigene Meinung entwickeln und dem Benutzer beim Planen und Ausführen täglicher Aufgaben helfen.« Efi stellte den Junie auf den Tisch, woraufhin er über die Tischplatte wanderte. »Ihre Hauptfunktion besteht darin, es dem Benutzer zu ermöglichen, an mehreren Orten gleichzeitig zu sein. Der Junie kann interaktive holografische Bilder von Menschen über große Entfernungen projizieren, damit sie in Kontakt bleiben und nichts verpassen. Das ist ideal geeignet für Arbeiter oder Schüler, die krankgeschrieben sind, aber überlegen Sie nur, wie positiv sich diese Erfindung bei chronisch kranken oder beeinträchtigten Menschen auswirken würde, bei Personen, die beim Militär dienen, die zwei Jobs machen, oder bei Eltern, die gerade ein Kind bekommen haben und versuchen, ihre zahlreichen Pflichten unter einen Hut zu bekommen.« Efi drückte einen Knopf auf dem Rücken des Junies, und ein 3-D-Holobild von ihr erschien in der Luft darüber. Efi-Junior rief die Baupläne des Roboters und weitere für zukünftige Upgrades auf, während die echte Efi fortfuhr. »Im Augenblick habe ich mehr Junie-Bestellungen, als ich fertigstellen kann, daher weiß ich, dass es einen großen Bedarf dafür gibt. Was danach kommt, kann ich noch nicht so genau sagen, aber ich weiß, dass ich weiterhin Dinge erschaffen möchte, die meiner Gemeinde helfen. Ich möchte auch Probleme auf der ganzen Welt lösen, so wie es Gabrielle Adawe getan hat, als sie mithalf, Overwatch zu gründen, nach der Omnic-Krise den Frieden wiederherzustellen und Numbani zu gründen, eine Stadt, in der Omnics und Menschen als Gleichgestellte zusammenleben. Eines Tages möchte ich in ihre Fußstapfen treten … und auch eine Heldin sein. Ich habe große Ideen und ebenso große Träume, und mit der richtigen Unterstützung könnte ich sie Wirklichkeit werden lassen. Ich hoffe sehr, dass Sie mich für das ›Superhirn-Stipendium‹ der Adawe Foundation in Betracht ziehen. Ich werde Sie nicht enttäuschen.«

Efi hielt die Aufnahme an und machte sich daran, das Material zu schneiden. Es war schon 23.03 Uhr. Nur für einige grundlegende Dinge wie einen eingeblendeten Titel, etwas inspirierende Hintergrundmusik und eine Luftaufnahme von Numbani am Ende, die dann in Schwärze überging, blieb noch Zeit. Sie fügte noch einige Aufnahmen aus ihrem Vlog ein, die sie zuvor von den Junies und einigen ihrer anderen Erfindungen gemacht hatte. Manche Videos sahen recht amateurhaft aus, aber sie hoffte, dass es höchstens wie Stückwerk und nicht schludrig wirkte.

Ein Klopfen an der Tür. Efi sprang ins Bett, deckte sich, den Laptop und alles andere schnell zu und tat so, als würde sie schlafen. *Bitte lass es nicht Mama sein. Bitte lass es nicht Mama sein,* dachte sie.

»Schätzchen?«, flüsterte ihre Mutter durch die Tür. »Bei dir brennt noch Licht. Warum bist du so spät noch auf?«

Der Türknauf bewegte sich, als Efi nicht antwortete. Sie hörte, wie ihre Mutter leise durchs Zimmer ging, dann wurde die Bettdecke weggezogen. »Efi«, sagte ihre Mutter. Efis Schnarchen klang einfach nicht überzeugend genug.

Efi öffnete zaghaft ein Auge. Sie rechnete damit, ins ernste Gesicht ihrer Mutter zu sehen, doch stattdessen lächelte ihre Mutter und hielt einen Teller in der Hand, auf dem sich Dodo stapelten – goldbraune Kochbananenscheiben, die so lecker dufteten, dass Efi das Wasser im Mund zusammenlief.

»Dein Vater hat mir von dem Stipendium erzählt.« Ihre Mutter stellte den Teller auf Efis Kommode.

»Ach ja?«

»Ich halte das für eine wunderbare Gelegenheit.«

»Wirklich?«

»Aber natürlich! Wir sind zwar nicht immer einer Meinung, aber dein Vater und ich unterstützen dich von ganzem Herzen. Wir stehen bei jedem Stipendium, für das du dich bewerben möchtest, hinter dir.«

Efi hatte schon fast ein Lächeln auf den Lippen, spürte jedoch, dass da noch ein »Aber« kommen würde.

»Aber ich mache mir Sorgen um dich, Schatz. Und um deine Freunde. Derart das Abendessen herunterzuschlingen – du musst dir auch Zeit für deine Familie nehmen.«

»Das tue ich ja, Mama. Es ist nur so …« Efi fehlten noch immer die Worte. Sie wusste, dass ihre Mutter ihre Träume unterstützte, aber Efi hatte häufig das Gefühl, für sie beide Erfüllung finden zu müssen.

Ihre Mutter war ungefähr in Efis Alter gewesen, als die ersten Omnic-Angriffe erfolgt waren. Sie sprach nicht oft über diese Jahre, aber Efi wusste, dass diese Zeit schrecklicher gewesen war als alles, was sie sich vorstellen konnte. Aus diesem Grund wollte ihre Mutter nur, dass Efi die Partys, die Freunde, den Spaß und die sorglosen Tage nicht verpasste, die die Omnic-Krise ihr genommen hatte. Beschämt nahm Efi ein Stück frittierte Kochbanane vom Teller und widerstand dem Drang, es sich ganz in den Mund zu stopfen. Stattdessen biss sie ein Stückchen ab und genoss es. Die Banane war noch warm. Ihre Mutter musste sie extra für Efi zubereitet haben. Einen Augenblick lang hatte Efi das Ende der Bewerbungsfrist völlig vergessen. Ihre Mutter nahm sie in die Arme und drückte ihr einen Kuss auf die Stirn.

»Ich verspreche dir, wenn ich dieses Stipendium bekomme, lasse ich es etwas langsamer angehen, Mama. Vielleicht können wir dann einen Familienurlaub machen.«

Ihre Mutter strahlte sie an. »Oh, Efi! Das wäre wunderbar. Wir könnten uns an den Stränden von Lagos entspannen oder den Yankari-Nationalpark besuchen und uns die Elefanten und Nilpferde ansehen. Es wäre so schön, für eine Weile wegzufahren. An einen Ort, an dem wir alle mal abschalten können. Wenn du das Stipendium bekommst, machen wir genau das. Und du entscheidest, wo es hingeht.«

»Danke, Mama«, sagte Efi und kuschelte sich an ihre Mutter. Ihre Mutter zupfte sanft an den Enden von Efis Zöpfchen und sorgte dafür, dass sie richtig lagen.

»Und, was treiben deine Freunde und du neuerdings so?«

»Du meinst, abgesehen vom Roboterbau?«, fragte Efi.

»Den Roboterbau eingeschlossen«, erklärte ihre Mutter. »Erzähl mir alle spannenden Neuigkeiten.«

»Na ja, Naade wurde diese Woche nicht in den Pausen beim Tanzen auf dem Flur erwischt. Er hat seinem Junie beigebracht zu pfeifen, wenn er einen Lehrer kommen sieht.«

»Ha. Wieso überrascht mich das nicht?«

Ihre gemeinsame Zeit dauerte nur wenige Minuten, aber zwischen den einzelnen Bissen nutzte Efi die Gelegenheit, um ihrer Mutter alles zu erzählen, was ihr in letzter Zeit durch den Kopf gegangen war. Ihre Mutter nickte, hörte zu und machte an den richtigen Stellen »Ah« und »Oh«, wenn Efi über die Dinge sprach, die sie frustrierten. Efi hatte das Gefühl, dass ihre Mutter ihr wirklich zuhörte, und sie fühlte sich geliebt und verstanden, aber es war viel zu schnell vorbei.

»Putz dir die Zähne. Und räum dein Zimmer auf«, ermahnte ihre Mutter sie im Gehen. Dann zwinkerte sie Efi zu. »Und geh vor Mitternacht schlafen.«

Efi nickte und aktivierte Chore Bot. Er erwachte zum Leben und machte sich daran, ihre Socken aufzusammeln und ihre Kleidungsstücke zusammenzulegen. Dann versuchte er auch noch, das Bett zu machen, obwohl Efi drin lag, und sie schickte ihn zurück in seine Ecke. Efi legte letzte Hand an das Video an und fügte noch einen Satz hinzu.

»Ich möchte die Welt verändern und sie zu einem besseren Ort für meine Freunde machen – und für meine Familie.«

So. Es war nicht perfekt, aber wenn der Vorstand der Adawe Foundation einer fast Zwölfjährigen mit einem solchen Traum in die Augen sehen und ihr die Hilfe verweigern konnte, dann war niemandem mehr zu helfen.

Sie war schon fast davon überzeugt, dass man ihr das Stipendium bewilligen würde.

Nun musste sie nur noch die Zeit abwarten, bis die Entscheidung gefallen war und sie Gewissheit bekam.

# HollaGram

**BotBuilder11** baut Roboter, um anderen zu helfen.

**FANS** 419

HOLOVID-ABSCHRIFT

Automatisch generiert von TranscriptMinder XL Version 5.317

**Bewerbung für das »Superhirn-Stipendium« der Adawe Foundation**

Ich kann es kaum glauben! Gerade habe ich meine Bewerbung für das »Superhirn-Stipendium« der Adawe Foundation abgeschickt, nur drei Minuten vor Ende der Bewerbungsfrist. Ich baue unglaublich gern Roboter für euch und bin schon gespannt, was als Nächstes passieren wird! Stellt euch nur vor, was ich mit so viel Geld anstellen könnte. Hat jemand Interesse an Hartlicht-Upgrades für seinen Junie?!?!

Es ist schon spät, und ich bin so müde.

REAKTIONEN

♥ 247 👏 289 📢 229

***KOMMENTARE (37)***

**ARTIST4Life** Efi! Hast du da etwa den tollen grünen Iro an? Dein neuer Look gefällt mir sehr! (Du musst mir mal die goldene Kette leihen.)

**BackwardsSalamander** Ich stimme für Hartlicht-Upgrades. Dann könnte mir mein Junie im Haushalt helfen. Er ist übrigens GROSSARTIG! Ich habe ihm den Namen Penelope gegeben!

**BolajiOladele55** Hier ist dein Papa. Geh ins Bett.

*Weiterlesen ...*

# KAPITEL 3

Efi nutzte die letzten Augenblicke vor dem Schulschluss ihrer Freunde, um sich die Kurzfassung des Video-Feeds mit den Ereignissen des Tages anzusehen. Es war Freitag, daher dauerte die Zusammenfassung ganze zwanzig Minuten, was bedeutete, dass eine Menge spannender Dinge passiert waren. Efi hätte sich fast auf die Zunge gebissen, als sie mit ansah, wie Stevie Igwe beinahe mit der Hand im Dispenser des Zobo Bots stecken geblieben wäre. Der Zobo Bot war bekannt dafür, störrisch zu sein und sich beim Zubereiten von Fruchtsaftgetränken Zeit zu lassen. Aber die Zutaten waren frisch, auch die duftenden Hibiskusblätter, und die Schüler sahen gern dabei zu, wie die automatischen Messer direkt vor ihren Augen die Ananas- und Ingwerstückchen klein schnippelten. Efi hatte keine Ahnung, was sich Stevie dabei gedacht hatte, aber anstatt darauf zu warten, dass die Flasche mit dem Getränk ausgegeben wurde, hatte er die Hand in den Bot geschoben und war darin stecken geblieben, so dass ein Lehrer ihn wieder daraus befreien musste.

Die neuen Junie-Algorithmen, die Efi programmiert hatte, funktionierten perfekt, und ihr war, als würde sie den ganzen Tag mit ihren Freunden in der Schule verbringen. Hassana und Naade beschwerten sich auch nicht länger, sondern nutzten die

Technologie sowohl innerhalb als auch außerhalb der Schule. Die Kunde über Efis Erfindung sprach sich schnell rum, und allein diese Woche waren einhundert neue Junie-Bestellungen eingetroffen! Efi war durch die viele Arbeit derart abgelenkt und bemerkte kaum, dass seit dem Abschicken ihrer Bewerbung für das Stipendium schon über ein Monat vergangen war. Sechsunddreißigeinhalb Tage, um genau zu sein. Achthundertundneunundsiebzig Stunden. Aber wer zählte schon mit?

Endlich läutete die Schulglocke, und Efi stellte sich auf die Zehenspitzen, um nach ihren Freunden Ausschau zu halten, die gleich aus dem Gebäude stürmen würden. Sie hatten für dieses Wochenende große Pläne und würden viel Zeit in der Werkstatt verbringen, aber sie hatte vor, im Hintergrund Filme laufen zu lassen, während sie in der Werkstatt Roboter zusammenbauten. Richtige Filme wie *Flash Brighton und die Omnic-Kreuzritter: Duell bis in die Ewigkeit* mit Kam Kalu, Thespion 4.0, A. I. Schylus und etwa zwei Dutzend anderen berühmten menschlichen und Omnic-Schauspielern. Wenn Efi einen Naira bekommen hätte, wann immer Naade von diesem Film schwärmte, wäre ihre ganze Werkstatt bis in alle Ewigkeit finanziert, und sie hätte sich nie wieder um ein Stipendium bewerben müssen.

»Naade!«, rief Efi und wedelte mit den Armen. »Hier drüben!«

Naade entdeckte sie, und seine Augen strahlten, als er auf sie zukam. Hassana lief dicht hinter ihm.

»Hast du es gesehen?«, fragte Hassana. »Stevie gegen den Zobo Bot?«

»Das war so witzig!«, sagte Efi. »Er hätte geduldig auf sein Getränk warten sollen, so wie alle anderen. Da hat er eindeutig ›den Isaac gemacht‹!«

Naade lachte laut los. »Ja, das hat er. Die Lektion musste er auf die harte Tour lernen! *Lọ lati sun pẹlu apọju apọju, ji soke pẹlu ọwọ wiwọ.*«

Efi nickte und musste über das alte Sprichwort lachen, aber Hassana stand einfach nur mit zusammengekniffenen Augen da, als würde sie versuchen, die Worte mit ihren geringen Yoruba-Kenntnissen zu übersetzen.

»Es bedeutet ›Gehst du mit juckendem Po schlafen, wachst du mit stinkender Hand auf‹«, erklärte Naade.

»Igitt.« Hassana rümpfte die Nase. »So genau wollte ich das gar nicht wissen.«

»Was? Oh nein … Mir ist das nicht passiert …«, stotterte Naade. »Das hat mein Papa immer zu mir gesagt. Weil ein kleines Problem zu einem viel größeren führen kann, wenn man es zulässt, oder etwas in der Art. Ich kann dir versichern, dass es sich auf Yoruba viel eleganter anhört.«

»Du darfst dich niemals ändern, Naade«, meinte Efi grinsend. »Freuen wir uns alle aufs Wochenende?«

»Na ja …« Hassanas Lächeln verblasste auf einmal. Sie zog den Reißverschluss ihres Rucksacks auf, holte den Junie heraus und reichte ihn Efi.

»Was ist? Funktioniert er nicht richtig? Ich sehe ihn mir an, sobald wir in der Werkstatt sind.«

»Nein! Er funktioniert einwandfrei. Am Mittwoch hat er mir sogar das Leben gerettet. Ich konnte ihn zur Chorprobe schicken, während ich beim Kunstwettbewerb war. Ohne ihn hätte ich eins von beidem völlig verpasst.«

Efi stand schweigend da und wartete auf die nächste Hiobsbotschaft.

Hassana schüttelte den Kopf und knirschte mit den Zähnen. »Aber ich bin heute Abend dummerweise doppelt verabredet. Ich hatte vergessen, dass ich Amber versprochen habe, mit ihr Outfits für die Feier zum Einheitstag auszusuchen. Ich hatte gehofft, den Junie dir und Naade mitgeben zu können, damit ich wenigstens im Geiste bei euch bin.«

»*Ooooooo*«, machte Naade und drückte Efi seinen Junie ebenfalls in die Hand. »Ich habe heute Abend leider auch keine Zeit, mein Junie aber schon.«

»Hast du dich auch doppelt verabredet?«, wollte Efi leicht genervt wissen. Aber sie wurde immer ärgerlicher.

»Das könnte man so ausdrücken ... Ich hab Hausarrest.«

»Was hast du jetzt wieder angestellt, Naade?«, fragte Hassana.

»Na ja«, begann Naade. »Ich habe darüber nachgedacht, dass Efi sagte, ich müsse mir mit dem Lernen mehr Mühe geben, und einen Plan geschmiedet. Schließlich zeichnet mein Junie ja jede Stunde auf, nicht wahr? Daher wollte ich die Zeit effizienter nutzen. Ich könnte die Mathehausaufgaben in Geschichte machen. Die Geschichtshausaufgaben im Wissenschaftslabor. Meine Wissenschaftsaufgaben im Sprachunterricht. Auf diese Weise hätte ich den Großteil meiner Hausaufgaben bereits fertig, wenn ich nach Hause komme, und könnte länger *Vivis Abenteuer* spielen. Eine brillante Idee, findet ihr nicht?«

»Aber wann wolltest du dir denn die Feeds aus dem Unterricht ansehen?«, hakte Efi nach.

»Das ist der beste Teil. Du weißt doch, dass wir im Wissenschaftslabor gerade die Osmose behandelt haben? Wie man die Barriere zwischen den Molekülen beseitigt, damit sie sich frei bewegen können?«

»Das ist nicht das, was bei der Osmose passiert«, widersprach Efi ihm, aber Naade war derart im Redefluss, dass er einfach weitersprach.

»Daher hatte ich folgende Idee: Warum kann ich nicht per Osmose lernen? Informationen, die die Barriere durchbrechen … im Schlaf?«

»Das ist wirklich nicht …«

»Und ich habe jede Nacht die Aufzeichnungen abgespielt, während ich schlief. Dank der sieben Stunden Unterricht und acht Stunden Schlaf hat das perfekt funktioniert, und ich hatte sogar noch eine Stunde übrig. Ich habe die Feeds noch mal mit zehnfacher Geschwindigkeit laufen lassen, um sicherzustellen, dass auch wirklich alles angekommen ist.«

»Das ist doch lächer …«

»Aber mit deiner Technik scheint irgendwas nicht in Ordnung zu sein, Efi, denn in den letzten Wochen wurden meine Noten immer schlechter. Ich hatte eine Vier im Mathetest, und da hatte mein Papa die Nase voll. Jetzt habe ich Hausarrest. Aber nimm meinen Junie mit. Vielleicht findest du den Fehler. Ich werde in der Zwischenzeit wohl wieder auf die altmodische Weise lernen müssen.« Er ließ die Schultern hängen.

»Ich werde sehen, was ich tun kann«, versprach Efi. Sie brachte es nicht über sich, ihm die Wahrheit zu sagen: dass sein Plan womöglich der dümmste war, von dem sie je gehört hatte. Aber das konnte sie auch auf später verschieben und den Junie so lange in ihrer Werkstatt behalten, bis Naades Noten wieder besser geworden waren.

Hassana zwinkerte Efi zu. »Du bist eine gute Freundin.«

Efi zwang sich zu einem Lächeln, fühlte sich auf der zwanzigminütigen Heimfahrt in der S-Bahn jedoch entsetzlich einsam. Auf halber Strecke sah sie aus dem Augenwinkel etwas flackern. Sie rückte näher ans Fenster und erspähte wenigstens ein Dutzend OR15-Roboter, die auf ihren vier Beinen rings um das Stadtzentrum patrouillierten. Sie waren wie Zentauren gebaut, und ihr mattgraues Titanchassis bedeckte polierte weiße Brustplatten, während die vier Beine mit grünen Platten geschützt waren. Efi gefiel es, wie sie sich im Einklang bewegten – wie Ponys bei einer Pferdeshow, so dass es fast schon wie eine Parade wirkte. Gewaltige, schwer bewaffnete und ausgesprochen tödliche Showponys. Es machte den Anschein, als wären mehr als sonst unterwegs, um ihre Aufgabe zu erfüllen und den Frieden zu bewahren.

Efi war dankbar für die Sicherheit, die die OR15 boten, aber sie wünschte sich dennoch, jemand würde ihnen mal ein nettes Upgrade verpassen, um sie der Ästhetik Numbanis wenigstens etwas näher zu bringen. Sie sahen zwar ein bisschen schnittiger aus als die alten OR14-»Idina«-Modelle, die während der Omnic-Krise zum Einsatz gekommen waren, aber Efi hatte stets den Eindruck gehabt, den Robotern würden entscheidende Teile des Numbani-Erbes fehlen. Sie waren einschüchternd. Kurz angebunden. Sie verbeugten sich nie, um jemandem Respekt zu erweisen, und verwendeten keine Ehrenbezeichnungen. Efi gab es nur ungern zu, aber die OR15 waren noch auf »Werkseinstellung« und darauf konzentriert, Verbrecher zu fangen, statt sich in die Gemeinde zu integrieren. Hätte Efi Einfluss auf die Programmierung nehmen können, hätte sie Änderungen vorgenommen, damit die Roboter den Bürgern von Numbani auch wirklich dienten und diese beschützten. Die OR15 konnten die

Art von Helden sein, die ebenso begierig darauf waren, ältere Menschen zu unterstützen, wie Terroristen auszuschalten. Die ebenso gern Kindern Bücher in der Bücherei vorlasen, wie sie gegen Talon-Agenten kämpften. Sofort schwirrten unzählige Ideen durch Efis Kopf, aber ein Ruckeln der S-Bahn holte sie in die Realität zurück.

Es war nicht Efis Aufgabe herauszufinden, wie man die OR15 besser integrieren konnte. Sie hatte auch so schon genug eigene Probleme. Mit der Produktion ihrer Junies war sie im Rückstand, und sie brauchte das Geld durch das Stipendium. Sie meldete sich auf der Stipendiumswebsite der Adawe Foundation an und überprüfte ihren Status:

Wird geprüft …

Sie aktualisierte die Seite. Einmal. Zweimal. Als sie nach Hause kam, musste sie die Taste bestimmt hundertmal gedrückt haben.

*Jetzt dreh nicht durch*, ermahnte sie sich. Sie ging in ihre Werkstatt und aktivierte Naades und Hassanas Junies, damit sie ihr Gesellschaft leisteten. Die Holobilder schwebten in der Luft und sahen sie an. Mit leerem Blick. Ausdruckslosem Lächeln. Sie füllten die Werkstatt mit nichts als Kälte. Sie schaltete sie wieder ab und machte sich an die Arbeit.

*Ping. Ping. Ping*, meldete ihr Laptop. Weitere Bestellungen.

Efi seufzte, machte eine neue Schachtel Lúcio-Oh's auf, drehte die Musik lauter und warf ihre Lötpistole an.

***

Efi stand nach dem Matheunterricht auf dem Flur und scrollte auf Hollagram durch Hassanas Feed. Darin sah sie wenigstens drei Dutzend Selfies, auf denen Hassana mit Amber Oyeba herumalberte, dem coolsten Mädchen der Schule. Sie waren gemeinsam Klamotten shoppen gegangen, und Amber hatte Hassana einen Arm um die Schultern gelegt und hielt schicke Aetria-Einkaufstaschen in den Händen. Beide Mädchen strahlten in die Kamera.

*Wir hätten dich ja mitgenommen*, lautete die Nachricht, die sie Efi geschrieben hatte, *aber wir wussten ja, dass du das ganze Wochenende mit den Bots beschäftigt warst.*

»Was ziehst du so ein langes Gesicht?«, fragte Dayo, der plötzlich neben Efi auftauchte. Sie merkte erst jetzt, dass außer ihnen niemand mehr auf dem Flur war. Wie lange stand sie schon hier rum?

»Freundinnendrama«, antwortete Efi.

»Möchtest du darüber reden?«

»Eigentlich nicht. Ich muss los. Vermutlich verpasse ich noch meine Bahn.«

»Warte«, sagte Dayo. »Warum bleibst du nicht und kommst mit zum Schauspielklub? Du könntest uns helfen, die Sets für den Auftritt am Einheitstag zu bauen.«

»Äh …« Dann würde sie ja im wahrsten Sinne des Wortes Farbe beim Trocknen zusehen. »Nein danke.«

»Komm schon, Efi. Du kannst keine Freunde finden, wenn du es nicht wenigstens versuchst. Einige halten dich für cool.«

Efi merkte auf. »Sie halten mich für cool?«

»Für ein Genie. Eine Erfinderin. Eine Unternehmerin. Eine Sozialaktivistin. Was soll an dir nicht cool sein?«

»Ich schätze, ich kann noch ein bisschen bleiben«, gab Efi nach.

Dayo reckte eine Faust in die Luft und führte sie durch den Flur zum Theater. Efi konnte die Farbe und das Sägemehl riechen, kaum dass sie die Tür geöffnet hatte. Auf der Bühne arbeiteten zwölf Schüler fieberhaft an Requisiten und Teilen für das Set.

Dayo ging mit Efi den halben Mittelgang hinunter zu Sam, der mit einem Mädchen zusammenarbeitete, das Efi noch nie gesehen hatte. Sie war groß und dünn und hatte lange Arme, die aussahen, als könnte sie damit perfekt in hohe Hängeschränke greifen. Das Mädchen hatte sich einen farbenfrohen Hijab locker ums Haar gebunden, und ein Schalende baumelte gefährlich dicht über dem Farbeimer.

»Efi, du erinnerst dich doch bestimmt noch an Sam«, sagte Dayo. »Und das hier ist Joké, unsere Inspizientin. Efi wird uns heute helfen.«

»Super«, meinte Joké. »Freut mich, dich kennenzulernen. Ich würde dir ja die Hand schütteln, aber …« Sie zeigte Efi ihre mit Farbe verschmierten Handflächen.

»Es wird großartig«, erklärte Dayo. »Für sämtliche Requisiten wurden gefundene Sachen wiederverwertet. Der Schlüssel der Harmonie, den Gabrielle Adawe dem Anführer der Omnic-Union von Numbani überreicht hat, besteht aus Poolnudeln. Und du wirst nicht glauben, woraus wir den Doomfist-Handschuh gebastelt haben.«

»Sprich nicht von Doomfist.« Sam blickte von seinem Projekt auf und bedachte Dayo mit einem tadelnden Blick. »Du machst der Kleinen nur Angst!«

»Ich habe keine Angst vor Doomfist«, erwiderte Efi. Es begeisterte sie auch nicht, »die Kleine« genannt zu werden. Doch sie erinnerte sich an etwas, das Doomfist getan hatte. Ihre Eltern hatten versucht, ihr die schlimmsten Gräueltaten vorzuenthalten, die Akinjide Adeyemi, der Verwüster von Numbani, verübt hatte, aber so etwas konnte man kaum ignorieren, erst recht nicht, wenn man wie sie gut darin war, Rätsel zu lösen.

Efi erinnerte sich an ihr »superlustiges Familienzeit«-Spiel, als sie und ihre Eltern alles stehen und liegen gelassen hatten und ins fensterlose Badezimmer ihrer kleinen Wohnung gerannt waren, sobald die Sirenen losgingen. Dort bewahrten sie eine kleine Schachtel voller Seifenblasen, Knete und Süßigkeiten auf, die Efi normalerweise nicht essen durfte. Ihre Eltern ließen sie sogar zahlreiche Overwatch-Cartoons am Stück gucken und die Lautstärke so weit aufdrehen, wie es nur ging. Aber trotz all dieser wunderbaren und witzigen Ablenkungen hatte sich Efi in diesen Stunden nie sicher gefühlt. Möglicherweise lag das am verkrampften Lächeln ihres Vaters oder der Tatsache, dass ihre Mutter sie viel zu fest umarmte. Oder es war das lautstarke Einstürzen von Gebäuden in der Ferne, das in der kurzen Stille vor dem Einsetzen einer Werbepause zu hören war. Sie hatte versucht, sich ihre Angst nicht anmerken zu lassen, damit ihre Eltern eine Sorge weniger hatten, und diese Furchtlosigkeit war ihr irgendwie erhalten geblieben.

Nun schüttelte Efi die unschöne Erinnerung ab und sah sich die Handschuhrequisite genauer an: eine große, geballte goldene Faust mit Metalldornen, die aus den Knöcheln herausragten. Sie wusste zwar nicht, wie man Requisiten aus Müll bastelte, aber sie besaß ein Talent für das Nachkonstruieren von

Technologie. Daher nahm sie den Handschuh genau in Augenschein und musterte die Ränder und Kanten. Dann begriff sie es endlich, als sie die Segmente und die organische Form mit den kleinen Scheren bemerkte, die sich unter dem Arm befanden.

»Das ist der riesige Plastikhummer, der früher über der Meeresfrüchte-Theke in Bankolés Lebensmittelgeschäft hing!«

»Du hast es erraten«, sagte Dayo. »Wir haben die Scheren so hingebogen, dass sie wie die Finger eines riesigen Handschuhs aussehen. Ich wusste doch, dass du hier gut reinpassen würdest. Du bist auf dem besten Weg, ein Theater-Geek zu werden.«

»Ich bin heilfroh, dass in Numbani wieder Frieden herrscht«, erklärte Joké. »Es ist sehr beruhigend, dass ich mir momentan am meisten Sorgen darum mache, wer von euch bei der Premiere seinen Text vergessen wird.« Bei diesen Worten sah sie Sam mit zusammengekniffenen Augen an.

»Was ist?« Sam setzte eine Unschuldsmiene auf. »Es ist nicht meine Schuld, dass Bösewichte immerzu lange Monologe halten. Ich kann meinen Text bis zum Einheitstag, das schwöre ich dir. Ich werde der beste Doomfist sein, den die Welt je gesehen hat!«

Joké schüttelte den Kopf und sah Efi an, als wollte sie sie wortlos fragen: *Ist das zu fassen?*

Efi grinste und fühlte sich bei der Aussicht, Zeit mit Dayo, Sam, Joké und den anderen Schauspielschülern zu verbringen, etwas zuversichtlicher.

»Hast du Lust, mir zu helfen, die Gitterstäbe für Doomfists Zelle zu bauen?«, fragte Sam sie.

»Eigentlich besteht Doomfists Gefängniszelle aus meterdickem festem …« Efi stockte, als sie merkte, wie Sam das Gesicht verzog. Sie biss sich auf die Unterlippe. War es denn wirklich wichtig, wie realitätsgetreu das Stück war? Dieser Verwüster Akinjide Adeyemi war tot, und Akande Ogundimu, sein Nachfolger, saß im Gefängnis. Das Chaos, das die beiden Doomfists in Numbani verursacht hatten, war Geschichte. »Klar, ich helfe dir gern beim Bau der Gitterstäbe«, sagte Efi und setzte sich neben Sam, der einen Haufen Papprollen aus Toilettenpapierrollen und bergeweise Alufolie vor sich liegen hatte.

»Das geht ganz einfach. Nimm drei Rollen und leg die Enden aneinander. Dann klebst du sie fest, wickelst die Folie darum, und – ta-da –, schon hast du undurchdringliche Gitterstäbe. Dafür musste ich nur zwei Monate lang sämtliche Toiletten der Schule plündern!«

»Solange Doomfist dahinter eingesperrt ist, fühle ich mich sehr viel sicherer!« Efi lachte verlegen auf. Das einfache Design gefiel ihr sehr. Sie bastelte sieben Gitterstäbe und hörte währenddessen der Unterhaltung von Sam, Dayo und Joké zu. Dabei achtete sie genau auf die Worte, die die drei benutzten – es war sehr viel Theaterslang darunter –, aber sie hielt die meiste Zeit den Mund. Vielleicht konnte sie ja doch dazugehören, wenn sie sich nur sehr viel Mühe gab.

»Wisst ihr, was ich am Einheitstag am meisten mag?«, fragte Efi. »Das leckere Essen! Vor allem die Fleischpasteten, die Frühlingsrollen und die gekochten Erdnüsse. Und am besten sind die Kuli-Kuli!« Allein beim Gedanken an die frittierten Leckereien, die man am besten so heiß aß, dass man sich beinahe den Mund verbrannte, lief Efi das Wasser im Mund zusammen.

»Oh ja, die sind wirklich köstlich. Und ich fange schon an

zu zittern, wenn ich nur die Stimme des Kokosnussbonbonverkäufers höre, der laut schreiend Tüten in die Menge wirft«, sagte Sam und blickte verzweifelt auf seine mit Farbe befleckten Hände. »Und man bekommt ganz klebrige Finger, die mit Karamell bedeckt sind, so dass man sie ablecken muss. Selbst wenn dich deine Eltern dann entsetzt anstarren.«

Efi nickte, und ein breites Lächeln umspielte ihren Mund. Klebrige Finger gehörten zum Einheitstag einfach dazu, dem Tag, an dem die Harmonie und Gleichheit der Menschen und Omnics gefeiert wurden, die das Ereignis auf eigene Art genossen. Sie gossen organische Öle in Weingläser und kauften OmniWorx-Synthetikschmiere in Designerdosen und mit Pfefferminz-, Lavendel- oder Zitrusduft. Efi legte immer ein bisschen Geld beiseite, um ein paar Dosen für die besonderen Omnics in ihrem Leben – Lehrer, Nachbarn und Freunde – zu kaufen, und sie musste sich eingestehen, dass sich deren Dankbarkeit sogar noch besser anfühlte, als wenn sie den Bauch voll mit fettigem Essen hatte.

Der Einheitstag war nächsten Monat, und Efi konnte es kaum noch erwarten. Sie sang beim Arbeiten leise die Numbani-Harmoniehymne, und Dayo fiel mit ein. Zusammen klangen sie weniger harmonisch ... In ihrer Familie gab es einfach keine guten Sänger. Aber sobald Sam und Joké mitsangen, hörte es sich gleich sehr viel besser an, bis Dayo versuchte, den hohen Ton am Ende mit einem misstönenden Falsett zu treffen, bei dem Efi die Backenzähne wehtaten.

Efi zucke zusammen und starrte Dayo an, der nur breit grinste.

*Du machst das super*, gab er ihr lautlos zu verstehen.

Sam zählte die Gitterstäbe und stellte fest, dass sie genug hatten. »Gute Arbeit«, lobte er Efi. »Dayo kann von Glück reden, eine so tolle Cousine wie dich zu haben.«

Efi strahlte Sam an, doch dann bemerkte sie, dass er ihr den Kopf tätscheln wollte. Ihr blieb nur ein Sekundenbruchteil, um zu reagieren. Von all den Dingen, die sie nicht leiden konnte, verabscheute sie es am meisten, wenn man ihr den Kopf tätschelte. Sie konnte nicht zulassen, dass er sie immerzu wie ein Kind behandelte. Außerdem wollte sie sich nicht vor Dayos Freunden beschämen lassen. Ihr Ego gewann die Oberhand, und Efi streckte eine Hand aus und hielt Sam am Handgelenk fest.

»Sehe ich aus wie ein Pudel?«, fragte sie.

»Nein«, antwortete er.

»Wie ein Cockerspaniel?«

»Nein.«

»Wie ein Labrador?«

»Nein.«

»Dann tätschel mir bitte nicht den Kopf.« Sie sagte das ganz ernst und mit ihrer Erwachsenenstimme. Die anderen Schüler lachten, zeigten auf Sam und verspotteten ihn, weil ihn ein Kind zurechtgewiesen hatte. Obwohl sie sich über ihn lustig machten, spürte Efi einen Stich, weil sie ebenfalls anders war. Zugegeben, sie war ein Kind, aber es fühlte sich eher wie eine vorübergehende Sache an … allerdings nicht, wenn die älteren Schüler lachten.

Darauf hatte sie keine Lust. »Ich muss jetzt sowieso los. Tut mir leid, dass ich nicht zur Premiere kommen kann, aber da werde ich nicht in der Stadt sein. Wir machen die ganze Woche, in der die Einheitstagfeiern stattfinden, Urlaub.« Sie nickte bei diesen Worten. Ihre Eltern hatten gesagt, dass sie mit ihr wegfahren würden, wenn sie das Stipendium bekam.

Noch hatte sie zwar nichts gehört, aber in diesem Augenblick war sie sehr zuversichtlich. Unglaublich zuversichtlich.

»Echt, ihr macht Urlaub? Wo fahrt ihr denn hin?«, fragte Dayo. »Warum hat Tantchen das nicht erwähnt?«

»Weil es was Großes ist. Was Bedeutendes. Sie wollte nicht den Anschein erwecken, als würde sie damit angeben.«

»Deine Mutter wollte nicht vor meiner Mutter angeben? Dass ich nicht lache!«

»Sie hat nichts gesagt, weil … weil …« Efi wollte kein guter Grund einfallen. Kein einziger. Dann erinnerte sie sich an Lúcios Tourplan. Sie hatte ihn sich praktisch innen auf die Augenlider tätowiert, sobald er veröffentlicht worden war. Hassana und sie hatten in ihre Schüsseln voll Schokoeis geweint, als sie festgestellt hatten, dass er erst ganz am Ende seiner Tour in fast acht Monaten nach Numbani kommen würde. Trotzdem hatten sie sich in die virtuelle Schlange vor der Kasse gestellt, allerdings erfolglos. Das Konzert war in weniger als siebenundzwanzig Minuten ausverkauft gewesen. Glücklicherweise gehörte Lúcios Konzert in seiner Heimatstadt Rio de Janeiro zu den wenigen, für die es noch Restkarten gab. Eintausendvierzehn Plätze waren heute Morgen noch frei gewesen.

Was nicht bedeutete, dass Efi *jeden* Morgen nachschaute.

»Wir gehen auf ein Lúcio-Konzert. In Brasilien!«, rief sie.

»Wow!« Sam staunte. »Krass!«

Mit einem Mal war sie von allen anderen umringt. »Wo werdet ihr wohnen?«

»Wann brecht ihr auf?«

»Mit wem fährst du hin?«

Die Fragen stürmten auf sie ein. Warum hatte sie das nur behauptet? Sie wusste doch noch nicht mal, ob sie das Stipendium bekam, und selbst wenn das geschah, würden ihre Eltern wohl kaum eine Reise über den Ozean finanzieren!

Efi sah Dayo hilfesuchend an, aber er zuckte nur mit den Achseln. Diese Grube hatte sie sich selbst gegraben. »Meine Bahn! Entschuldigt, aber ich muss die letzte vor der Rushhour kriegen, sonst muss ich die ganze Fahrt über stehen!«

Dann war sie auch schon losgelaufen, aber ihre fette Lüge schien auf dem Weg durch die leeren Schulflure wie eine Wolke über ihr zu schweben. Es wurde bereits Abend, und Numbani war zwar sicher, doch es machte sie dennoch nervös, allein unterwegs zu sein. Als sie sich umdrehte, stellte sie erleichtert fest, dass Dayo ihr gefolgt war. Und er schien gar nicht sauer zu sein. Ganz im Gegenteil. Sein Lächeln war so breit und freundlich wie immer.

»Efi«, sagte er und klang beinahe wie Tante Yewande, wenn sie bei einem von Efis Besuchen in ihrem Haus mit ihrer Nichte schimpfte. Das passierte häufiger, als Efi zugeben wollte. »Die Sache eben ist ein bisschen aus dem Ruder gelaufen, was?«

Er legte beide Hände auf den Kristallknauf seines Gehstocks und beugte sich ein wenig zu ihr vor. Seine gerunzelte Stirn erinnerte sie eindeutig an Tante Yewande. Efi wusste nicht, ob das einen genetischen Grund hatte oder ob es Angewohnheit war, aber es sorgte auf jeden Fall dafür, dass missratene Kinder die Wahrheit sagten. Auch jetzt funktionierte diese Superkraft zu ihrer Verärgerung perfekt, denn bevor sich Efi versah, hatte sie auch schon den Mund aufgemacht und plapperte wie ein Wasserfall.

»Es tut mir leid, dass ich das alles erfunden habe. Ich hoffe, du musst dich meinetwegen nicht schämen. Ich wollte einfach nur cool sein. Sie haben mich angesehen, als wäre ich noch ein Baby.«

»Ich werde mit ihnen reden. Sie haben es nicht böse gemeint, aber ich verstehe, wie du dich dabei gefühlt hast. Es macht keinen Spaß, nicht dazuzugehören. Komm wieder rein. Wir sind gleich fertig, und dann können wir zusammen nach Hause fahren.«

»Ich kann da nicht wieder reingehen. Nicht nach diesem Schlamassel und meinem Gerede über Brasilien!«

»Sag ihnen einfach die Wahrheit. Sie werden es verstehen. Hey, du erinnerst dich wahrscheinlich nicht mehr daran, aber als ich nicht viel älter war als du, habe ich allen Leuten erzählt, mein Vater würde zu Overwatch gehören und wäre Reinhardts bester Freund, doch er wäre undercover, darum hatte noch niemand etwas von ihm gehört.«

Efi musste lachen. Sie erinnerte sich dunkel daran. Er hatte ihr damals das »geheime Overwatch-Medaillon« seines Vaters gezeigt. Es bestand aus mehreren Schichten sorgfältig ausgeschnittener Nano-Coladosen und roch nach der ganzen Flasche durchsichtigem Nagellack, den er benutzt hatte, damit es schön glänzte. Efi vermutete, dass Dayo schon immer gut darin gewesen war, Dinge aus Abfall zu basteln.

»Heißt das, du kommst wieder rein? Vielleicht können sie dir auch noch eine kleine Rolle in dem Stück geben.«

Efi war bereit, es noch einmal zu versuchen. Sie würde beim

nächsten Mal ein paar Packungen Chin Chin mitbringen, um die Sache aus der Welt zu schaffen. Ihr war nicht entgangen, dass die Schüler hier vor allem auf die Geschmacksrichtung »Mega-Limone« standen, auch wenn ihr der Grund dafür schleierhaft war. Die Dinger schmeckten so sauer, dass Efi beim Kauen immerzu das Gesicht verzog. Aber als Efi gerade den Mund öffnen und das Angebot annehmen wollte, pingte ihr Tablet. Sie las die Benachrichtigung auf dem Display, und ihr blieb beinahe das Herz stehen.

Nachricht von: Adawe Foundation
Betreff: Ihre Bewerbung

So schnell?

»Was ist?«, fragte Dayo. »Du siehst aus, als hättest du einen Geist gesehen.«

»Es geht um das ›Superhirn-Stipendium‹. Sie haben eine Entscheidung getroffen.«

»Und?« Dayo war ganz aufgeregt. »Was schreiben sie?«

»Ich weiß es nicht. Ich traue mich nicht, die Nachricht zu öffnen.« Sie drückte ihrem Cousin das Tablet in die Hand. »Hier. Lies es mir vor.«

Dayo nahm das Tablet zaghaft entgegen, doch Efi riss es ihm sofort wieder aus der Hand. »Nein. Ich sehe selbst nach.« Sie holte abermals tief Luft. »Ich will es gar nicht wissen. Nein, warte. Hier …« Sie reichte es ihm.

Er nahm es nicht entgegen.

»Das ist mein Ernst. Ich möchte, dass du nachsiehst«, murmelte Efi peinlich berührt.

Endlich griff Dayo nach dem Tablet, tippte auf das Display und fing an zu lesen. Aber er las die Nachricht nicht laut vor.

»Und?«, schrie Efi fast schon. Sie war so nervös, dass sie nicht mehr still stehen konnte.

»Hier steht ›Efi, haben Sie über eine Neufinanzierung Ihrer Hypothek nachgedacht? Die Gebühren sind momentan sensationell …‹«

»Das steht da gar nicht! Gib mir das Tablet!«

Dayo gab es ihr grinsend zurück. Efis Finger zitterten, als sie den Link antippte. Fieberhaft ließ sie den Blick über die ersten Zeilen schweifen:

Herzlichen Glückwunsch, Efi Oladele! Du wurdest ausgewählt und erhältst dieses Jahr das Stipendium der Adawe Foundation …

Ihr wurde ganz schwindlig. Dann sah Efi auch noch die vielen Nullen am Ende der bewilligten Summe und musste sich mitten auf dem Flur auf den gekachelten Boden setzen.

»Ist das ein Freudenschrei?«, brüllte Dayo.

Schrie sie etwa? Ja, anscheinend schon. So laut sogar, dass alle Schüler des Theaterklubs auf den Flur gestürmt kamen.

»Was ist denn los?«, erkundigte sich Sam.

Dayo warf Efi einen vielsagenden Blick zu. Sie wusste, dass sie sich bei den anderen entschuldigen sollte. Dass sie zugeben musste, gelogen zu haben, aber …

Aber jetzt, wo ihr das Stipendium bewilligt worden war, würden ihre Eltern *wirklich* mit ihr in den Urlaub fahren, und sie wussten, wie sehr sie Lúcio liebte. Außerdem hatte sie in der

Woche wegen der Einheitsfeiern schulfrei und würde nicht einmal den Unterricht schwänzen müssen. Das war alles einfach perfekt.

»Ich fahre nach Brasilien und werde Lúcio sehen!«, kreischte sie.

Es würde wirklich passieren. Ihre Eltern konnten unmöglich nein sagen.

# HollaGram

**BotBuilder11** baut Roboter, um anderen zu helfen.

FANS **483**

HOLOVID-ABSCHRIFT

Automatisch generiert von TranscriptMinder XL Version 5.317

## ICH HAB DAS STIPENDIUM!!!

Ist das ein Traum? Ich habe soeben erfahren, dass ich das Stipendium bekomme! Ich drehe dieses Holovid auf der Zugfahrt nach Hause. Seht ihr die tolle Aussicht? Gabrielle Adawe hatte eine Vision, als sie Overwatch schuf, um für Frieden zwischen den Menschen und den Omnics zu sorgen, und als sie diese harmonische Stadt gründete, die die Einwohner von Numbani stolz ihr Zuhause nennen. Und nun werde ich ihr Erbe gewissermaßen fortführen.

Nur keinen Druck!

Aber zuerst muss ich einen wohlverdienten Urlaub einlegen. Ich kann es kaum erwarten, meinen Eltern die Neuigkeiten mitzuteilen. Ich verdanke ihnen so viel. Auch der anonymen Person, die mich für das Stipendium vorgeschlagen hat – wer immer du auch bist … Danke!

REAKTIONEN

♥ 308 👏 555 📢 362

*KOMMENTARE (98)*

**NaadeForPrez** Glückwunsch, Efi! Ich wusste, dass du es schaffst. Lass uns mit Puff Puffs feiern. Du zahlst! :)

**ARTIST4Life** Gute Idee, Naade. Und ob wir feiern werden. Aber die Puff Puffs gehen auf uns. So viele, wie du essen kannst!

**BackwardsSalamander** Cool! Herzlichen Glückwunsch! Gibt es schon Neuigkeiten zu den Hartlicht-Upgrades? Penelope fragt mich ständig danach. Sie ist so witzig. Es ist fast so, als hätte sie einen eigenen Willen!

*Weiterlesen ....*

# KAPITEL 4

»Auf keinen Fall«, sagte ihre Mutter.

»Du verstehst mich nicht«, protestierte Efi. »Wir haben in der Woche keine Schule. Es gibt einen Direktflug von Numbani nach Rio, der gerade mal vier Stunden dauert. Bei Pricepoint Ticketing gibt es einige gute Angebote, wenn wir die Flüge zusammen mit dem Hotel buchen. Und sobald du den Umtauschkurs gesehen hast, weißt du auch, dass es kaum teurer wird, als wenn wir nach Lagos oder in einen Tierpark fahren.«

»In Lagos gibt es gute Konzertangebote«, warf ihr Vater ein, ohne von seinem Tablet aufzublicken. »Anscheinend spielen Tonal Abyss in der Woche dort. Warum fahren wir nicht dahin? Das ist nicht so aufwendig, und du wirst dich mit deinen Freunden da bestimmt genauso gut amüsieren wie auf einem Lúcio-Konzert.«

»Tonal Abyss?« Efi keuchte auf. »Als deren letztes Album rauskam, war ich gerade mal sieben Jahre alt.«

Die Omnic-Popband bestand aus achtunddreißig Mitgliedern, und früher hatte Efi jeden einzelnen Namen aufzählen können. Doch die Band war aufgrund interner Streits zerbrochen – sie hatten sich nicht auf eine Standardzeit für ihre Musik einigen können. Constantine, der Gründer und Leadsänger, bevorzugte die Uhrzeit der Atomuhr in Genf, während Gaxx Gator, der Bassist, die Greenwich-Atomuhr vorzog, die bei einigen bekannten Omnic-Künstlern immer beliebter wurde. Die Bandmitglieder entschieden sich für eine Seite, doch das Verhältnis war ausgeglichen, und keiner war bereit nachzugeben. Sie hatten versucht, bei ihren Auftritten mit beiden Zeitstandards zu arbeiten, aber die gravitationsbedingten Zeiterweiterungen aufgrund der unterschiedlichen Positionen der Uhren brachten die Synchronität derart durcheinander, dass sie sich letztendlich entschieden, bei ihren Konzerten alte Aufzeichnungen abzuspielen.

Efi begriff den Unterschied zwischen diesen winzigen Bruchteilen einer Mikrosekunde nicht, der die Ursache für diesen Streit war, aber sie erinnerte sich daran, dass die Omnic-Gemeinde in Numbani deswegen aus dem Häuschen gewesen war und entsetzt lamentiert hatte, Tonal Abyss hätten ihr Mojo verloren. Etwa zur gleichen Zeit hatte Efi Lúcios Musik für sich entdeckt, die sie seitdem den aufgewärmten Klängen aus ihrer frühen Kindheit vorzog.

»Bitte, Papi! Mami!«, flehte sie. »Ihr habt gesagt, ich soll Dinge machen, die Kinder in meinem Alter so tun. Und Kinder gehen auf Konzerte! Mit ihren Freunden. Kinder fliegen über das Meer. Ich bin noch nie in einem Flugzeug geflogen!«

Efi sah ihren Vater mit großen Augen an. Bei ihrer Mutter würde es nicht funktionieren, aber wenn sie ihn überzeugen konnte, war noch nicht alles verloren.

»Mir ist klar, dass die Reise nach Rio aufwendiger ist, als wenn wir in der Gegend bleiben«, fuhr Efi fort. »Aber was wäre, wenn wir den kaum begangenen Weg nehmen – ins große Unbekannte reisen, nur mit dem Energiekern auf dem Rücken und den Legierungsplatten unter den Füßen? Wir müssen als Familie reisen, so wie wir die Dinge wertschätzen, die uns zusammenhalten, damit wir nicht auseinanderfallen!« Zugegeben, sie hatte gerade drei der literarischen Vorbilder ihres Vaters – Frost, Blanchet771 und Achebe – falsch zitiert, noch dazu in einem Satz, aber es stand ja auch viel auf dem Spiel. »Wenn ihr entscheidet, dass wir nach Lagos gehen, werde ich bestimmt auch meinen Spaß haben. Aber wenn wir nach Rio fliegen, gleich jetzt, wo die Sterne richtig stehen … dann wird das die Zeit unseres Lebens.«

Efis Eltern tauschten einen Blick. Sie konnten eine ganze Unterhaltung nur mit Blicken und leichten Kopfbewegungen führen. Efi meinte, den Hauch eines Lächelns auf den Lippen ihrer Mutter zu erkennen.

Ja. Ja. Es klappte.

»Wir werden … darüber nachdenken«, sagte ihre Mutter, was im Grunde genommen schon einem lauten und eindeutigen Ja entsprach.

Trotzdem wollte Efi es nicht noch vermasseln, daher nickte sie nur und meinte: »Danke, dass du es in Erwägung ziehst, Mama. Ich werde geduldig auf deine Entscheidung warten.«

Danach rannte Efi in ihre Werkstatt, so schnell sie nur konnte, und suchte im Geist schon ihre besten Outfits zusammen.

***

Während der nächsten Wochen, in denen die Reise immer näher rückte, konnte sich Efi kaum noch beherrschen. Ihrer Meinung nach wusste ganz Numbani, dass sie mit ihren beiden besten Freunden ein großes Abenteuer plante, bei dem sie den Ozean überqueren und ihren Lieblingshelden sehen würden. Gestern Abend war Efi lange wach geblieben und hatte ihren Reiseplan mehrfach überprüft:

**MONTAG** – Einchecken im Hotel, am Swimmingpool auf dem Dach entspannen …

**DIENSTAG** – Hartlicht-Skatetour durch die Innenstadt von Rio …

**MITTWOCH** – Surfstunden in Ipanema, Tour durch den Botanischen Garten …

**DONNERSTAG** – Favela-Benefizparty, Fotos mit Lúcios Hologramm …

**FREITAG** – KONZERT!!!

Da sie kaum eine Nacht länger als zwei Stunden schlief, hätte Efi eigentlich müde sein müssen, aber sie war es nicht. Das Adrenalin strömte durch ihre Adern, sobald Sonnenlicht zwischen ihren Vorhängen hereindrang. Efi riss sie weit auf, öffnete auch das Fenster und schrie dem gazellenköpfigen Turm gegenüber zu: »Heute fliege ich nach Rio, um Lúcio live zu sehen!«

Das Gazellengebäude starrte unbeeindruckt zurück. Als wäre dies nicht der eindeutig beste Tag in Efis Leben. Sie zog sich die Kleidungsstücke an, die sie bereits vor zwei Tagen zurechtgelegt hatte, schnappte sich den Koffer, den sie seit zwei Wochen packte, und das kleine, in Folie verpackte Geschenk, das auf ihrer Kommode bereitlag.

Ihre Mutter kam ins Wohnzimmer, um ihre Tochter zu begrüßen. »Du bist aber früh auf«, stellte sie fest und rieb sich den Schlaf aus den Augen. »Unser Flieger geht doch erst in neun Stunden.«

»Guten Morgen, Mama«, sagte Efi mit einer leichten Verbeugung. Sie wartete unruhig einige Augenblicke, bis ihre Mutter genickt und sie angelächelt hatte, bevor sie ihr das Geschenk in die Hand drückte. »Mach das bitte auf.«

»Jetzt? Kann das nicht bis nach dem Frühstück warten?«

Efi schüttelte den Kopf und hüpfte auf und ab. Sie wusste nicht, wie viel länger sie ihre Aufregung noch im Zaum halten konnte. Ihr Vater war inzwischen auch aufgestanden und murmelte etwas, das nach »Kaffee kochen« klang, doch da war sich Efi nicht ganz sicher.

Ihre Mutter zuckte mit den Achseln und packte das Geschenk aus. Verwirrt starrte sie Efi an.

»Ohrstöpsel? Ich weiß ja, dass du uns für alt hältst, aber dein Vater und ich können ein bisschen laute Musik schon ertragen. Damals zu unserer Zeit …«

»Die sind nicht für die Musik«, erklärte Efi. Dann klingelte es an der Tür. Sie konnte Hassana und Naade hören, die draußen »Lúcio! Lúcio!« sangen und immer lauter schrien, so dass auch noch der letzte Nachbar aufwachen würde, den Efis morgendliches Geschrei noch nicht geweckt hatte. Sie warf ihren Eltern einen vielsagenden Blick zu, und die beiden verstanden den Wink und steckten sich die Stöpsel ins Ohr. Diese bestanden aus polyformgestaltetem Silikon und gehörten zu den besten, die man kaufen konnte. Und Efis Eltern würden sie brauchen.

Efi öffnete die Tür. Die Lautstärke nahm weiter zu, und sie fingen alle drei gleichzeitig an zu reden, wobei jedoch nur schrille Töne aus ihren Mündern kamen, die entfernt an Worte erinnerten. Efi hatte sämtliche Songs von Lúcio auf ihr Tablet geladen und nach Großartigkeit sortiert sowie mit Querverweisen zur Tanzbarkeit versehen.

Später verstauten sie ihr ganzes Gepäck in einem Taxi und fuhren zum Flughafen. Da sehr viele Straßen für die Paraden am Einheitstag gesperrt waren, stellte sich der Verkehr quer durch die Stadt als sehr problematisch heraus. Oftmals kamen sie nur im Schneckentempo voran. Efi wusste, dass sie noch mehr als genug Zeit hatten, trotzdem machte sich die leichte Furcht in ihr breit, sie könnten den Flieger verpassen.

Naade ließ sein Fenster herunter, und der Duft von heißem Bratöl erfüllte den Wagen und erweckte in ihnen den Drang, einfach auszusteigen. Keine drei Meter entfernt stand ein Puff-Puff-Händler und verkaufte diese himmlischen goldenen Bälle, zu einer hohen Pyramide gestapelt und mit Puderzucker bestreut. Efi musste Naade am T-Shirt festhalten, um ihn am Aussteigen zu hindern.

Menschen und Omnics tanzten zusammen in einer Parade, die sich auf der Straße erstreckte, so weit das Auge reichte. Der Takt der Trommeln ließ Efis Herz schneller schlagen, und sie wippte mit dem Fuß. Es hatten Gerüchte kursiert, dass das Event aufgrund einer anonymen Drohung verschoben werden musste, aber die Bürger von Numbani hatten erzürnt versprochen, trotzdem auf die Straße zu gehen, ob es die Stadt nun erlaubte oder nicht.

Dennoch waren die Feierlichkeiten von einer leichten Anspannung überschattet, auch wenn Efi sie nicht genau benennen konnte. Viele Menschen schienen nicht so breit zu lächeln wie sonst. Möglicherweise lag das daran, dass die Omnics ein wenig auf Abstand zu den Menschen blieben. Oder an den zahlreichen Wachleuten, ebenso menschlichen wie Robotern, die überall am Rand der Menge zu sehen waren.

Efi blinzelte, und auf einmal war der Schatten weg, und selbst wenn es Spannungen innerhalb der Grenzen von Numbani gab, bedeutete das noch lange nicht, dass sie die Feierlichkeiten hier beeinflussten. Efi entdeckte mehrere Kinder in ihrem Alter, die lächelnd und mit vor Aufregung weit aufgerissenen Augen herumliefen. Sie ließen mit ihren hohen Stimmen die Hymne von Numbani erklingen, wenn sie nicht gerade an ihren süßen Getränken nippten.

Seit ihrer Geburt hatte Efi keine Einheitsfeier verpasst. Diese war so groß, so laut und so farbenfroh, dass sie eine Woche dauerte und dem Carnival Calabar in nichts nachstand. Es war der wichtigste Feiertag in Numbani, jedenfalls wenn man die Feiertage danach anordnete, wie schlimm die Magenschmerzen am nächsten Morgen waren. Sie war fast schon traurig, dass sie das alles in diesem Jahr verpasste.

Aber nur fast.

Naade fing an, die Basslinie von »Wir bewegen uns im Einklang« zu beatboxen, und Hassana ergänzte das Ganze um einige abgefahrene Zisch-Klack-Plopp-Laute, und auf einmal waren alle negativen Gefühle verflogen. Efi versuchte sich an synthetisch tönenden Beats, die gar nicht mal so schlecht klangen. Besonders gut hörten sie sich zwar auch nicht an, doch das störte niemanden. In genau achtundneunzig Stunden und zwölf Minuten würden sie Lúcio auf der Bühne sehen, wo er die Haare durch die Luft schwang und auf seinen Turntables seine großartige Musik machte. Genau die Musik, mit der er die Befreiung seiner Favela unterstützt hatte.

»Wir hätten die S-Bahn nehmen sollen«, sagte Efis Vater, nachdem sie zehn Minuten lang nicht vom Fleck gekommen waren. Über ihren Köpfen sauste eine S-Bahn auf den Gleisen dahin und erinnerte an einen Vogel, der zwischen den Wolkenkratzern hindurchsegelte.

»Können wir die Route nehmen, die am Museum vorbeiführt, Fahrer?«, erkundigte sich Efis Mutter und zog einen Ohrstöpsel heraus, ließ den anderen jedoch vorsichtshalber drin, falls es auf dem Rücksitz erneut zu spontanem Lärm kommen sollte.

»Berechne Route«, erwiderte das fahrerlose Interface, und das elektrisch-blaue Licht am Armaturenbrett flackerte. »Auf dieser Route gibt es eine Verzögerung von einer Dreiviertelstunde. Wir befinden uns auf der schnellsten Route.«

»Am schnellsten wäre es, wenn wir zu Fuß gehen würden«, moserte Naade und beobachtete eine ganze Familie in identischer lila und weiß bedruckter Kleidung, darunter ein Kleinkind, das seinen eigenen Kinderwagen schob, und einem Kindermädchen-Omnic wenige Schritte dahinter in einem Aso-Ebi-Kleid, das farblich zum Rest der Familie passte. Das Kindermädchen schüttelte frustriert den glänzenden Metallkopf.

»Würden Sie gern aussteigen?«, fragte das fahrerlose Interface mit leicht gereizt klingender Stimme.

»Auf gar keinen Fall«, antwortete Efis Vater. »Wir würden Naade am ersten Puff-Puff-Händler verlieren, an dem wir vorbekommen.«

»Ach, Onkel!« Naade keuchte auf und presste gespielt gekränkt die Hände an die Brust. »So viele Puff Puffs esse ich doch gar nicht!«

»Ach nein?« Efis Vater schürzte die Lippen und deutete mit dem Kinn auf Naade. »Sieh dich nur an. Du isst so viele Puff Puffs, dass sie dir schon aus den Ohren wachsen!«

Naade wurde ganz still, und Efi schlug sich eine Hand vor den Mund, weil sie ihren Freund nicht auslachen wollte. Sie hatte ihn letzte Woche noch gewarnt, die Finger von dem Teller im Kühlschrank zu lassen, aber der Berg kleiner runder Teigbälle war zu hoch und zu verlockend gewesen. Als ihr Vater nach Hause gekommen war und festgestellt hatte, dass seine Lieblingsleckerei nicht mehr da war, hatte er sich so aufgeregt, dass Efi schon befürchtete, er könnte die ganze Reise auf der Stelle absagen. Im Allgemeinen verzieh Efis Vater anderen schnell, aber Naade hatte eine Grenze überschritten.

»Liege ich etwa falsch?«, hakte ihr Vater nach. »Oder hat es dir die Sprache verschlagen?«

»Nein, Onkel«, murmelte Naade.

Die kommenden sechs Tage dieser Reise versprachen, äußerst interessant zu werden.

»Anscheinend sind alle in der Stadt, um sich Doomfists Handschuh anzusehen«, mutmaßte Efis Mutter und schwenkte auf ein anderes Thema um. Dabei klang sie allerdings kurz angebunden und seltsam gefühllos. »Es gibt eine neue Ausstellung.«

»Wer würde sich so etwas Destruktives denn ansehen wollen?«, meinte Efi.

Naade und Hassana hoben die Hand.

»All diese Macht«, sagte Naade und ballte die Faust. »Ich würde sie natürlich nur für etwas Gutes einsetzen!« Sein Grinsen ließ jedoch anderes vermuten.

In jedem Fall bekamen sie etwas vom Einheitstag mit, als sie langsam durch die Stadt fuhren, bis sie schließlich am Adawe International Terminal ankamen. Auch die Sicherheitskontrollen dauerten eine Ewigkeit. Efi hatte praktischerweise eine Miniaturwerkstatt in ihrem Handgepäck dabei und musste erklären, warum sie drei verschiedene Tablets, einen Junie und zwei Laptops mit sich führte. Die Flughafenmitarbeiter musterten sie immer wieder kritisch, stellten ihren Eltern mehrfach dieselben fünf Fragen und verlangten, dass alle Geräte hochgefahren wurden, um zu demonstrieren, dass sie funktionierten und dass es sich dabei nicht um Waffen handelte. Keiner sprach Efi direkt an, daher spielte sie an einem Laptop herum und meldete sich beim Flughafen-WLAN an, um herauszufinden, wie das Wetter in Rio war: sonnig und warm, und so sollte es auch die ganze Woche bleiben. Sie konnte ihr Glück kaum fassen. Dann flackerte der Bildschirm, und die ganze Website rutschte einige Zentimeter zur Seite, nur um wieder am richtigen Fleck zu erscheinen und ein magentafarbenes Geisterbild zurückzulassen.

Seltsam.

Efi überprüfte die verfügbaren WLAN-Verbindungen und rief die Liste auf. Nacheinander verschwanden die einzelnen Netzwerke, bis nur noch eins übrig blieb. 344X-Azúcar. Efi wollte es schon anklicken, aber dann erreichte die Stimme ihrer

Mutter die Oktave, die ankündigte, dass sie gleich jemandem die Meinung geigen würde, und Efi erstarrte instinktiv. Als ihr dämmerte, dass zur Abwechslung mal nicht sie Ärger mit ihrer Mutter bekam, war auch das 344X-Azúcar-Netzwerk weg.

Ihre Mutter mochte nicht gerade begeistert über Efis Besessenheit von Robotern sein, aber sobald ein Fremder wie dieser Sicherheitsbeamte andeutete, ihre Tochter wäre möglicherweise gar kein Genie, ging sie zu Efis Verteidigung über. Sie redeten die ganze Zeit über Efis Kopf hinweg, daher blendete Efi das Gespräch aus und sah zu, wie mehrere OR15 einige sehr würdevoll wirkende Personen in Jacken des Numbani Heritage Museums durch die Flughafenhalle führten. Hinter ihnen schwebte ein Transportwagen wie die, die man am Flughafen für das Gepäck mieten konnte, allerdings sehr viel größer. Anstelle von Koffern stand darauf ein einziger großer Zylinder. Was immer sich darin befand, blieb hinter getöntem Glas verborgen.

Efi versteifte sich.

Das musste der Doomfist-Handschuh sein. Sie war sehr froh darüber, dass er bald durch zwanzig Zentimeter dickes kugelsicheres Glas geschützt sein würde.

Endlich gestattete der Flughafenmitarbeiter Efi nach einer hitzigen Diskussion, mit intakten Computern den Boardingbereich zu betreten. Nun redete ihre Mutter auf sie ein, und zwar mit ihrer Sozialarbeiterinnenstimme, die sie sonst nur bei ihren Klienten nutzte, und sprach über Verantwortung und Erwartungen, aber Efi war derart abgelenkt, dass sie höchstens die Hälfte mitbekam. Die flackernden Lichter an der Anzeigetafel für die eintreffenden und abfliegenden Flugzeuge hatten ihre Aufmerksamkeit erregt, da dort Flüge von und in die ganze Welt aufgeführt waren. Poster von London, Moskau und Kairo fielen ihr ins Auge, und das von Tokio mit den hübschen blühenden Kirschbäumen gefiel ihr besonders gut. Wenn sie das nächste Mal ein Stipendium bekam, wollte sie mit ihren Eltern unbedingt dorthin fliegen.

»Warum hörst du mir nicht zu, Efi?«, fragte ihre Mutter und schnippte mit den Fingern vor Efis Gesicht. Efi kehrte in die Realität zurück und stellte fest, dass ihre Mutter auf sie herabblickte. Sie hatte ihr Kind zwar mit einer Heftigkeit verteidigt, die Efi so gar nicht von ihr kannte, trotzdem hatte Efi das Gefühl, etwas falsch gemacht zu haben.

»Wieso musst du so viel mitnehmen?«, wollte ihre Mutter wissen. »Ich dachte, bei diesem Urlaub geht es darum, dass du mal von diesen Robotern wegkommst?«

»Entschuldige, Mama. Aber ich brauche meine Devbox zum Programmieren. Und meine Textbox, um die Simulationen laufen zu lassen, was wiederum bedeutet, dass ich auch einen Maxwell-Interpreter benötige, um automatisch die acht Milliarden Permutationen in virtuelle Hashmatrizen zu sortieren, was nicht ohne eine dedizierte MI-Box geht. Es sei denn, du erwartest, dass ich das alles auf meinem Tablet mit dem vorinstallierten VAvmpCompiler Version 3.44 mache, was vollkommen lächerlich wäre.«

»Tooootaaal absurd«, stimmte Naade ihr in dem Versuch, die Stimmung zu lockern, zu. »Und du kannst die superbeschleunigten Dingens nicht ohne die doppeltgehärteten Bummens betreiben und die Mikrodingsbumse nicht ohne die Nanobumsdingse.« Er zog eine Augenbraue hoch und klappte den Mund auf, um weiterzusprechen, machte ihn jedoch gleich wieder zu, als er die frostigen Blicke von Efi und ihrer Mutter bemerkte.

»Mama, wenn du mich bittest, nicht mehr an Roboter zu denken, wäre das so, als würdest du verlangen, dass ich aufhöre zu atmen. Würdest du von einem Maler verlangen, dass er im Urlaub nicht den wunderschönen Sonnenuntergang malt? Würdest du einen Historiker davon abhalten, in den Ferien historische Stätten aufzusuchen? Der Roboterbau ist nichts, was ich einfach nur tue, er macht mich aus ...«

*Bumm.*

Eine Explosion hinter Efi ließ sie in die Knie gehen. Betonstaub hing auf einmal in der Luft, und ein Dutzend Alarmsirenen gingen los. Der Boden bebte, und es fühlte sich an, als würde die ganze Welt auseinanderbrechen.

# KAPITEL 5

Es dauerte einen Augenblick, bis sich nicht mehr alles um sie herum drehte. Jemand streckte die Hand nach Efi aus – ihr Vater. Mit dem ganzen weißen Staub im Gesicht hätte sie ihn beinahe nicht erkannt.

»Efi«, sagte er und atmete erleichtert auf. »Bist du verletzt?«

»Nein«, antwortete sie, aber er zog sie bereits in die relative Sicherheit einer Nische. Ihre Mutter hastete vor ihnen her, die Arme um Naade und Hassana gelegt. Eine weitere Explosion erschütterte das Gebäude. Menschen liefen panisch davon, einige mit dem Handy in der Hand, das sie nach hinten hielten, um bei ihrer Flucht das Werk der Zerstörung zu filmen. Efi sank das Herz in die Hose. Die monotonen Stimmen der OR15 erfüllten das Flughafengebäude und verlangten, dass sich der Angreifer ergab und auslieferte.

Menschen schrien und weinten.

Ihre Mutter war verletzt, sie hatte eine tiefe Schnittwunde am Unterarm. Aber das Schlimmste, das absolut Schlimmste für Efi war ihr leerer Blick, als wäre sie meilenweit entfernt. Überhaupt nicht anwesend. Efis Mutter schaukelte vor und zurück und drückte Naade und Hassana fest an sich, während sich die beiden bemühten, einen Blick auf das Geschehen hinter ihnen zu werfen. Efi machte sich Sorgen, dass ihre Mutter in Gedanken wieder *da* war, in der Zeit der Omnic-Krise, gefangen in den alten Träumen, die stets am Rande ihres Bewusstseins lauerten. In diesem Moment begriff Efi, was jener Krieg ihrer Mutter genommen hatte, ebenso wie Abermillionen anderen Menschen auf der ganzen Welt.

Die gebrochenen Knochen waren verheilt. Die Schnittwunden vernarbt. Die schlimmsten Verletzungen aus dieser Krise waren jedoch die Wunden, die sie im Inneren erlitten hatten. Narben, die leicht wieder aufbrachen, wenn der Geist zu weit in die Vergangenheit zurückwanderte. Efi litt mit ihrer Mutter, und alles, was sich in ihr aufgestaut hatte, brach aus ihr hervor.

»Was ist hier los? Warum passiert das?«, rief Efi. Sie hatte den Geschmack von Beton und Rauch im Mund.

»*Iyawo mi,* sieh mich an«, flüsterte Efis Vater ihrer Mutter zu. Er schnippte, um sie aus ihrer tiefen Trance zu holen, dann folgte sie seinem Blick durch das Terminal. Ein Teenager lag unter einem herabgefallenen Betonblock und konnte sich nicht bewegen.

Die Angst in seinem Gesicht ließ Efi zusammenzucken. Sie fürchtete sich ebenfalls, aber sie konnte dem nicht nachgeben. Schließlich hatte sie immer gesagt, dass sie eine Heldin sein wollte, und dies war ihre Gelegenheit.

»Wir müssen ihn retten«, sagte Efi.

»Und wer soll uns retten?«, fragte Naade.

Efi holte ihren Junie hervor, aber ihre Mutter stopfte ihn grob zurück in ihre Tasche. »Nein«, befahl sie. »Darum können sich die OR15 kümmern. Das ist ihr Job. Wir müssen dafür sorgen, dass wir schnell und unauffällig hier rauskommen.«

»Aber, Mama – ich kann etwas tun!«, flüsterte Efi.

»Nein, Efi«, beharrte ihre Mutter. Das Zittern in ihrer Stimme ließ Efis Blut zu Eis gefrieren.

Während ihre Eltern durch den herabfallenden Staub spähten, drehte sich Efi zur Wand um, stellte den Junie auf den Boden, zückte ihr Tablet und nutzte die Navigationssoftware, um ihn zu steuern. Der Weg war für einen Menschen gefährlich, aber nicht für einen Roboter. Sie rief die Video- und Audiosignale ab, und da sah sie es.

Der Boden war übersät mit Betonbrocken, und überall lagen Gepäckstücke herum. Aus der Perspektive des kleinen Junies wirkte das Geröll wie Berge. Einer der OR15, die den Transportwagen begleitet hatten, näherte sich jemandem. Einem Mann, wie Efi durch den Staub erkennen konnte. Er war sehr groß. Sehr kräftig. Als ein Funkenregen von einem zerfetzten Kabel durch die Luft stob, konnte Efi sein Gesicht genau erkennen. Sie schnappte nach Luft.

*Nein. Das kann nicht sein.*

Doomfist.

Hassana und Naade blickte über ihre Schulter auf das Display und keuchten kollektiv auf. Efi zoomte näher heran. Sie konnte nicht glauben, dass er wirklich so dicke Muskeln hatte, und fragte sich, ob die Kameralinsen sie nicht trogen.

»Aber er sitzt im Gefängnis«, sagte Hassana.

»Nicht mehr«, erwidere Efi.

Efis Blick wanderte zu den goldbesetzten kybernetischen Geräten, die in seine Fäuste und seine Wirbelsäule implantiert und mit der Kommunikationseinheit auf seinen Ohren verbunden waren. Soweit Efi wusste, waren die meisten seiner Implantate direkt nach dem Prozess entfernt worden. Die ganze Welt hatte dabei zugesehen, wie der vom Gericht zugewiesene kybernetische Chirurg die eingebettete Technologie aus Doomfists Haut gezogen, den Kriegsverbrecher schnell zusammengeflickt und weggeschickt hatte, damit er für immer eingesperrt werden konnte.

Aber jetzt war Doomfist wieder da. Und er hatte seine Implantate zurück, die sogar moderner aussahen – ganz und gar nicht wie die Art von Technik, die man bei seinem lokalen Axiom bekam. Jemand hatte ihm geholfen, vermutlich Talon – die Terroristen, die sich als Söldnergruppe tarnten und vorgaben, die Menschheit durch Konflikte stärken zu wollen. Liefen hier noch andere Talon-Agenten herum?

Doomfist hob die linke Hand, und Kanonen feuerten leuchtend gelbe Energiestöße aus den kybernetischen Implantaten ab und zerfetzten einen Raumsensor an der Seite eines OR15. Der Roboter drehte sich im Kreis und versuchte, die plötzliche Veränderung seiner sensorischen Eingaben zu kompensieren. Schließlich zielte er mit seiner Fusionskanone auf Doomfist, aber er bot dabei ein zu leichtes Ziel. Bevor der Roboter auch nur einen einzigen Schuss abgeben konnte, setzte Doomfist ihm mit weiteren Kanonensalven zu, woraufhin die Titanpanzerung des Bots in alle Richtungen zersplitterte und die empfindlichen Schaltkreise freilegte.

Als Doomfist lachte, konnte Efi dieses tiefe, bedeutsame Lachen in ihrer Brust spüren. »Was dich nicht umbringt, macht dich nur stärker«, sagte er auf Yoruba und sprang durch das Sperrfeuer, als zwei weitere OR15 angestürmt kamen. Der zerschlissene rostbraune Wrappa, den er sich um die Hüfte geschlungen hatte, flatterte, während er durch die Luft segelte.

Er landete direkt vor dem bewegungsunfähigen Roboter und schlug mit der Faust gegen einen offenen Zugangsdeckel. Das Geräusch der zerschmetterten Schaltkreise war deutlich zu hören. Die wütenden roten Lichter auf der Gesichtsplatte des OR15 flackerten erst gelb, dann grün, dann gingen sie aus.

Weitere Verstärkung bahnte sich den Weg durch die panischen Reisenden, die noch immer nach einem Fluchtweg suchten. Der Arm eines Roboters traf eine Frau, die auf die Knie sackte. Der Roboter scherte sich nicht weiter darum. Er blickte noch nicht einmal zurück, um nachzusehen, ob er sie verletzt hatte. Talon-Agenten tauchten aus den Schatten auf wie Krebse, die sich aus dem Sand buddelten. Sie hielten die OR15 in Schach, während Doomfist auf den Transportwagen sprang und den Glasbehälter zertrümmerte. Die Roboter schossen ihre Fusionskanonen ab, harte Bälle aus grünem Licht flogen durch die Luft und schalteten zwei Agenten aus. Sofort drehten sie sich um und schossen gleichzeitig auf zwei andere, was aussah, als würden sie dieselbe Programmierung ausführen. Als es gerade so aussah, als würden die OR15 die Oberhand gewinnen, reckte Doomfist den Handschuh in die Luft, der nun fest auf seinem rechten Arm angebracht war.

Doomfist bewegte die Finger, und Metalldornen ragten aus den Knöcheln. Er nickte, als wäre er zufrieden mit dem perfekten Sitz des Handschuhs. Dann richtete er den Blick auf einen der OR15. Elektrizität knisterte, und blaue Blitze zuckten in die gewaltige geballte Faust. Im nächsten Augenblick rannte er so schnell auf den Roboter zu, dass Efi es entgangen wäre, wenn sie in diesem Moment geblinzelt hätte. Ein Erschütterungsimpuls raste wenige Meter durch die Luft, traf den Roboter und schleuderte ihn nach hinten gegen die Wand. Betonstücke brachen rings um den OR15 heraus, der im Krater stecken blieb. Jedenfalls zum größten Teil. Einige Roboterteile waren beim Aufprall abgebrochen, als wären sie nur mit einem billigen Klebestift angebracht worden.

Der Einschlag brachte die zerbrochene Decke zum Beben, und jetzt erkannte Efi, dass Doomfist ganz in der Nähe war – gefährlich dicht bei ihnen. Sie blickte vom Tablet auf und sah einen riesigen Betonblock, der von einem Stahlträger herunterhing.

»Sieh nicht hin«, warnte ihre Mutter sie und versuchte, die Aufmerksamkeit ihrer Tochter von dem Gemetzel abzulenken. Efi hatte große Angst, aber sie hätte den Blick nicht abwenden können, selbst wenn sie das gewollt hätte. Doomfist war früher schon gefährlich gewesen, aber nun schien er unaufhaltsam zu sein. Sein Kampfstil war schnell, präzise und machtvoll, weshalb man leicht übersah, wie anmutig er sich bewegte. Das Ausmaß an Konzentration, über das Doomfist verfügte, war übermenschlich.

Dem Teenager blieb nicht mehr viel Zeit, daher ließ sich Efi einen todsicheren Plan einfallen. Er durfte nicht scheitern, denn wenn er das tat, wusste Efi nicht, ob sie sich je wieder davon erholen würde.

»Ich gehe näher ran. Vielleicht können wir ihn lange genug ablenken, um den Jungen in Sicherheit zu bringen.« Efi bewegte den Bot so, dass er sich in die entgegengesetzte Richtung und von ihnen weg bewegte. Danach aktivierte sie den Avatar der einen Person, von der sie wusste, dass Doomfist sie unmöglich ignorieren konnte: den des Verwüsters von Numbani, des zweiten Doomfists. Das war der Mann, den dieser Doomfist getötet hatte, um an seinen Handschuh und seinen Titel zu gelangen. Sein Hologramm erhob sich aus dem Staub, bis es seinem Nachfolger von Angesicht zu Angesicht gegenüberstand.

Efi hatte das Gefühl, als würde die Welt um sie herum stehen bleiben. Das Feuer wurde eingestellt, und einen Moment lang wirkte Doomfist, als hätte er einen Geist gesehen. Efis panischer Herzschlag war das einzige Geräusch, das sie noch wahrnahm, während sie zusah, wie ihr Vater durch das Terminal huschte und Hassana ihm gebückt dicht auf den Fersen blieb. Doomfist streckte die nichtbehandschuhte Hand nach dem Hologramm aus, während Efis Vater und ihre beste Freundin leise den Zementblock vom Bein des Teenagers hoben und ihn mit sich in die sichere Nische schafften.

Die Ablenkung erwies sich tatsächlich nur als reine Ablenkung. Doomfist begriff, woher die Projektion kam, und Efi zuckte zusammen, als er einen einzigen Schuss aus seiner Kanone auf den Junie abgab. Das Display ihres Tablets flackerte hellblau auf; dann wurde der Feed schwarz. Ohne den Junie hatte sie kein gutes Sichtfeld mehr, aber dann sprang Doomfist hoch in die Luft – so hoch, dass er in der Lage gewesen wäre, die Decke zu berühren, wenn er es gewollt hätte. Ebenso schnell und zielsicher kam er wieder herunter und landete mit katzengleichen Reflexen, stieß dabei jedoch die Faust auf den Boden.

Der Aufprall war derart heftig, dass das ganze Gebäude wackelte und Efi sich auf die Zunge biss. Sie schmeckte Blut. Den anderen OR15 ging es weitaus schlechter. Die Entladung traf sie mit voller Wucht und zerfetzte das Metall, aus dem sie gebaut waren. Der Betonblock, der an der Decke gehangen hatte, fiel jetzt genau auf die Stelle, an der eine Minute zuvor noch der Teenager gelegen hatte. Efi schirmte sich ab, so gut sie konnte, und atmete durch ihr T-Shirt, um nicht so viel Staub in die Lunge zu bekommen, während sie sich an … jemandem festhielt. Aufgrund des Drecks, der Angst und der Verwirrung konnte sie beim besten Willen nicht sagen, ob es sich um ihre Mutter, ihren Vater oder einen völlig Fremden handelte. Das war auch egal, denn dieser Jemand klammerte sich auch an ihr fest, und sie hätte ihn am liebsten nie mehr losgelassen.

Endlich legte sich der Staub, und die Explosionen hörten auf. Sie warteten eine Ewigkeit und fragten sich, ob der Kampf wohl weitergehen würde, aber es blieb alles ruhig. Ihr Vater versuchte, allein loszugehen und sich einen Überblick über die Lage zu verschaffen, aber Efi bestand darauf, dass er in der Nähe blieb. Sie wollte keinen aus den Augen lassen, daher bewegten sie sich alle zusammen, bis sie das ganze Ausmaß der Zerstörung vor sich hatten.

Efi biss so fest die Zähne aufeinander, dass ihr der Kiefer wehtat. Fünfzehn OR15 lagen deaktiviert am Boden. Einigen fehlte der Kopf oder mehrere Gliedmaßen. Es war ein Blutbad … oder vielmehr ein Hydraulikflüssigkeitenbad. Überall quoll die Flüssigkeit aus den Robotern und bildete Lachen am Boden, die honiggolden schimmerten.

Ein gewaltiges Loch klaffte in einer Seitenwand des Terminals. Dahinter waren zahlreiche weitere OR15 zu sehen. Was würde das für Numbani bedeuten? Die fortschrittlichsten Sicherheitsroboter, die je für Zivilisten zur Verfügung gestanden hatten, waren von einem einzelnen Mann bezwungen worden. Nun, wo Doomfist im Besitz seines Handschuhs war – einer

Waffe, die angeblich Wolkenkratzer dem Erdboden gleichmachen konnte –, schien die Gefahr unüberwindbar zu sein.

Der Schreck saß ihr noch in den Gliedern, aber drei Gedanken manifestierten sich in Efis Gehirn:

Es würde keine Reise nach Rio geben.

Es würde keine Feierlichkeiten zum Einheitstag geben.

Und es würde erst wieder Frieden in Numbani herrschen, wenn Doomfist aufgehalten worden war.

***

Efi ließ die beruhigende Wärme der Kaffeetasse in ihren Händen auf sich wirken und starrte das seitlich aufgedruckte Emblem des Numbani-Bürgerverteidigungsministeriums an. Dabei trank sie in kleinen Schlucken und hoffte, ihr Zittern teilweise auf das Koffein zurückführen zu können. Eigentlich war es mehr Milch als Kaffee, aber sie hatte ihre Eltern davon überzeugt, dass sie alt genug war, um Kaffee zu trinken, wenn sie alt genug dafür war, einen Jungen davor zu retten, von Doomfist zerschmettert zu werden.

Ihre Eltern hatten gesagt, es wäre schon zu spät am Abend für so ein Getränk und dass sie dann nachts nicht schlafen konnte. Aber nach allem, was Efi an diesem Tag erlebt hatte, wollte sie auch gar nicht schlafen gehen. Viel lieber wollte sie helfen, wo sie nur konnte.

Hinter ihr standen ihre Eltern, ihre Beschützer, was nicht nur im elterlichen Sinn gemeint war. Für Efi waren sie wie Supersoldaten, und selbst der kleinste Fehltritt der Polizisten konnte ihren Zorn heraufbeschwören.

»So, Efi«, sagte eine Polizistin. Sie sprach sehr geschliffen, aber auch freundlich, und hatte ihre Zöpfe in einem Zickzack-Muster geflochten und zu einem festen Knoten gebunden. Anders als die anderen Polizisten sprach sie direkt mit Efi und tat nicht so, als wäre das Mädchen nur ein eingetopfter Kaktus. »Unseres Wissens nach hast du Aufnahmen des Angriffs.«

Efi nickte. »Ja, Ma.« Ihre Finger zitterten über dem Dateisymbol auf dem Display des Tablets. Sie sah die Frau an, um sich zu vergewissern, dass diese bereit war, die Datei zu empfangen, und schob dann den Finger in Richtung der Polizistin über das Display. Das Symbol sauste durch die Luft, verschwand und tauchte über dem Bildschirm der Polizistin wieder auf.

»Hast du dir die Bilder schon angesehen?«, wollte die Frau wissen.

»Ich habe alles live gesehen«, wisperte Efi. »Aber danach habe ich es mir nicht noch mal angeschaut. Gab es Verletzte?«

»Zum Glück nur leicht Verletzte. Dummerweise wurden die Sicherheitskameras auf dem Flughafen wenige Minuten vor dem Angriff manipuliert. Wir versuchen noch, uns anhand der Handyaufnahmen einen Reim auf die Geschehnisse zu machen, aber bisher haben wir nichts als schiefe Ausschnitte und verschwommene Bilder.«

»Mein Video ist anders, Ma. Sie können alles erkennen. Im Dreihundertsechzig-Grad-Modus. Wenn es etwas zu sehen gab, hat mein Bot es aufgenommen.«

»Sehr gut«, sagte die Polizistin und tippte das Dateisymbol an.

Efi konnte ihren Bildschirm nicht sehen, auf dem das Video abgespielt wurde, aber der Ton reichte bereits aus, um sie erstarren zu lassen. Ihre Mutter legte ihr ganz leicht eine Hand auf die Schulter, unternahm jedoch nicht mehr, um sie zu beruhigen. Wut wallte in ihr auf, und all die Emotionen, die Efi in sich aufgestaut hatte, drohten sich als Tränen Bahn zu brechen. Sie kämpfte dagegen an und schaffte es, dass ihr nur eine Träne über die Wange lief.

So viele Schreie.

»*Eish*«, sagte die Polizistin und zuckte zusammen.

»Es war alles meine Schuld«, jammerte Efi. »Wir hätten an den Strand fahren sollen. Ich hätte mich nie um dieses Stipendium bewerben dürfen. Ich …«

»Sch, Schätzchen«, murmelte ihre Mutter. »Nichts davon ist deine Schuld.«

»Das sind genau die Bilder, die wir gesucht haben«, erklärte die Polizistin, »aber ich hätte gedacht, die OR15 könnten mehr ausrichten. Es tut mir sehr leid, Efi, aber wir müssen für eine Weile Schweigen darüber bewahren. Wenn die Öffentlichkeit erfährt, wie nutzlos die OR15 gegen Doomfist in Wirklichkeit sind, wird jeglicher Anschein von Sicherheit vergessen sein.«

Efi nickte. Sie wollte solche Bilder nie wieder sehen, und sie wollte erst recht nicht, dass noch jemand so etwas durchmachen musste.

»Ist dir vor dem Angriff noch irgendetwas aufgefallen?«, fragte die Polizistin.

Efi wollte schon den Kopf schütteln, aber dann fiel ihr ein, wie sie versucht hatte, ihren Laptop für den Sicherheitsbeamten hochzufahren. »Ich habe ganz kurz ein komisches WLAN-Signal gesehen. ›344X-Azúcar‹. Das könnte die Malware gewesen sein, mit der sie die Kamerasysteme gehackt haben. Ich …

erinnere mich an nichts anderes. Es tut mir leid. Es tut mir so leid.«

»Du hast mehr als genug getan, Efi. Wir haben auch die Aussagen deiner Freunde aufgenommen, und sie alle haben darauf hingewiesen, wie mutig du gewesen bist. Du bist eine Heldin.«

War sie eine Heldin? Sie hatte den Behörden in Bezug auf Doomfist einen Vorsprung verschafft. Das musste sie zugeben, aber sie war nicht der Ansicht, genug getan zu haben. Ihrer Meinung nach hatte sie bei Weitem nicht genug getan.

»Was kommt als Nächstes? Wer wird uns beschützen?«, fragte Efi, als das Gespräch sich dem Ende zuneigte.

Die Polizistin holte tief Luft und seufzte. »Das ist die große Frage, Efi.«

Es war in der Tat die große Frage, und Efi brauchte eine Antwort darauf. Die OR15 hatten sich gegen Doomfist als nutzlos erwiesen, aber das ließ sich ändern. Plötzlich schossen ihr Gedanken durch den Kopf, die viel zu idealistisch, ehrgeizig und kostspielig waren.

Okay, vielleicht nicht zu kostspielig.

Efi hatte die erste vierteljährliche Zahlung ihres Stipendiums erhalten: fünf Millionen Naira, die momentan auf einem Konto der Numbani Credit Union schlummerten. Und auf ihrem Overwatch-Bankkonto waren noch beinahe zweihunderttausend Naira von Geburtstagen, Feiertagen und perfekten Zeugnissen, die dort vor Reinhardts beeindruckendem Raketenhammer geschützt waren. Zudem erwartete sie weitere dreihunderttausend Naira, sobald sie den nächsten Schwung Junies verschickt hatte. Ihre Gewinnmarge war gering, damit ihre Kunden sich die Bots leisten konnten, aber im Endeffekt würde jeder Naira zählen.

»Ich hätte gern einen OR15«, sagte Efi zu der Polizistin, wobei sie sich zwingen musste, die Worte auszusprechen. Wollte sie das wirklich tun? »Einen der Roboter, die Doomfist zerstört hat.«

Die Polizistin schenkte ihr ein freundliches Lächeln. »Das lässt sich leider nicht einrichten. Dann würden mir die Rechnungsprüfer im Nacken sitzen. Diese Bots sind nicht billig.«

»Ich zahle dafür«, erklärte Efi.

»Was?«, riefen Efis Eltern gleichzeitig.

Efi ignorierte sie. »Ich werde dafür bezahlen. Fünfeinhalb Millionen Naira.«

»Schatz, das Stiftungsgeld ist für ...«

»Es geht nicht nur ums Geld«, schaltete sich ein anderer Polizist ein, der bisher mit verschränkten Armen in einer Ecke im Schatten gestanden hatte. »Diese Art von Technik ist gefährlich und nicht für Kinder geeignet.«

Efi sah den Mann an. Wann würden die Leute endlich damit aufhören, sie herablassend als Kind zu bezeichnen?

»Das Fördergeld von der Adawe Foundation ist dafür bestimmt, dass ich Roboter baue. Mit ihrer Hilfe werde ich fortschrittlichere Technik erforschen. Ich bin zwar noch sehr jung, aber ich habe Erfahrung. Und ich habe Ideen. Ich habe genug Geld. Mir fehlt nur einer dieser Roboter, damit ich einen neuen und verbesserten OR15 bauen kann. Einen, der in der Lage ist, Doomfist zu besiegen.«

Die Polizistin mit der Zickzackfrisur streckte die Hände aus und legte sie auf Efis. »Nach dem, was du uns gezeigt hast, zweifle ich nicht im Geringsten daran, dass du eines Tages die

Welt verändern wirst. Aber wir können dir trotzdem keinen OR15 verkaufen. Ich würde dir wirklich gern helfen, aber mir sind die Hände gebunden.«

Als sich die Polizistin wieder gerade hinsetzte, spürte Efi ein Stück Papier an ihrer Handfläche. Sie umklammerte es ganz fest, damit es keiner der anderen Polizisten oder eine der zahlreichen Kameras entdeckte. Efi nickte, und sobald sie wieder bei ihren Freunden war, faltete sie den Zettel auseinander.

Darauf stand nur eine hastig notierte Adresse:

4127 ALATISE PARKWAY

»Können wir jetzt gehen?«, fragte Hassana. Efi fand, dass ihre Freundin auf einmal sehr jung aussah, wie sie müde und in dem riesigen Sweatshirt, das man ihr hier gegeben hatte, dastand. »Ich hab Kopfschmerzen.«

»Mir tut alles weh«, stimmte Naade ihr zu. »Geht es dir gut, Efi?«

Sie hatte ebenfalls Schmerzen und war müde, wollte aber noch nicht gehen. Nachdem sie mehrmals schnell auf ihrem Tablet herumgetippt hatte, tauchte ein Hologramm eines eckigen grauen Gebäudes im Herzen des Künstlerviertels vor ihnen in der Luft auf. Weitere Informationen darüber schien es nicht zu geben. Es war auf kein Unternehmen eingetragen. Es gab keine Öffnungszeiten. Efi drehte das Tablet so, dass Hassana das Display sehen konnte. »Kennst du dieses Gebäude?«

»Was? Oh ja. Es liegt in derselben Straße wie mein Atelier. Ich glaube, es ist ein Auktionshaus, wo die Regierung alles Mögliche zu Geld macht. Alte Möbel. Veraltete Technologie. Metallabfälle.

All so was. Du kennst doch Sasha Rhymes, die Omnic-Performancekünstlerin? Sie besorgt sich dort einen Großteil ihres Materials.«

»Oh«, murmelte Naade und drängelte sich zwischen Efi und Hassana. »Ich habe mit angehört, wie ein paar Polizisten im Pausenraum gesagt haben …«

»Was hattest du denn im Pausenraum zu suchen?«, fiel Hassana ihm ins Wort.

»Ich habe natürlich Pause gemacht«, antwortete Naade und starrte sie trotzig an.

»Ich bin mir ziemlich sicher, dass sich dort nur Polizisten aufhalten dürfen.«

Naade tippte sich auf die Brust, wo ein Anstecker mit dem Aufdruck »Juniorpolizist« prangte, wie ihn kleine Kinder bekamen. »Jedenfalls haben die Polizisten gesagt, dass es sie nicht überraschen würde, wenn das OR15-Programm nach dieser miserablen Leistung eingestellt wird.«

Zum ersten Mal seit dem Angriff ließ der Druck auf Efis Brustkorb ein wenig nach. Sie blickte auf den Zettel hinab, den die Polizistin ihr in die Hand gedrückt hatte, und hatte das Gefühl, wieder freier atmen zu können. Wenn all diese Roboter verschrottet und als Einzelteile verkauft wurden, würde sie zur Stelle sein, und zwar gleich in der ersten Reihe.

# HollaGram

**BotBuilder11** baut Roboter, um anderen zu helfen.

**FANS** 561

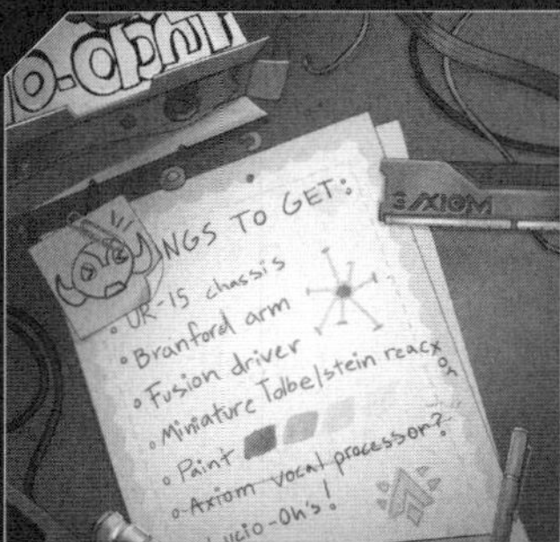


HOLOVID-ABSCHRIFT

Automatisch generiert von TranscriptMinder XL Version 5.317

**Planänderung**

Ich habe hier sehr oft geschrieben, wie ich mich darauf freue, nach Rio zu fliegen und Lúcio zu sehen, aber es sieht ganz danach aus, als wäre der Flughafen von Numbani aufgrund eines schlimmen Zwischenfalls vorerst geschlossen.

Aber ich habe viel nachgedacht und hatte eine Idee, was ich mit dem Fördergeld anstellen will. Es ist eine große Sache. Sie ist sogar so groß, dass ich mir nicht sicher bin, ob ich es schon laut aussprechen sollte, aber ich gebe euch einige Hinweise – vielleicht könnt ihr es erraten.

Jetzt muss ich mich aber an die Arbeit machen!

REAKTIONEN

♥ 266 👏 226 📢 232

***KOMMENTARE (16)***

**BigBadSuperFan** Oooh. Wie schade. Warum kommt Lúcio nicht öfter nach Numbani? Weiß er nicht, dass hier seine größten Fans sind?

**NaadeForPrez (Kommentar vom Admin gelöscht)**

**BotBuilder11 (Admin)** Sorry, Naade. Hast du vergessen, dass wir nicht darüber reden sollen?

**NaadeForPrez** Du hast ja recht. Hoffentlich gibt es so bald keinen weiteren »schlimmen Zwischenfall« mehr.

**BackwardsSalamander** Dann kann ich die Hartlicht-Upgrades also vorerst vergessen? Penelope wird sehr enttäuscht sein. Manchmal jagt sie mir richtig Angst ein, wenn sie schlechte Laune hat. Ich habe sie schon mehrfach dabei erwischt, dass sie mich im Schlaf beobachtet hat. Ist das normal oder eine Art Glitch?

*Weiterlesen …*

# KAPITEL 6

Im Auktionshaus roch es nach schimmligem Teppich und Verzweiflung, als hätte die Zeit diesen Ort längst vergessen. Wie Naade es gesagt hatte, versuchte die Regierung, ohne großes Aufsehen die OR15-Modelle loszuwerden, um den Ersatz dafür zu finanzieren. Efi wusste, dass es kurzsichtig war, wieder ganz von vorn anzufangen. Sie zweifelte nicht daran, dass die nächste Generation der Sicherheitsroboter weitaus erfolgreicher gegen Doomfist sein würde, aber es konnte noch ein Jahr dauern, bis die Anforderungen, das Design und der ganze Papierkram geregelt waren, und solange wäre Numbani schutzlos.

»Ich habe euch noch nicht aufgegeben«, sagte Efi und blickte auf die Skizze des OR15 hinab, den sie bauen wollte. Sie konnte nicht besonders gut zeichnen, aber Gittermodelle lagen ihr. Als sie mit dem Stylus auf »Animieren« tippte, galoppierte der OR15 über das Display, richtete seine Fusionskanone auf Doomfist und feuerte. Doomfist brach in einem Haufen aus Linien zusammen, und der OR15 führte einen kleinen Freudentanz auf. Der Hauch eines Lächelns umspielte Efis Lippen. Sie hatte in den Wochen seit dem Angriff auf den Flughafen mit mehreren Persönlichkeitsmatrizen experimentiert. Diese enthielt ein Empathie-Modul-Add-on, das sie selbst entworfen hatte.

»Als Nächstes«, kündete die Stimme des Auktionators den

im Raum herumstehenden Interessenten an, »haben wir die ausrangierten OR15.«

Efi hob ruckartig den Kopf, als ein OR15 auf die Bühne marschiert kam. Sie hatte damit gerechnet, nur Einzelteile zu bekommen, aber wenn sie mit einem komplett funktionstüchtigen Roboter anfangen konnte, wäre sie womöglich Wochen früher fertig. Endlich lief es mal gut für sie. Aus der Nähe wirkte der OR15 kalt, einschüchternd und sehr viel größer. Doch offensichtlich hatte hier das Prinzip »Große Klappe und nichts dahinter« Pate gestanden, denn gegen Doomfist hatten sie nicht das Geringste ausrichten können. Mit den fertigen Modifikationen würde ihr Roboter zugänglicher und mehr wie ein wahrer Bürger von Numbani wirken, der jederzeit bereit war, seine Stadt zu verteidigen. Efi fummelte an ihrem Bietstab herum und drückte versehentlich auf den Knopf. Ein schwacher holografischer Heiligenschein schwebte einige Sekunden lang über ihrem Kopf und verschwand dann wieder.

»Pass auf, Schatz«, ermahnte ihr Vater sie. »Sei nicht so vorschnell. Und erinnere dich an die vereinbarten Regeln …«

»Keine Waffentests im Haus«, rasselte Efi herunter.

Ihr Vater zog die Augenbrauen zusammen und sah sie missbilligend an. »Das ist mein Ernst, Efi. Wir übertragen dir da eine gewaltige Verantwortung.«

Efi nickte. »Das verstehe ich.« Sie wechselte den Stab in die andere Hand und zählte die Regeln an den Fingern ab. »Regel Nummer eins: Die Schule geht immer vor. Ich darf nur in meiner Freizeit am Roboter arbeiten. Regel Nummer zwei: Der Roboter muss allen Regeln und Anforderungen von Numbani entsprechen. Regel Nummer drei: Der Roboter muss jederzeit meiner Kontrolle unterstehen. Regel Nummer vier: Ich bin für das verantwortlich, was der Roboter tut, und muss für jeden von ihm herbeigeführten Schaden aufkommen. Regel Nummer fünf: Wenn der Roboter jemandem schadet, wird er deaktiviert.« Sie war gerade fertig, als der Auktionator die Aufzählung der Spezifikationen abschloss.

»... Diese Modelle werden in Zehnerpaketen versteigert. Wir beginnen mit einem Gebot von vier Millionen Naira.«

In Zehnerpaketen? Sie brauchte doch bloß einen einzigen Roboter. Die Gebote wanderten so schnell nach oben, dass Efi ganz schwindlig wurde.

»Höre ich fünf Komma fünf?«, fragte der Auktionator.

Efi drückte den Knopf auf ihrem Stab. Ihr blieb keine andere Wahl. Mehr Geld hatte sie nicht. Der Auktionator sah sie mit schmalen Augen an.

»Die junge Erfinderin hier vorn bietet fünf Komma fünf«, sagte er und machte dabei diese Kopfbewegung, mit denen die Omnics Belustigung andeuteten. »Höre ich fünf Komma sechs?«

Efi blinzelte. War sie da eben ernst genommen worden? Sie hätte den Auktionator gern angelächelt, aber da stiegen die Gebote auch schon weiter auf sechs Millionen Naira, dann auf acht, zwölf. Fünfzehn. Zwanzig. Für so viele Roboter war das immer noch ein guter Preis, was Efi allerdings nicht beruhigte. Viel zu spät begriff sie, dass sie nur ein kleiner Fisch in einem Teich voller Haie war: Um sie herum saßen Bauunternehmer, Investoren und Regierungsvertreter afrikanischer und weiter entfernter Länder. Und alle wollten diese Roboter ebenso verzweifelt haben wie sie.

Die nächsten drei OR15-Pakete wurden auf dieselbe Weise

versteigert, aber Efi drückte trotzdem jedes Mal auf den Knopf und wagte es, kurzzeitig auf das Unmögliche zu hoffen. Dann war die Auktion vorbei, und die Interessenten verließen den Raum. Sie blieb stur in der ersten Reihe sitzen, den zuckenden Finger am Stab, und hoffte auf eine weitere Chance. Das konnte es doch noch nicht gewesen sein. Sie drückte auf den Knopf, einmal, zweimal, und der Heiligenschein kreiste um ihren Kopf.

»Efi«, sagte ihr Vater und legte ihr eine Hand auf den Rücken. »Lass uns nach Hause gehen.«

»Wir können noch nicht gehen«, protestierte sie. »Ich habe meinen Roboter noch nicht bekommen.«

»Uns war doch von vornherein klar, dass die Konkurrenz groß ist. Wir haben darüber gesprochen, weißt du nicht mehr?«

Efi nickte. Sie erinnerte sich daran, aber sie hatte nicht erwartet, dass sie sich so leer fühlen würde.

»Oh«, sagte der Auktionator, als er auf die Bühne zurückkehrte. »Ich dachte, es wären schon alle gegangen.«

»Wir sind gleich weg«, erwiderte Efis Vater angespannt.

»Kein Grund zur Eile.« Der Auktionator streckte die Hand aus, und Efi ergriff sie. Das Metall war warm und vibrierte ganz leicht. »Du bist Efi Oladele, nicht wahr? Die Gewinnerin des ›Superhirn-Stipendiums‹? Ich habe dich in den Nachrichten gesehen.« Auf einmal kam ihre Stimme aus seinem Mund, als er einen Audioschnipsel aus ihrer Dankesrede abspielte:

*Ich freue mich sehr, dass ich meine kreative Energie nutzen kann, um weiterhin neue Roboter zu bauen, die meiner Gemeinde helfen, damit ich Gabrielle Adawes Vision von einer Stadt voller wahrer Harmonie gerecht werden kann.*

»Ja, die bin ich«, sagte Efi. »Und genau darum bin ich hier. Aber …«

Der Auktionator ließ leicht den Kopf hängen, so dass Efi nur noch die drei Punkte auf seiner Stirn sehen konnte. »Ich habe dir so sehr die Daumen gedrückt. Es ist sehr schwer, mit anzusehen, wie all diese Roboter Numbani verlassen.«

»Besteht vielleicht die Möglichkeit, dass mir einer der Käufer einen Roboter verkauft? Nur einen?«

»Das bezweifle ich. Sie hätten noch hundert mehr gekauft, wenn das möglich gewesen wäre.«

Efi fragte sich, ob die Behörden die Niederlage der Omnics nur geheim halten wollten, um den Preis bei der Auktion hochzutreiben.

»Aber …«, begann der Auktionator.

»Aber?«, hakte Efi nach. Das hörte sich nicht wie ein »Aber« ihrer Mutter an, sondern eher wie eins, bei dem sie wissen wollte, wie es weiterging.

»Einige OR15 waren zu stark beschädigt, als dass sie noch versteigert werden konnten. Wir wollten bei den Käufern ja keinen falschen Eindruck erwecken. Sie werden als Altmetall verkauft.« Der Omnic hob ruckartig den Kopf und schaute sich um. »Komm doch mal mit.«

»Können wir mitgehen, Papa?«, fragte Efi.

Ihr Vater setzte eine resignierte Miene auf und zuckte mit den Achseln. »Warum nicht?«

Efi lief hinter dem Omnic her und folgte ihm in einen Lagerraum. In einer Ecke standen mehrere defekte OR15, denen man bereits die Waffen ausgebaut hatte. Wenn Efi eine Herausforderung suchte, so hatte sie diese nun vor sich. Einer der Roboter fiel ihr ins Auge. Die fehlenden Vorderbeine, die Art, wie die Arme abgebrochen waren … Efi war sich sicher, dass es sich um den Roboter handelte, den Doomfist im Flughafengebäude gegen die Wand geschleudert hatte. Sie biss sich auf die Unterlippe. Er war in einem schlechteren Zustand als die anderen, aber irgendetwas zerrte an ihr, während sie das verbogene Metall betrachtete. Dieser Roboter war genau der, den sie haben wollte.

Der Auktionator nickte, als hätte er ihre Gedanken gelesen. »Ich kann dir den Roboter natürlich nicht einfach so *schenken*. Er muss bei einer offiziellen Auktion versteigert werden.«

Efi zückte ihren Bietstab und hatte den Finger bereits über dem Knopf. »Bekommen Sie deswegen auch wirklich keinen Ärger?«, fragte sie.

Abermals legte der Auktionator den Kopf schief. »Gabrielle Adawe hat Overwatch nicht gegründet, um sich danach zurückzulehnen und zu entspannen. Sie hat weitergekämpft und bis zum letzten Atemzug nach vorn gesehen. Nur mit klugen Köpfen wie dir kann Numbani auch weiterhin ein Symbol der Hoffnung und Harmonie zwischen Menschen und Omnics sein. Und mit Herzen wie deinem.«

Efi strahlte und merkte erst dann, dass der Auktionator ihre Frage eigentlich gar nicht beantwortet hatte. Möglicherweise hatte er es auf gewisse Weise aber doch getan. Jeder Ärger, der ihn erwartete, wäre nichts im Vergleich zu dem Potenzial, das in den demolierten Roboterteilen ruhte. Efi beschloss, ihr Bestes zu geben, um diesen Auktionator stolz zu machen.

»Ein defektes OR15-Chassis, verkauft wie gesehen, ohne Garantie. Das Startgebot liegt bei einer Million Naira.«

Efi drückte auf den Knopf, und der Heiligenschein kreiste um ihren Kopf. Sie wusste, dass man sie diesmal nicht überbieten würde, doch sie sah trotzdem über die Schulter, nicht dass es doch noch irgendeinen Konkurrenten gab. Aber nun stand ihr niemand mehr im Weg.

»Höre ich eins Komma fünf? Zum Ersten. Zum Zweiten. Und verkauft an die brillante Erfinderin, die sich in den Kopf gesetzt hat, Numbani zu helfen!«

***

Das Chassis hing wie ein halbes Rind an Fleischhaken in der Mitte von Efis Werkstatt – den Kopf geneigt, einen Branford-Arm und die Hinterbeine baumelten herab, und die restlichen Teile stapelten sich auf dem Boden. Der Roboter brauchte noch immer einen zweiten funktionierenden Branford-Arm, einen Tobelstein-Reaktor zum Generieren der Gravitonfelder und vor allem eine Fusionskanone – die einzige Waffe, die gegen Doomfist überhaupt eine Chance hatte. Efi führte im Kopf die Berechnungen für die Arbeit durch, die vor ihr lag, und jetzt war sie sich nicht mehr so sicher, ob es klug gewesen war, den am schwersten beschädigten OR15 zu kaufen. Allerdings hatte sie das Chassis recht preiswert bekommen und somit noch genug von ihrem Budget übrig, um sich einen ganzen Roboter zu bauen.

Naade betrachtete den Roboter und stieß einen leisen Pfiff aus. »Dafür würde ich auch einen Film mit Kam Kalu verpassen. Vielleicht sogar zehn«, meinte er, legte dann aber einen Finger unters Kinn und schüttelte den Kopf. »*Ooooh.* Zehn sind zu viel. Eher sieben. Na gut, siebeneinhalb.«

»Er sieht schlimmer aus, als ich erwartet hatte«, sagte Hassana und fuhr mit einem Finger über einen Riss auf dem Torso des Roboters. Ein Funke traf unverhofft ihre Fingerspitze, und sie sprang zurück.

»Sie ist ein bisschen eingedellt, aber die Schaltkreise sind in Ordnung.« Efi polierte mit ihrem Lederhandschuh eine mit Ruß beschmierte Stelle des Metallchassis. Danach glänzte diese zwar nicht, sah aber etwas besser aus.

»Sie?«, wiederholte Naade.

»Wir können doch nicht die ganze Zeit von einer Sache reden«, erwiderte Efi. »Sie bekommt eine Persönlichkeit und wird Teil dieser Gemeinde sein. Numbani braucht keinen weiteren Sicherheits-Bot, sondern einen neuen Helden!«

»Im Augenblick hat sie die Persönlichkeit eines Müllcontainers«, stellte Hassana fest und sah dem OR15 ins Gesicht – das aus einem weißen Kreis mit vier gleichmäßig verteilten gelben Lämpchen bestand. »Sieh sie dir nur an.«

»Was das betrifft, hatte ich auf deine Brillanz gehofft.« Efi rief einige Gittermodelle auf ihrem Tablet auf. Sie zeigte sie Hassana, die so nett war, bei dem unbeholfenen Versuch, dem Roboter etwas Charme zu verpassen, nicht das Gesicht zu verziehen. »Die Helden von Overwatch hatten alle etwas Besonderes an sich. Bei Reinhardt war es die gewaltige Rüstung. Amari hatte einen Mantel und eine Baskenmütze. Dieser Roboter bekommt eine …«

»Coole Maske«, fiel Hassana ihr ins Wort und zog begeistert die Augenbrauen hoch. Schon kramte sie in ihrer Büchertasche herum und zog eine Packung bunter Stifte heraus. »Mir ist völlig klar, worauf du hinauswillst, ein bisschen Numbani-Flair, aber …« Sie stieg auf den Tisch neben dem Roboter und zeichnete ein ernstes, aber trotzdem freundliches Gesicht, das sie orange ausmalte, und Augenbrauen, Stirn und Nase färbte sie noch gelb.

»Hassana!«, rief Efi. »Du …«

»Sorgst für eine gewaltige Verbesserung. Und wenn wir erst mal diese klobigen seitlichen Abstandsdinger …«

»Das sind ihre Raumsensoren. Die *braucht* sie, um sich zu bewegen.«

»Okay!«, sagte Hassana. »Na, vielleicht können wir sie ja weniger klobig und etwas schicker gestalten. Spitz zulaufend wie die Hauer eines Warzenschweins. Und wir könnten das ganze Chassis bemalen. Dieses Knochenweiß und Schimmelgrün sagt mir überhaupt nicht zu.«

Efi wurde ganz schwindlig von den vielen Veränderungen, die Hassana vorschlug, aber sie wusste auch, dass sich die Mühe lohnen würde. Für Numbani war das Beste gerade gut genug, und genau das würden sie liefern. »Ich wusste, dass du perfekt für diese Aufgabe geeignet bist«, sagte Efi. »Du sorgst dafür, dass sie gut aussieht, ich besorge eine Fusionskanone, und Naade …« Efi zermarterte sich das Gehirn, um sich eine einfache Aufgabe auszudenken, bei der Naade nichts kaputt machen konnte.

»Ihre Sicherheit ist mein Hauptanliegen«, erklärte eine Stimme, die an ein hohes Zwitschern mit englischem Akzent erinnerte. Efi wirbelte herum und stellte fest, dass Naade an ihrem Computer saß und Simulationen auf dem Axiom-Stimmprozessor laufen ließ, den sie im letzten Jahr kostenlos bei einer Omnic-Expo bekommen hatte. »Ihre Sicherheit ist mein Hauptanliegen«, wiederholte die Stimme, diesmal jedoch mit dem breiten Akzent eines nordamerikanischen Cowboys.

»Was machst du da, Naade?«, fragte Efi und holte tief Luft, um ihren Frust ein bisschen abzubauen.

»Dir helfen«, antwortete er, ohne aufzublicken.

»Yooit! Deine Sicherheit ist mein Ding, Bruder.« Nun hörte es sich eher nach einem südafrikanischen Surfer an. Efi schürzte die Lippen. Damit konnte man sich an den Stränden von Durban vielleicht Respekt und Ansehen verschaffen, aber Efi bezweifelte, dass sich die Einwohner von Numbani davon beeindrucken lassen würden. Außerdem wollte Efi die ganzen Stimmproben selbst durchgehen, um die perfekte herauszusuchen.

»Wie wäre es, wenn du mir das überlässt?« Efi schubste Naade von ihrem Platz. »Du kannst ja …«

»Eine Fusionskanone besorgen?«, beendete Naade den Satz für sie. »Denn ich kenne da jemanden, der jemanden kennt.«

»Meinst du Isaac aus dem Wissenschaftslabor?«, fragte Hassana unbeeindruckt.

»Genau. Er hat mir neulich erzählt, wie er ins Dark Web gegangen ist, um diese für militärische Zwecke zugelassene Barriere zu besorgen. Die Bezahlung läuft jedoch nur über MBCs, daher wirst du deine Naira umtauschen müssen.«

»Was sind denn MBCs?«, wollte Efi wissen.

»Modulierte Biochemische Coins. DNA-kodiertes Geld. Lebende Kryptowährung. Auch als Biogold bekannt. Wackelgeld. Glamourknete. Schicki …«

»Komm wieder runter, Naade. Wir haben's verstanden«, sagte Hassana.

Efi war noch nicht bereit, den Gedanken abzutun. Sie hatte das Netz bereits nach einer passenden Fusionskanone durchkämmt, aber wenn man nach mächtigen Energiewaffen suchte, wurde man anscheinend auf alle möglichen Beobachtungslisten gesetzt. Nach einigen äußerst peinlichen Gesprächen mit der Numbani-Regierung und ihren Eltern war Efi klargeworden, dass sie die Sache anders angehen musste. »Bist du mit Isaac befreundet? So gut, dass er dir verraten würde, wie du Kontakt mit der Person aufnehmen kannst, die ihm die Barriere verkauft hat?«

Naade nickte. »Klar. Ich habe alle dazu gebracht, nicht mehr von ›den Isaac machen‹ zu reden‹. Darum ist er mir was schuldig.«

Efi und Hassana tauschten einen Blick. Einer der krassesten Zwischenfälle im Wissenschaftslabor hatte sich ereignet, kurz bevor Naade seinen Junie zurückgegeben hatte, und Efi hatte ihn sich so oft angesehen, dass es ihr nun schwerfiel, eine ernste Miene zu bewahren. Naade hatte die Beschriftung der Lösungen, mit denen er arbeiten sollte, ignoriert und eine Reaktion bewirkt, bei der eine gewaltige Säule aus neonpinkem Schaum bis zur Decke aufgestiegen war. Aus diesem Grund sagte man jetzt, jemand hatte ›ver-naaded‹, wenn man großen Mist gebaut hatte.

Auf jeden Fall hatte Efi Naade nun nicht etwa die einfachste Aufgabe übertragen, bei der er nichts falsch machen konnte, sondern die entscheidendste. »Okay, rede mal mit Isaac und finde heraus, wie wir vorgehen müssen«, bat sie ihn und versuchte, sich ihre Besorgnis nicht anmerken zu lassen.

»Wird gemacht, Boss«, versprach Naade und war auch schon auf dem Weg.

***

Ein dunkler Lieferwagen wartete an der Laderampe des Axiom-Gebäudes tief im Süden von Numbani auf sie. Alte Lagerkisten standen überall herum, hinter denen sich weitere Gefahren verbergen konnten. Efi schluckte den Kloß herunter, der ihr die Kehle zuschnürte, und gab sich die größte Mühe, ihre Hände am Zittern zu hindern. Der Motor des Wagens jaulte einmal auf. Efi versuchte, durch die dunklen Fensterscheiben zu gucken, was ihr jedoch nicht gelang. Unauffälliger hätte der Wagen gar nicht sein können. Ausgeblichenes Schwarz. Keine Beschriftungen. Leicht wieder zu vergessen. Die Art von Fahrzeug, in der man rumfahren würde, wenn man versuchte, Waren vom Schwarzmarkt zu verkaufen … allerdings hatte dieser Lieferwagen altmodische Reifen anstelle von Lev-Rims.

Reifen, die einem zeigten: ›zu viel Geld und nicht genug Verstand‹, wie Efis Großvater gesagt hätte. Es war nicht gerade die Art von Leuten, mit denen man auf einem verlassenen Parkplatz Geschäfte machen wollte. Efis Magen zog sich zusammen. Wollte sie wirklich so leichtsinnig sein? Sie blickte auf die App, die sie auf ihrem Tablet aufgerufen hatte.

> Benutzte Fusionskanone, 39 % Leistung. 64G RTMs.
> Preis: 3 MBCs, nicht verhandelbar.
> Keine Fragen.

Die Nachricht war auf fünf verschiedene Methoden verschlüsselt, aber Isaac hatte sie geknackt und ihnen gezeigt, wie genau sie darauf zugreifen konnten. Seinen Worten zufolge war sie sicher. Er hatte gesagt, sie müssten sich keine Sorgen machen, aber Efi konnte den Gedanken nicht abschütteln, dass sie sich Rat bei einem Jungen holten, der eine halbe Schulstunde mit einer Barriere rings um seinen Kopf verbracht hatte.

Nein. Nein, das hier war zu riskant.

Sie drehte sich um, weil sie ihren Freunden signalisieren wollte, dass sie es sich anders überlegt hatte. Naade und Hassana sahen aus, als könnten sie es ebenfalls kaum erwarten, von hier wegzukommen – sie hatten die Augen weit aufgerissen und sahen sich bei jedem Geräusch panisch um –, aber hinter ihnen standen zwei afrikanische Wildhunde. Die Tiere waren an sich schon sehr gefährlich – bullig und ausdauernd genug, um eine Antilope zu jagen, bis sie erschöpft zusammenbrach –, doch aus ihrem struppigen schwarz-braunen Fell ragten kybernetische Wirbelimplantate heraus, die bis zu den Hinterbeinen reichten und ihnen einen noch größeren Vorteil verschafften. Efi sah grünes Licht hinter den gemeinen Augen aufflackern, und als die Tiere sie anstarrten, konnte sie keinen klaren Gedanken mehr fassen.

»Hast du es dir anders überlegt?«, fragte eine glatte Stimme durch das Wagenfenster, das nun offen stand. Ein Mann stieg aus und knallte die Tür hinter sich zu. Er war von Kopf bis Fuß in makelloses weißes Leder gekleidet und besaß selbst auch einige kybernetische Teile, darunter eine grüne Scheibe an jeder Schläfe. Mit so jemandem hatte Efi eindeutig nicht gerechnet, aber wenn sie seine Miene richtig deutete, sah Efi auch nicht gerade so aus, wie er erwartet hatte. »*Du* bist BotBuilder11?«, fragte er herablassend.

Efi nickte. Sie hatte so große Angst, dass sie keinen Ton herausbrachte.

»Du bist … ein Kind«, stellte er fest.

»Schon mein Leben lang«, presste Efi hervor und war ganz stolz, weil ihre Stimme nicht zittrig klang. Ganz langsam steckte sie eine Hand in die Tasche und zog drei MBCs heraus. Sie hielt sie auf der Handfläche hoch, wo sie zuckten und wackelten. Jeder hatte die Größe eines Sanddollars, und um die Authentizität zu gewährleisten, enthielt ihr synthetisiertes Blut einen einzigartigen Code, der nicht dupliziert werden konnte. »Können wir die Fusionskanone jetzt haben?«

»Ich habe in meinem Leben schon eine ganze Menge fragwürdiges Zeug gemacht, aber ich werde einer Achtjährigen garantiert keine Waffe verkaufen«, erklärte er kopfschüttelnd.

»Ich bin schon fast zwölf, vielen Dank auch«, entgegnete Efi empört. Sie war nicht hergekommen, um sich beleidigen zu lassen, sondern um einen Deal zu machen.

»Zehn, elf, zwölf, dreizehn, mir egal. An dich verkaufe ich nicht! Ich habe auch Prinzipien, musst du wissen. Wie bist du überhaupt an so viel Geld gekommen?«

»Schrieben Sie nicht was von ›keine Fragen‹?« Efi legte einen vierten MBC auf ihre Handfläche, so dass sich dort nun das gesamte Geld befand, das sie noch besaß. Sie spürte, dass der Verkäufer zwar Vorbehalte hatte, an sie zu verkaufen, sie ihn mit genug Geld jedoch überzeugen konnte.

Er druckste herum, konnte den Blick jedoch nicht von den sich windenden Münzen abwenden.

»Okay«, sagte er schließlich. »Ich gebe dir die Fusionskanone, aber du darfst niemandem verraten, woher du sie hast, verstanden?«

Efi stemmte eine Hand in die Hüfte. »Ich weiß doch überhaupt nicht, wer Sie sind! Wie soll ich jemandem verraten, wo ich die Kanone herhabe, wenn ich es selbst gar nicht weiß?«

Der Mann nahm ihr die MBCs aus der Hand und ging zurück zu seinem Lieferwagen. »Warte hier«, sagte er.

Efi und ihre Freunde sahen sich ebenso nervös wie aufgeregt an, während der Verkäufer die Hecktüren seines Wagens öffnete. Er stieß einen Pfiff aus, und seine Hunde rannten los, schlugen im Höchsttempo und mit präzisen Bewegungen einen Bogen um Efi und ihre Freunde und sprangen auf die Ladefläche des Lieferwagens. Er schloss die Türen, und wenige Sekunden später verließ der Wagen den Parkplatz und Efis einzige Chance, eine Fusionskanone zu bekommen, war dahin.

»Ich verkaufe nicht an Kinder!«, brüllte der Kerl noch aus dem Fenster, bevor er auf die Straße abbog. Dann war er mit ihrem Geld verschwunden. Dieser Mann hatte offenbar zu große Skrupel, um Waffen an Kinder zu verkaufen, was ihn jedoch nicht davon abhielt, sie übers Ohr zu hauen.

Efi schrie, so laut sie nur konnte, und verlangte, dass der Verkäufer mit ihrem Geld zurückkam. Und ihr die Kanone verkaufte. Es hätte nicht viel gefehlt, und sie wäre ihm hinterhergelaufen, aber Hassana packte ihren Arm und hielt sie fest.

»Das tut mir sehr leid, Efi«, sagte sie. »Aber willst du wirklich, dass er wieder herkommt? Er hat dir dein Geld abgenommen, aber wir sind in Sicherheit, und das ist doch noch viel mehr wert.«

Efi schüttelte den Kopf. Sie war wie betäubt. »Wir hätten gar nicht erst herkommen sollen.«

»Tut mir leid, Efi«, murmelte Naade. »Isaac hat gesagt, die Sache wäre sicher, und wir könnten dem Mann trauen.«

»Nein, das ist alles meine Schuld. Ich habe euch in diese Lage gebracht, und jetzt haben wir alles verloren. Was machen wir denn jetzt? Wir stehen mit einem kaputten Roboter ohne Waffen da. Wie soll das irgendjemandem helfen?«

»Regen, der auf Leoparden fällt, wäscht seine Flecken nicht weg«, gab Naade zu bedenken. »Du bist stark, Efi. So ein kleiner Rückschlag ändert nichts daran.«

»Du klingst fast wie mein Vater«, stellte Efi fest.

»Wenn man es auf einem abgelegenen Parkplatz mit kybernetischen Hunden zu tun bekommt, wird man schnell erwachsen. Auch wenn es Monate dauern könnte, bin ich davon überzeugt, dass du deine Vision Realität werden lässt.«

Monate? Efi schüttelte den Kopf. »So lange können wir nicht warten. Wenn Doomfist zum Angriff übergeht, dann werden wir …«

Der Gabelstapler an der Laderampe des Axiom-Gebäudes knallte gegen die Wand und erregte so Efis Aufmerksamkeit. Der Omnic-Fahrer wirkte ob dieses Zwischenfalls nicht besorgt, sondern setzte einfach zurück und fuhr gleich wieder gegen die Wand.

»Was in aller Welt ist hier los?«, fragte Efi. Ein anderer Omnic hockte sich hin, um eine große, als »zerbrechlich« gekennzeichnete Kiste aufzuheben, reckte sie in die Luft und ließ sie fallen. Selbst aus der Entfernung konnte Efi hören, wie das Glas in der Kiste zersplitterte. Danach hob er die Kiste wieder hoch und ließ sie noch einmal fallen. Um das Ganze immerzu zu wiederholen. Wenige Augenblicke später hörte Efi im Inneren des Gebäudes Schreie – die Schreie eines Menschen.

»Wir müssen weg«, sagte Naade.

»Ja, lasst uns abhauen«, stimmte Hassana ihm zu.

Efi protestierte. »Diese Omnics haben eine Fehlfunktion. Sie scheinen in einer Schleife gefangen. Jemand muss ihnen helfen.«

»Aber dieser Jemand musst nicht du sein, Efi. Wir können es den Behörden melden. Die kümmern sich darum.«

Der Omnic fuhr bereits zum vierten oder fünften Mal mit dem Gabelstapler gegen die Mauer. Sie waren sehr robust gebaut, aber selbst Titan würde so etwas nicht ewig aushalten. Auf einmal bemerkte Efi eine Bewegung im Schatten der Laderampe, die kaum erkennbare Gestalt einer Frau, deren magentafarbene Kybernetik-Implantate auf einer Kopfseite leicht glühten. Sie warf etwas durch die Tür und war im nächsten Augenblick verschwunden. Efi rieb sich die Augen und fragte sich, was sie da gerade gesehen hatte, aber dann fiel ihr ein, dass sie sich vorerst lieber auf die Omnics konzentrieren sollte.

»Sie haben eine Fehlfunktion, aber ich glaube nicht, dass sie jemandem schaden werden«, sagte Efi zu Naade. »Sie haben bloß Angst. Ich werde etwas näher rangehen.« Sie zückte ihr Tablet und suchte nach offenen WLAN-Netzwerken. Zusätzlich zu den normalen Kommunikationsschnittstellen, die üblicherweise offen waren, konnte sie auch die privaten Ports der Omnics sehen. Darüber konnte sie direkt auf deren Gehirne zugreifen, was offenbar auch dazu führte, dass die Lichter an ihren Stirnen verblassten. Efi knirschte mit den Zähnen. Das war übel. Sie arbeitete sich weiter vor, bis sie den fehlerhaften Code fand. Er replizierte sich von allein, was bedeutete, dass er die Funktionen der Omnics nach und nach überschrieb. Wenn sie nicht schnell etwas unternahm, würden die Omnics ihr Gedächtnis vollständig verlieren. Sofort schrieb Efi ein eigenes Programm, um die Prozessorgeschwindigkeit zu verlangsamen und sich etwas Zeit zum Nachdenken zu verschaffen. Danach fing sie mit einer Funktion an, die den fremden Code überschreiben sollte, indem sie ihn auf dieselbe Weise angriff, wie dieser gegen die ursprüngliche Programmierung der Omnics vorging. Endlich kam der Gabelstapler zum Stillstand, und der Omnic setzte sich auf und schaute sich verwirrt um. Das Gegenmittel machte möglichst viel des Schadens rückgängig, und wenige Sekunden später waren die offenen Ports wieder geschlossen. Efis Programm wurde drahtlos von einem Omnic auf den nächsten übertragen, bis alle Arbeiter an der Laderampe wieder normal funktionierten.

Als Efi die Ports ein weiteres Mal scannte, sah alles gut aus, bis sie am Ende der Liste noch ein anderes Signal entdeckte: 344X-Azúcar.

Es verschwand so plötzlich, dass Efi schon daran zweifelte, es überhaupt gesehen zu haben. Das war dieselbe merkwürdige Signatur, die sie auch kurz vor dem Angriff am Flughafen aufgespürt hatte. Sie wiederholte den Port-Scan, konnte jedoch nichts Ungewöhnliches entdecken.

»Hm.« Efi rieb sich die Augen. Sie war müde. Frustriert. Wütend. Hatte sie sich das vielleicht nur eingebildet?

»Was ist? Hast du alles repariert?«, erkundigte sich Naade.

»Ich … ich glaube schon. Lasst uns nach Hause gehen. Ich muss ein paar Sachen verkaufen, um wieder zu Geld zu kommen.« Bei diesem Gedanken schnürte es Efi die Kehle zu. »Werkzeug und Ausrüstung. Überschüssige Roboterteile.«

»Du kannst doch dein Werkzeug nicht verkaufen, Efi«, protestierte Naade. »Es ist ein Teil von dir.«

*Das war es mal,* dachte Efi. *Aber jetzt hat sich einiges geändert.*

Auf dem Heimweg erstellte Efi eine Liste der Dinge, die sie verkaufen konnte. Da war ihr CraftLife5000-Set – hervorragende Werkzeuge, die sie im letzten Jahr zum Geburtstag bekommen hatte. Das Set war hochmodern und enthielt auch einen Hartlicht-Schraubendreher, der in vier Sekunden ein Dutzend Schwerlastschrauben ins härteste Metall schrauben konnte. Sie wollte das Set nicht verkaufen, aber ihr blieb wohl kaum etwas anderes übrig. Außerdem hatte sie immer noch das Werkzeug, das ihr ältester Cousin Bisi ihr als Kind geschenkt hatte. Damit musste sie Schrauben und Nägel zwar manuell befestigen, aber es würde damit schon gehen. Sie konnte nur hoffen, dass es keine bösen Erinnerungen an das hervorrief, was aus ihrem Cousin geworden war, nachdem er sich mit diesen schlimmen Leuten eingelassen hatte.

Drei Stunden später war alles verkauft. Efi verschloss die letzte Kiste, verstaute alles im Netz einer Lieferdrohne, gab die Adresse ein und sah zu, wie die Drohne abhob, durch das offene Fenster flog und am Himmel verschwand. Efis Werkstatt war nun sehr viel leerer.

»Immerhin haben wir jetzt genug Platz, um vernünftig am OR15 arbeiten zu können«, sagte Efi und deutete auf die Ecke, in der sich ihr Werkzeugkit befunden hatte. »Dort kann sie sich ausruhen und es sich gemütlich machen.«

Sie versuchte, die Sache positiv zu sehen, auch wenn es nach dem schrecklichen Tag beinahe so aussah, als könnte nichts mehr gut werden.

# HollaGram

**BotBuilder11** baut Roboter, um anderen zu helfen.

FANS **874**

HOLOVID-ABSCHRIFT

Automatisch generiert von TranscriptMinder XL Version 5.317

## Zu den Waffen

Ich schätze, inzwischen ist es allseits bekannt. Doomfist terrorisiert Numbani. Ich werde nicht tatenlos zusehen, wie er meine Heimat angreift und die Einigkeit der Menschen und Omnics bedroht. Denn ich werde einen neuen und besseren Roboter bauen, der sich ihm in den Weg stellt, aber ich brauche Hilfe, um einen weiteren Branford-Arm zu bekommen.
Das Fördergeld vom »Superhirn-Stipendium« für dieses Quartal habe ich bereits ausgegeben und alles verkauft, was ich entbehren kann. Wenn jemand etwas Geld übrig hat, würde ich mich sehr darüber freuen.

REAKTIONEN

601 428 732

*KOMMENTARE (199)*

**ARTIST4Life** Erledigt! Es ist nicht viel, aber jede Hilfe zählt.

**BotBuilder11 (Admin)** Danke! Diese Sache betrifft uns alle.

**BackwardsSalamander** Ähm … Ich hatte heute ein Hartlicht-Umwandlungskit in der Post? Hast du mir das vielleicht geschickt? Penelope wünscht sich sehr, dass ich es ihr einbaue, aber ich wollte zuerst mit dir Rücksprache halten. Ich würde ja etwas spenden, kann meine Kreditkarte jedoch nicht finden. Viel Glück beim Beschaffen des Arms!

**NaadeForPrez** Doomfist bekommt, was er verdient!

*Weiterlesen …*

# KAPITEL 7

Nach und nach trafen Spenden ein, und als einige Wochen vergangen waren, hatte Efi genug Geld zusammen, um einen Branford-Arm zu kaufen, sogar einen überholten von einem richtigen Branford-Händler. Er gehörte jedoch zum »Idina«-Modell der OR14-Sicherheitsroboter und passte nicht exakt, sondern musste erst mit einigem Arbeitsaufwand angepasst werden. Der Arm war mit einem Luxor-Hartlicht-Werfer ausgestattet, der Lassos und Energiefallen erzeugen konnte. Das war zwar nicht einmal ansatzweise so einschüchternd wie eine Fusionskanone, aber wenigstens würde ihr Roboter so über irgendeine Art von Angriffsfunktion verfügen.

Allerdings benötigte Efi die Hilfe eines Erwachsenen, um den Arm zu kaufen, und anstatt erneut ihren Eltern auf die Nerven zu gehen, fragte sie ihren Cousin Dayo, der vor einem Monat achtzehn geworden war. Er war begeistert von der Aussicht, vor dem Branford-Händler eine Rolle spielen zu können, und wollte wissen, welche Motivation sein Charakter hätte. Efi murmelte etwas Vages, weil sie den Kauf einfach nur über die Bühne bringen wollte, aber Dayo drängte sie immer weiter. Aus lauter Verzweiflung erzählte sie ihm, sein Charakter wäre ein distinguierter Gentleman, der seine Robotermenagerie erweitern wollte. Das stellte sich jedoch als Fehler heraus. Als Dayo an ihrem Treffpunkt vor dem Kọfị Aromo auftauchte, sah er aus, als wäre er dem Set eines Flash-Brighton-Films entsprungen. Er trug einen sehr eleganten Anzug mit silbernen Pailletten und dazu ein pechschwarzes Hemd und eine blaugrüne Feder im Knopfloch. Sein Gehstock war dazu passend blaugrün lackiert und über die gesamte Länge mit ineinander übergehenden Linien aus Mosaikspiegelteilchen und Silberdraht verziert.

Aber es klappte, und sie bekamen den Arm ohne Zwischenfall. Dayo handelte sogar noch eine Lieferung frei Haus aus. Naade erwartete sie dort bereits und polierte die Panzerung des Roboters, der diese Bezeichnung in seinem Zustand eigentlich gar nicht verdiente, denn es war eher ein Haufen aus verbeulten und nicht zueinanderpassenden Teilen.

»Hey«, begrüßte Efi ihn. »Wir haben es geschafft!«

»Ihr habt den Arm bekommen?« Naade sprang vor Freude auf und ab und fuhr mit einer Hand über die Kiste. »Lasst uns gleich mal reingucken, wie er aussieht.«

»Wo ist Hassana?«, erkundigte sich Efi und sah sich in der Werkstatt um. Die Lackierpistole lag auf dem Tisch neben zwei Schultergelenken, die so groß wie Helme waren. Die Gelenke waren bereits mit mehreren Schichten aus Bronzefarbe bearbeitet worden und warteten nun nur noch auf die künstlerischen Verzierungen, auf denen Hassana bestanden hatte.

»Offenbar ist sie spät dran«, überlegte Naade laut, bevor er bemerkte, dass Dayo ebenfalls reingekommen war. Bei Dayos Anblick stutzte er und riss die Augen auf. »Ist das ein Flash-Brighton-Cosplay aus der ›Breaking Circuits‹-Trilogie? In der Flash Brighton einen Menschen spielt, der vorgibt, ein Omnic zu sein, der vorgibt, ein Mensch zu sein?«

Dayo wischte sich mit den Fingerknöcheln über das Revers. »Ich habe es letztes Jahr für die OmnicCon gemacht. Wahrscheinlich hätte ich auch den Kostümwettbewerb gewonnen, wäre da nicht dieses HAL-Fred-Glitchbot-Cosplay gewesen, das alle über die Verpflichtung, Menschen einzustellen, zugetextet hat. Er hatte sein gesamtes Outfit im Laden gekauft.« Dayo schürzte angewidert die Lippen.

»Ist nicht wahr! Sind der Jury denn nicht die vielen Details aufgefallen? Du hast den für ihn typischen Goldfaden für die Stickerei genommen und all so was. Und dein Gehstock … Ist der so wie in dem Teil des Films, in dem Flash Brighton in diesen Anglerladen mitten im Nirgendwo geht und in einen Hinterhalt schießwütiger Agenten der Dagger-Sekte tappt, die sich als Angler ausgeben, woraufhin er seinen Gehstock in eine MP verwandelt und aus seinen Gegenspielern Fischfutter macht?«

Dayo zuckte zusammen. »Nein. Das ist nur ein Gehstock. Den brauche ich nun mal …«

»Ich würde nicht behaupten, dass das *nur* ein Gehstock ist«, fiel Efi ein und bewunderte das gute Stück. Dayo hatte ganz offensichtlich einiges an Arbeit reingesteckt, damit er so aussah wie der von Flash Brighton. Sie war davon überzeugt, dass sein Outfit nur aus wiederverwerteten Dingen bestand. »Der ist so cool. Ein richtiges Kunstwerk.«

Dayo grinste sie an. »Danke, Efi. Wo soll dieser Arm denn hin?«

Efi deutete auf eine leere Stelle auf der Plane, auf der der Rest des Roboters lag, und Dayo lenkte das Paket auf einem Antigrav-Wagen, der locker zwanzig Jahre alt sein musste, an diese Stelle.

»Was ist das?«, fragte er, nachdem er den Wagen abgestellt hatte, und deutete auf den Zylinder, der auf mehreren verkohlten und nicht mehr reparablen Teilen lag. Er hob sich von den anderen Sachen, die Efi als Abfall aussortiert hatte, ab, weil er so aussah, als könnte er noch funktionieren. Das glänzende Weiß der gründlich polierten Enden ging zur schmaleren Mitte hin in ein sanftes, mattes Schwarz über.

Efi schüttelte den Kopf. »Das ist ein Superbooster. Aber ich konnte ihn nicht richtig zum Laufen bringen.« Das Ding war ihr wunder Punkt. Sie hatte sich sehr gefreut, weil er noch im Roboter gewesen war, obwohl man die ganzen spaßigen Waffen ausgebaut hatte, aber nach zwei Wochen vergeblicher Reparaturversuche hatte sie den Superbooster aufgegeben und sich wichtigeren Aufgaben zugewandt, wie einen Weg zu finden, den Hartlicht-Werfer in eine richtige Waffe zu verwandeln, da sie weder an eine Fusionskanone noch an einen Tobelstein-Reaktor herankommen würde. Jedenfalls vorerst nicht.

Dayo legte den Schalter des Superboosters um, und ein leises Klackern ertönte. Die Härchen in Efis Nacken stellten sich auf. Das Ding machte eindeutig *irgendetwas*, nur nicht genug, um jemandem im Kampf nützlich sein zu können. Dayo betrachtete die Teile, die Hassana bereits verschönert hatte, und wandte sich erneut dem Superbooster zu. »Weißt du, woran mich das Ding erinnert?«

Er setzte sich und zerrte den Superbooster auf seinen Schoß. Das Gerät war schwerer, als es aussah, aber nach einer Minute hatte er es perfekt ausgerichtet und fing an, auf das nach oben gerichtete Ende zu trommeln.

»An eine Gangan-Trommel!«, rief Efi, der erst jetzt die Sanduhrform auffiel. »Wie die von Grandpa.«

Dayo nickte und trommelte eines der Lieder, die ihr Großvater ihnen beigebracht hatte. Im nächsten Augenblick tanzten Efi und Naade auch schon im Rhythmus mit. *Bumm. Bumm. Papp. Bumm. Papp. Papp.*

Der Ruf der behelfsmäßigen Trommel klang beinahe wie ein Schlachtruf, und im Augenblick bestand Efis Schlacht darin, all diese Teile zusammenzusetzen und zum Laufen zu bringen. Da beschloss Efi, dass der Roboter auch diese Trommel enthalten sollte. Selbst wenn sie nicht als Superbooster funktionierte, konnte sie doch als Verbindung des Roboters zu seinen westafrikanischen Wurzeln dienen. Während sie durch die Werkstatt tanzte, machte Efi eine Bestandsaufnahme der Teile. Sie hatten das Chassis. Den Branford-Arm. Die Anfänge einer großartigen Lackierung. Und das vielleicht Wichtigste: Efi hatte sich für eine Stimme entschieden. Da ihr keine der vorinstallierten so richtig gefiel, hatte sie eben eine eigene geschaffen. Dazu hatte sie Stimmproben ihrer Mutter und ihrer Großmutter, die Efis Leben schon vor ihrem ersten Atemzug geprägt hatten, von ihrer Mathelehrerin Miss Okorie – auch wenn diese manchmal ein bisschen streng war, aber poetisch wurde, wenn es um die wunderschöne Komplexität der Mathematik ging – und zu guter Letzt von Gabrielle Adawe persönlich zusammengefügt. Von Adawe gab es im Numbani Heritage Museum aufgezeichnete Reden von aberhundert Stunden. Efi hoffte, dass ihr Roboter zumindest ansatzweise die Haltung und Zuversicht von Adawe ausstrahlen würde.

»Efi!«, kreischte Hassana auf dem Flur vor der Werkstatt. Die spontane Tanzeinlage kam zu einem abrupten Ende, und wenige Augenblicke später stand Hassana in der Tür und lehnte sich ermattet an den Türrahmen. Sie rang nach Luft und hatte die Augen weit aufgerissen.

»Unity Plaza«, stieß sie keuchend hervor. »Omnic-Straßenhändler. Durchgedreht.«

»Haben sie eine Fehlfunktion?«, fragte Naade, der die Augen nun ebenso weit aufriss wie Hassana. »Bekommt man das Essen jetzt umsonst?«

Hassana schüttelte den Kopf.

Efi führte ihre offensichtlich völlig aufgelöste Freundin zu einem Stuhl, auf den diese sich fallen ließ. »Es ist alles gut, Hassana. Du bist jetzt in Sicherheit. Erzähl uns, was passiert ist.«

»Ich wollte uns ein paar Snacks kaufen, aber irgendwas stimmte nicht. Die Omnic-Händler haben sich alle so komisch benommen. Beispielsweise Ndidi, die den Kleidungsstand einen Block vom Museum entfernt hat. Meine Mom muss schon unzählige Geles bei ihr gekauft haben, und sie hat früher sogar ein paarmal meinen Babysitter gespielt, aber als ich an ihr vorbeikam, hat sie überhaupt nicht reagiert. Nicht mal gewinkt oder so. Und ich hatte den Eindruck, dass die Punkte auf ihrer Stirn etwas dunkler aussahen. Wie bei den Omnics an der Axiom-Laderampe. Zuerst hab ich mir nicht viel dabei gedacht, aber dann ist mir aufgefallen, dass alle Omnics ihre menschliche Kundschaft ignoriert haben. Bei anderen Omnics waren sie so fröhlich und gesprächig wie immer, aber alle anderen schienen für sie unsichtbar zu sein. Jedenfalls haben sich einige Menschen aufgeregt, weil sie nicht bedient wurden, und es kam zu einem heftigen Streit. Da bin ich so schnell wie möglich hergekommen.«

Naade rannte zu den Fenstern und riss sie auf. Die Klänge der Stadt drangen herein. Efi spürte die Unruhe und Negativität, die von der steifen Brise ins Zimmer geweht wurden. Sie starrten mit zusammengekniffenen Augen in Richtung Unity Plaza, wo es jetzt von Polizisten wimmelte, und die grellen Lichter ihrer Streifenwagen spiegelten sich in den Gebäuden und ließen es fast wie eine Party aussehen – eine Party, auf die Efi auf keinen Fall gehen wollte. Noch immer schrien einige Menschen die Omnics an, und es kam zu weiteren Streits. So hatte Efi ihre Stadt noch nie erlebt.

Seit der kürzlichen Ermordung des spirituellen Omnic-Anführers Mondatta kam es auf der ganzen Welt immer häufiger zu Auseinandersetzungen zwischen Menschen und Omnics. Efi hätte nie gedacht, dass hier in Numbani irgendetwas einen Keil zwischen die Menschen und die Omnics treiben könnte, aber nach Doomfists Angriff auf den Flughafen war diese Stadt der Harmonie nicht mehr dieselbe.

Efi schluckte schwer. Sie hatte versucht, nicht mehr an den Angriff zu denken. Das war viel zu schmerzhaft. Ihre Eltern verbrachten sehr viel Zeit vor den Holovids und sahen sich die Nachrichten über Doomfists nächsten Angriff an. Sie waren daran gewöhnt, dass Gebäude in die Luft flogen und ganze Stadtviertel zerstört wurden, aber in letzter Zeit war es fast schon unheimlich ruhig.

Aber vielleicht hatte Doomfist sie die ganze Zeit unauffällig angegriffen? Möglicherweise hatte er Zwietracht und Misstrauen zwischen den Menschen und den Omnics gesät und einen kleinen Zwischenfall nach dem anderen verursacht?

Der Unity Plaza war zu weit entfernt, um nach WLAN-Netzwerken zu suchen, aber Efi konnte den Bericht in der Datenbank der Polizei aufrufen. Sie richtete einen Filter ein, suchte nach Beschwerden von Menschen über Omnics und Roboter und stellte fest, dass es allein im Laufe der letzten Woche mehrere Hundert gegeben hatte. Nichts schien lebensbedrohlich gewesen zu sein, aber es gab eindeutig eine Eskalation. Es schien nur noch eine Frage der Zeit, bis jemand verletzt wurde.

»Wir müssen uns wieder an die Arbeit machen«, sagte Efi und spürte jetzt noch einen größeren Druck als je zuvor, ihren Roboter fertigzustellen. Sie brauchte Monate, wusste jedoch, dass ihr nicht so viel Zeit bleiben würde. Doomfist würde irgendwann zuschlagen, und dann mussten sie bereit sein, insbesondere wenn die Polizei das nicht war.

***

Während der folgenden Wochen war Efi ständig schwindlig, weil sie so viel Arbeit hatte – oder weil ihr die Farbdämpfe zu Kopf stiegen. Hassana und Naade blieben pflichtbewusst an ihrer Seite, allerdings ließ ihr Enthusiasmus zunehmend nach. Sie wünschten sich ebenso wie Efi, dass Numbani in Sicherheit war, doch es fiel ihnen schwer, dieses Arbeitspensum über längere Zeit durchzuhalten.

Efi versuchte, den Pessimismus, der sie packte, mit fröhlicher Musik, Witzen und albernen Memes von FacePunch zu bekämpfen. Sie machte eine Programmierpause und schob die neueste

Animation von Marvin, der tanzenden Kokosnuss, auf Hassanas Tablet. Efi hörte, wie das Tablet auf der anderen Seite der Werkstatt pingte, und musste kichern, als Hassana die Schutzbrille und die mit Farbe beschmierten Handschuhe auszog, um nachzusehen. Hassanas Augen leuchteten, und sie fiel in Efis Lachen ein. Efi lächelte sie an, und für einen Moment war ihr warm ums Herz. Aber kurz darauf war dieser Augenblick vorbei, und Hassana bemalte weiter das Chassis, während Efi abermals die Last der Unsicherheit und Furcht zu spüren bekam. Zum ersten Mal in ihrem Leben war sie sich nicht sicher, ob sie dieses Problem wirklich lösen konnte.

»Agba Aja ist gestern Abend wieder ausgerastet«, berichtete Hassana mit ausdrucksloser Stimme. »Während der Vorführung ihrer neuen Kollektion. Sie hat fünf ihrer Bilder zerstört, bevor die Wachen sie überwältigen konnten. All die schönen Werke sind jetzt ruiniert.«

»Oh, das tut mir leid«, sagte Efi. In der Schule gingen Gerüchte über Omnic-Lehrer um, die im Unterricht auf einmal völlig weggetreten waren. Einer hatte mitten im Satz aufgehört zu reden und war durch den Klassenraum nach hinten gegangen. Dort war er gegen die Wand geprallt und immer wieder dagegen gelaufen, bis sich seine Silhouette eingeprägt hatte. Ein anderer Lehrer war einfach durch die Tür verschwunden und seitdem nicht mehr aufgetaucht.

Jeder Zwischenfall bewirkte, dass sie noch härter arbeiteten, aber die Schufterei zehrte mehr an ihnen, als sie zugeben wollten. Naade hatte sich als sehr effizient darin erwiesen, Metall auszubeulen. Er war wie ein Metallzauberer, wenn er mit den Händen über die rauen Stellen strich, mit großen Hämmern darauf herumklopfte und dann immer kleinere benutzte, bis sich das Metall seinem Willen fügte. Efi wollte ihm auch erst die witzige Nachricht schicken, aber er war so in die Arbeit am dicken rechten Oberschenkel des Roboters vertieft, dass sie ihn nicht stören wollte.

Daher wandte sich Efi wieder dem Programmieren zu, während ihr eine kühle Brise, die durch das Fenster hereinwehte, über den Nacken strich. Es verging über eine Stunde, bis einer von ihnen wieder etwas sagte.

»Statusbericht«, bellte Efi.

»Ich bin mit dem Bemalen des Gesichts und der Raumsensoren fast fertig«, meldete Hassana.

»Ich muss nur noch die Waden und den Bizeps ausbeulen«, erwiderte Naade, der mit den Händen über den Roboterarm fuhr und nach kleinen Unebenheiten suchte.

»Hervorragend«, lobte Efi die beiden. »Wenn wir uns ein bisschen beeilen, können wir in etwa einer Stunde mit dem Zusammenbau anfangen.«

»Und was ist mit Abendessen?«, wollte Hassana wissen.

Efi grunzte und schob eine Schachtel Lúcio-Oh's über die Werkbank.

»Wir hatten Cornflakes zum Frühstück und zum Mittagessen. Wir brauchen mal etwas Vernünftiges im Bauch, Efi.«

»Doomfist könnte in diesem Augenblick seinen nächsten Angriff planen. Eine Stunde, die wir beim Essen verbringen, ist eine Stunde, die wir auch nutzen könnten, um gegen ihn die Oberhand zu gewinnen.«

»Mag ja sein, aber wie sollen wir mit leerem Magen denken? Und ohne frische Luft und Pausen?«

»Setz dich näher ans Fenster, wenn du frische Luft brauchst«, fauchte Efi. Sie hatte das eigentlich nicht so grob sagen wollen, aber sie musste immer wieder an den leeren Blick ihrer Mutter an jenem Tag am Flughafen denken und wie sich das Blut, das an ihrem Arm heruntergeflossen war, mit Staub vermischt hatte. An das Zittern in der Stimme ihrer Mutter, als sie Efi anwies, bei ihr zu bleiben, während die größten Beschützer von Numbani von Doomfists unvergleichlicher Stärke vernichtet wurden. Die Erinnerungen vernebelten ihre Gedanken und ließen sich einfach nicht ignorieren. Sie beneidete die KIs, die sich damit nicht rumschlagen mussten.

Hassana starrte sie entsetzt an. Efi biss sich auf die Unterlippe und entschuldigte sich, bevor es noch zum Streit kam. »Vielleicht sollten wir doch eine kurze Pause machen«, gab sie nach. »Lasst uns in die Küche gehen und schnell etwas Leckeres zu essen machen. Allerdings gibt es da ein Problem: Meine Mutter darf uns nicht hören, denn sonst zwingt sie uns zu einem Acht-Gänge-Menü.«

»Das Risiko gehe ich ein«, erklärte Naade, und Hassana stimmte ihm zu. Und so schlichen sie aus der Werkstatt und durch den Flur in die Küche.

Sorgfältig plünderten sie die Schränke und den Kühlschrank und suchten nach Obst, Kolanüssen und anderen Snacks, die leicht zu essen waren.

»Was ist das?«, fragte Naade und nahm eine Keramikschüssel aus dem Kühlschrank. Er legte den Deckel auf die Arbeitsplatte und schnupperte. »Hühnchencurry?« Schon wollte er einen Finger hineintauchen, aber Hassana brüllte Naades Namen, bevor es dazu kommen konnte.

»Pssst!«, ermahnte Efi sie. Danach waren sie alle ruhig und spitzten die Ohren wie Mäuschen, die lauschten, ob die Katze etwas mitbekam. Dreißig Sekunden vergingen, bevor sie entschieden, dass keine Gefahr drohte. »Nimm bitte einen großen Löffel und füll jedem von uns eine Schüssel«, flüsterte Efi ihrem Freund zu.

Naade nickte und schaufelte drei Löffel in jede Schüssel, die er dann auf die Heizplatte stellte. Efi stellte die Hitze auf Erwärmen, und sie sahen zu, wie die beiden Laser im Zickzack herumsausten, als würden sie miteinander im Wettstreit liegen. Sieben Sekunden später war das Essen warm, und Dampf stieg von den Schüsseln auf.

Sie setzten sich auf die Barhocker an der Kücheninsel und schaufelten sich das Curry in den Mund. Die Fenster waren geschlossen, und die Luft roch süßlich. Hier drin fühlte sich Efi geschützt vor der Außenwelt und konnte Doomfist beinahe vergessen.

»Was machen wir als Erstes, wenn der Roboter zusammengebaut und funktionstüchtig ist?«, fragte Efi. Sie nahmen sich zwar Zeit zum Essen, aber es sprach doch nichts dagegen, trotzdem zu arbeiten.

»Nun«, Hassana saugte an einer Zitronenscheibe, »wenn sie sich in die Gemeinde integrieren soll, wäre es klug, sich als Erstes darauf zu konzentrieren.«

»Schießübungen«, meinte Naade und hielt eine grüne Kochbanane wie eine Waffe hoch. »Das mit der Gemeinde ist ja gut und schön, aber Doomfist besiegt sie nicht mit Umarmungen und Händeschütteln.«

Efi nickte. »Wir dürfen auch nicht vergessen, sie mit den Gesetzen von Numbani vertraut zu machen.« Der Roboter würde zwar direkten Zugriff auf jedes Gesetz haben, aber Efi wusste, dass deren Interpretation verwirrend sein konnte. Sie wollte nicht, dass ihr Roboter durch die Häuser der Menschen stürmte, bloß weil das die effizienteste Route war. Efi kaute nachdenklich auf der Unterlippe herum. »Sie braucht ein bisschen von allem. Vielleicht können wir uns abwechseln? Hassana geht für ein paar Stunden mit ihr in die Gemeinde. Danach kann Naade mit ihr Zielübungen machen. Und ich arbeite an ihren Logikfunktionen und integriere sie ins Rechtssystem von Numbani. Wir verteilen die Arbeit, damit sie schnell lernt, ohne dass wir uns überarbeiten. So müsste es relativ einfach gehen.«

»Hört sich gut an«, meinte Hassana.

»Ich kann es kaum abwarten, diese Branford-Arme in Aktion zu sehen. Und wir müssen auch die Verteidigung testen und ausprobieren, was die Schilde aushalten.« Naade warf eine Cashew in die Luft und versuchte, sie mit dem Mund aufzufangen. Es gelang ihm nicht, und sie prallte auf seine Nase, fiel auf die Arbeitsplatte und rollte weiter. Er wollte sie auffangen, bevor sie auf dem Boden aufkam, warf dabei jedoch den Deckel der Keramikschüssel herunter, der lautstark zu Boden fiel.

Glücklicherweise blieb der Deckel ganz, aber den Lärm musste Efis Mutter einfach gehört haben.

Efi und ihre Freunde machten sich schnell daran, die Küche aufzuräumen, und brachen beim Abwasch sämtliche Geschwindigkeitsrekorde. Dreißig Sekunden später war die Küche so blitzblank wie zuvor.

»Efi?«, rief ihre Mutter. »Bist du das, Schatz? Soll ich dir etwas zu essen machen?«

Efi und ihre Freunde mussten sich das Lachen verkneifen und liefen mit vollem Bauch und weitaus besserer Laune zurück in die Werkstatt.

Sie nahmen sich sogar die Zeit, ein Selfie mit dem Haufen aus Roboterteilen zu machen, bevor sie sie zusammensetzten und versuchten, nicht an die viele Arbeit zu denken, die noch vor ihnen lag. Nach und nach würden sie das alles schon schaffen. Efi postete das Bild mit einem Update für ihre Abonnenten auf Hollagram, aber als sie auf die ersten Likes wartete, entdeckte sie etwas anderes, das gerade trendete. Die Härchen auf ihren Armen stellten sich auf, als die Videos geladen wurden. Die Regierung hatte bisher versucht, die Bevölkerung vor einer Panik zu bewahren, aber damit war es jetzt vorbei.

Efi sah sich das Amateurvideo von Doomfist an, der mit seinem gewaltigen Handschuh mitten im Park gegen die Statue von Gabrielle Adawe schlug und sie in unzählige winzige Bronzesplitter zertrümmerte. Efi zuckte zusammen. Sie hatte schon sehr oft auf der Bank im Schatten der Statue zu Mittag gegessen.

Doomfist trat aus dem Geröll hervor, und die Kamera zoomte näher heran. Er trug einen lässigen Boubou, ein langes wehendes Gewand, das ihm fast bis zu den Fußknöcheln reichte, als wollte er nur auf dem Markt einkaufen. Dann setzte er sich auf das, was vom Sockel der Statue noch übrig war, und wischte sich etwas Bronzestaub von der Schulter. »Jetzt siehst du mich, Numbani. Der heutige Tag steht für eine neue Richtung, die diese Stadt einschlagen wird.« Das glatte, tiefe Timbre seiner Stimme bewirkte, dass man ihm zuhörte. Er war magnetisch. Geübt darin. Sein Blick wanderte zum Horizont, als könnte er dort etwas sehen, was Efi entging. »Über Jahrzehnte haben wir uns an diese Idee der Einheit festgeklammert, als wäre sie ein äußerst wünschenswertes Ziel. Wir Menschen haben den Omnics unsere Herzen geöffnet und sie in unsere Arbeitsstätten, unsere Viertel, unsere Häuser eingeladen. In Numbani haben wir unser Bestes gegeben, damit sich die Omnics wie Gleichgestellte fühlen … und diese Freundlichkeit ist nichts, dessen wir uns schämen müssen. Ich empfinde dieselbe Güte in meinem Herzen. Aber all diese Freundlichkeit hat Numbani schwach gemacht, weil wir uns in sämtlichen Facetten unseres Lebens auf Omnics verlassen. Ihre Macht wächst, während unsere schwindet. Wir haben das zugelassen, sogar mit einem Lächeln auf den Lippen. Numbani ist so selbstzufrieden geworden wie eine Schafherde auf der Weide. Ihr tollt zusammen herum, feiert und denkt fröhliche Schafgedanken. Dabei bemerkt ihr die Gefahr nicht; ihr seht nicht die Wölfe in den angrenzenden Wäldern, die nur auf die Gelegenheit zum Fressen warten. Ihr mögt mich für diesen Wolf halten …« Doomfist machte eine Pause, da er wusste, dass inzwischen jedermann in Numbani zusah und an seinen Lippen hing. Lächelnd krempelte er den locker sitzenden Ärmel hoch, unter dem sich sein Handschuh verbarg, der in der Sonne ebenso strahlte wie sein Lächeln. Manchmal fragte sich Efi, wer wohl gefährlicher war: Doomfist oder sein Handschuh. »… aber der bin ich nicht«, fuhr er fort. »Ihr seht meine scharfen Zähne, meine Waffen. Ihr haltet mich für die Gefahr. Doch die bin ich nicht. Ich bin unter euch Schafen aufgewachsen. Ich schätze unsere Kultur, aber ich weiß auch etwas, das ihr nicht wisst: Die Einheit ist eine Lüge. Die Einheit war schon immer eine Lüge. Es gibt jene mit Macht, und es ist deren Pflicht, über die Machtlosen zu herrschen. Im Moment haben die Menschen diese Macht über die Omnics, wenngleich sie schwindet. Mir ist bewusst, wie schwer das Handeln fällt, wenn alles so ausbalanciert und gerecht wirkt. Ihr könntet zehn Jahre warten und dann erkennen, dass ich recht hatte, was die nächste Omnic-Krise betrifft, aber bis dahin wäre es für die Menschheit längst zu spät. Wenn ihr die Augen nicht öffnen und sehen wollt, was vor euch liegt, dann ist es meine Aufgabe, auf euch aufzupassen. Und genau wie Schafe einen Schäfer brauchen, braucht Numbani mich.«

Efi wurde eiskalt, als eine Brise durchs Fenster hereinwehte. Sie spürte, wie die Luft in ihre Lunge drang. Wie die Kälte durch ihren Körper wanderte. Sie atmete angestrengt weiter, schaltete den Feed aus und schloss die Fenster.

Doomfist hatte es auf Numbani abgesehen, aber Efi wusste, dass er sich damit nicht zufriedengeben würde. Er würde auch im Rest von Nigeria Angst und Zwietracht verbreiten, in ganz Afrika, auf der ganzen Welt. Die Gefahr war größer, als Efi es laut auszusprechen wagte.

»Wir müssen diesen Roboter zusammensetzen. Noch heute.« Sie stemmte die Hände in die Hüften, stellte sich breitbeinig hin und versuchte, möglichst viel Platz einzunehmen. Dabei dachte sie daran, wie Sojourn in ihrer Lieblingsfolge der Overwatch-Cartoons ihre Kämpfer mühelos in die Schlacht gegen Talon führte, obwohl sie wusste, dass sie weit in der Unterzahl waren. Aber Sojourn und ihre Leute gaben nicht auf, sondern schalteten auch noch den letzten Talon-Agenten aus.

Scheitern war für Sojourns Team keine Option, und auch Efis Team würde nicht versagen.

»Noch heute?«, wiederholte Naade und sah auf die Uhr. »Aber es ist schon fast acht …«

»Sofort!«, schrie Efi.

»Ja, Boss.« Naade kehrte hastig an seinen Arbeitsplatz zurück. Efi trieb ihre Freunde unbarmherzig an und gab selbst alles. Sie ließ nicht locker und gönnte sich keine Atempause. Die drei arbeiteten bis nach Mitternacht. Efi war sich nicht sicher, ob sie sich entspannen konnte, solange Doomfist eine Gefahr für ihre Stadt darstellte.

»Schneller!«, rief sie Naade zu, der versuchte, ein Bein einzupassen.

»Ordentlicher! Du trägst die Farbe viel zu dick auf!«, schimpfte sie mit Hassana, als grüne Farbe von den Raumsensoren des Roboters auf die bronzefarbene Brustplatte tropfte. Efi hatte dem Roboter zwei richtige Augen verpasst, und selbst die sahen aus, als wären sie genervt zusammengekniffen. Ihre Freunde hatten bisher so gut zusammengearbeitet, aber jetzt wurden sie nachlässig. Schlampig. Es fiel ihnen schwer, sich zu konzentrieren. »Ihr macht alles falsch!«, kreischte Efi schließlich und riss Hassana die Lackierpistole aus der Hand.

Hassana bedachte sie abermals mit diesem erbosten Blick, aber Efi hatte keine Zeit, um auf verletzte Gefühle Rücksicht zu nehmen. »Was stehst du da rum? Mach dich nützlich.«

»Wir sind keine Roboter«, protestierte Hassana und schnaufte. »Du kannst uns nicht rumscheuchen.«

»Ich wünschte, ihr wärt Roboter«, erklärte Efi. »Roboter hören zu und geben keine Widerworte. Ist euch eigentlich klar, was wir hier vorhaben? Wie wichtig das hier ist? Du vergeudest deine Zeit, wenn du da plappernd rumstehst, Hassana. Und was noch viel wichtiger ist: Du vergeudest meine!«

Efi drehte sich der Kopf, als sie merkte, wie giftig ihre Worte waren. Wo kam das nur her? Doch sie kannte die Antwort längst. Diese Negativität war längst tief in ihrem Inneren verwurzelt. Sie war ein Teil von ihr. Sie versuchte, sich zu entschuldigen, aber ihre Lippen zitterten nur. Ihr kamen die Tränen. Sie hatte Angst. Sie hatte so furchtbare Angst, konnte das jedoch niemandem gestehen.

»Wenn du das so siehst, dann überlassen wir dich deinen Bots!«, zischte Hassana. Sie packte Naade am Ellbogen und zerrte ihn mit sich hinaus. Mit einem Mal war Efi allein.

Möglicherweise hatte Doomfist in einer Sache recht: So etwas wie Einheit gab es nicht. Sie würde diesen Roboter eben allein zum Laufen bringen.

# HollaGram

**BotBuilder11** baut Roboter, um anderen zu helfen.

FANS **872**

HOLOVID-ABSCHRIFT

Automatisch generiert von TranscriptMinder XL Version 5.325

**Frustrierend …**

Anscheinend interessiert es sonst niemanden, dass die Einheit dieser Stadt von Doomfist in Stücke gerissen wird, daher arbeite ich vorerst allein an diesem Projekt weiter.

Aber ich lasse mich nicht entmutigen.

Ich bin so nah dran.

REAKTIONEN

♥ 12 👏 3 📣 0

*KEINE KOMMENTARE*

# KAPITEL 8

Obwohl Efi alles gab, verstrich ein weiterer Monat mit dem Programmieren, Debuggen und Zusammensetzen des Roboters. Eine Schweißperle hing auf Efis Nasenspitze und drohte in die offenen Schaltkreise des OR15 zu fallen. Vorsichtig wischte sie den Schweiß mit dem Handschuh weg und bewegte die Lötpistole zum letzten lockeren Kondensator auf der Leiterplatte. Die Spitze der Pistole leuchtete lila, und Funken stoben auf, als sie etwas Lötzinn erwärmte, um den Kondensator dauerhaft zu befestigen.

»Fast fertig«, murmelte Efi zu niemandem im Besonderen. Sie war allein in der Werkstatt. Sobald sie die Zugangstafel auf der Rückseite des Roboterchassis geschlossen hatte, ließ das Gefühl der Einsamkeit nach. Efi stieg vom OR15 herunter und begutachtete ihre Arbeit. Der Persönlichkeitskern musste natürlich noch aktiviert werden, aber Efi führte dennoch ein kleines Freudentänzchen auf, weil sie so stolz auf das war, was sie aus einem Haufen verschrotteter Roboterteile gemacht hatte.

Der Roboter sah so friedlich und gelassen aus, dabei verfügte er über genug Feuerkraft, um meterdicken verstärkten Zement zu durchdringen. Das Metall glänzte. Efi hatte jeden Zentimeter eigenhändig poliert und sich beim Gesicht besonders große Mühe gegeben. Sie biss sich auf die Unterlippe und versuchte, nicht an die acht Farbschichten zu denken, die Hassana aufgetragen hatte, um dem Roboter genau die richtige Mimik zu verpassen. Und sie ignorierte die vollkommen glatte Stelle auf der Brustplatte des Roboters, die einst ein Krater in der Größe von Efis Kopf gewesen war, den Naade jedoch perfekt ausgebeult hatte.

Seufzend kehrte sie an ihren Computer zurück und wischte über den Monitor, bis sie auf den Persönlichkeitskern zugreifen konnte – eine Kombination aus Algorithmen für künstliche Intelligenz, die open source waren, »geborgten« militärischen Subroutinen (fragt lieber nicht) und einigen eigenen Modifikationen. Mit vor Nervosität zitternden Händen gab sie den Befehl ein, um den Persönlichkeitskern in den OR15 zu laden.

**UPLOAD DES PERSÖNLICHKEITSKERNS**
Version 34.5x
Zum Bestätigen Ja anklicken

Ein großes grünes JA pulsierte auf dem Bildschirm. Auf einmal wurde ihr das Ausmaß dieses ganzen Projekts bewusst. Numbani brauchte einen Beschützer, und zwar schnellstmöglich. Es blieb nicht viel Platz für Fehler. Hatte sie daran gedacht, die Logik-Feedbacksequenzen umzuwandeln? Die Tiefenlernmatrizen zu kalibrieren? Ja und ja. Efi wappnete sich. Sie hatte ihren ersten Roboter mit vier gebaut, und es gab kein Problem, das sie nicht lösen konnte. Daher musste sie jetzt auch nicht so nervös sein. Jedenfalls versuchte sie, sich das einzureden.

Sie drückte auf JA. Ein Piepen ertönte, ein fröhlicher Ton, der bestätigte, dass der Uploadvorgang begonnen hatte. In zwanzig Minuten würde ihre Schöpfung zum Leben erwachen. Zwanzig lange Minuten, die ihr wie eine Ewigkeit vorkamen.

**UPLOAD DES PERSÖNLICHKEITSKERNS**

Version 34.5x

3 % abgeschlossen

»Efi, Schatz?«, rief jemand. Efi war derart in ihren Gedanken versunken, dass sie schon glaubte, der Roboter hätte mit ihr gesprochen, aber leider war es ihre Mutter, die in der Tür der Werkstatt stand. »Efi, wir haben keine Birnen mehr. Wärst du so lieb, ein paar aus dem Laden zu holen?«

»Ich bin gerade dabei, den Persönlichkeitskern hochzuladen, Mama.«

»Und ich bin gerade dabei, etwas zu essen zu kochen, damit du am Leben bleibst.« Ihre Mutter deutete mit dem Kinn auf den Monitor, auf dem eine sich langsam füllende Statusanzeige zu sehen war. »Und es sieht ganz so aus, als würde das eine Weile dauern …«

»Aber …«

»Efi Rotìmí Opèyèmi Oluwadaré Gabrielle Oladele …«

Efi versteifte sich beim Klang ihres ganzen Namens und sagte schnell »Ja, Mami«, bevor ihre Mutter noch zu einer Lektion darüber ansetzte, dass Efi zur Familie gehörte und dass sie sich nicht vor ihren Pflichten drücken konnte, nur weil sie ein Genie war. Da hatte sie zwar recht, aber das bedeutete noch lange nicht, dass Efi ihr Genie nicht nutzen konnte, um ihre Pflichten auf anderem Weg zu erledigen.

Sobald ihre Mutter gegangen war, aktivierte Efi ihren Chore Bot, der sonst den Müll rausbrachte und ihre Socken vom Fußboden aufhob. Sie machte schon den Mund auf, um ihm zu befehlen, auf dem Markt Birnen kaufen zu gehen, aber dann fiel ihr wieder ein, dass sie seinen optischen Sensor ausgebaut hatte, um einen der zerstörten im OR15 zu ersetzen.

»Na großartig!«, rief Efi frustriert. Ihr blieben noch fünfzehn Minuten, und der Laden war nicht weit entfernt. Wenn sie sich beeilte, konnte sie rechtzeitig zurück sein.

Efi eilte zum Unity Plaza und überquerte mehrere Laufstege, um den Verkehr auf den Straßen unter sich zu umgehen. Es herrschte Rushhour, Busse fuhren durch den dichten Verkehr, während weiter oben S-Bahnen auf den erhöhten Gleisen dahinsausten. Meist hatte sie das Gefühl, als wäre Numbani eine gut eingestellte Maschine – als würden Menschen, Technologie und Natur in Harmonie existieren –, aber heute war das anders. Zuerst hatte sie nur ein unbestimmtes Gefühl in der Magengrube, aber als Efi die Straße überquerte, hörte sie es lautstark hupen. Der Mann hinter ihr zerrte sie zurück auf den Bürgersteig und rettete sie vor dem näher kommenden Bus. Der Bus raste an ihr vorbei, und Efi konnte einen kurzen Blick auf den Omnic-Fahrer werfen, während ihr der Fahrtwind ins Gesicht wehte.

Ihr Herz raste. War sie derart abgelenkt gewesen, dass sie die Straße zur falschen Zeit überqueren wollte? Sie blickte auf. Die Ampel stand auf Grün.

»Pass auf, wo du hinfährst, Blechbüchse!«, brüllte der Mann und schüttelte eine Faust, während er dem Bus hinterhersah.

Efi war erschüttert über diese Beleidigung, aber er hatte ihr gerade das Leben gerettet, daher murmelte sie leise »danke«, überquerte aufmerksam die Straße und betrat den Laden.

Nachdem sie mehrmals tief Luft geholt hatte, ging sie in die Obstabteilung. Efi steckte ein Dutzend Birnen in einen Netzbeutel und zeigte sie Mr Bankolé, dem Krämer, bei dem ihre Familie schon immer einkaufte.

»Hallo, Efi«, sagte Mr Bankolé. »Wie kommst du mit deinem Roboter voran?«

»Er ist fast fertig, Onkel.«

»Schön, schön.« Er beäugte die Birnen und zog die buschigen Augenbrauen hoch. »Kocht deine Mutter wieder ihre berühmte Marmelade?«

»Ja, Onkel«, antwortete Efi, die immer ungeduldiger wurde. Dabei war das doch gar nicht so wichtig. Sie musste nicht in dem Augenblick anwesend sein, in dem der Roboter online ging. Der OR15 würde auf ihre Rückkehr warten, um den ersten Befehl zu erhalten. Trotzdem wollte Efi den ersten bewussten Moment des Roboters nicht verpassen.

Mr Bankolé fing an, die Birnen zu zählen, machte jedoch nach jeder eine Pause, als müsste er sich sammeln.

»Eins …«

»Zwei …«

»Drei …«

»Zwölf!«, brüllte Efi und schlug sich rasch eine Hand vor den Mund. Sie hatte nicht unhöflich sein wollen. »Entschuldigung, Onkel. Ein Dutzend. So viele Birnen sind im Netz. Ich habe es ein bisschen eilig.« Sie lächelte höflich und wackelte auf den Fußballen vor und zurück. »Das geht auf das Konto meiner Mutter.«

»Zwölf Birnen auf das Konto deiner Mutter. Wird gemacht, Efi. Und bring diesen Roboter mit, wenn du fertig bist. Ich habe in letzter Zeit so oft Rückenschmerzen und könnte im Lager ein bisschen Hilfe gebrauchen.«

Bei diesen Worten merkte Efi auf. Das war keine glamouröse Aufgabe, aber ein Lager wäre ein hervorragendes Testgelände für die Raum- und Geschicklichkeitsfunktionen. »Aber natürlich, Onkel. Ich helfe immer gern.«

Danach rannte Efi wieder nach Hause. Inzwischen wimmelte es auf den Laufstegen von Menschen, und auf den Straßen sah es nicht besser aus, aber sie kannte eine Abkürzung. Efi kehrte um, nahm einen anderen Laufsteg und richtete den Blick auf den Bello-Turm, in dem Dayo wohnte.

Eine Minute später hämmerte sie an seine Tür. Er hörte immer viel zu laut Musik und hätte sie sonst nicht gehört. Endlich machte er die Tür auf.

»Efi?«, fragte er. »Hallo! Was für eine Überraschung.«

Bevor sie ihn auch nur richtig begrüßt hatte, rannte sie schon durch sein Wohnzimmer. »Guten Abend, Onkel Dayo!«, brüllte sie über die Schulter und nutzte die respektvolle Anrede für ihren älteren Cousin, falls ihre Tante in der Nähe war und sie hören konnte. Sie hatte jetzt keine Zeit, um sich eine von Tantchen Yewandes Lektionen über die richtige Etikette anzuhören. »Tschüss, Onkel Dayo!« Schon war sie über seine Terrasse davongeflitzt.

Wunderschöne Grünpflanzen ergossen sich über die kaskadenförmig angelegten Terrassen. Sie sprang über das Geländer auf die nächste Terrasse und immer weiter nach unten. »Entschuldigung!«, rief sie, als sie auf einem quietschenden Hundespielzeug landete. Der Hund hob den Kopf und fing an zu hecheln. Vor Fremden hatte er offenbar keine Angst. Efi träumte von einer Stadt, in der sich jeder so sicher fühlte. Ihr OR15 konnte das ermöglichen. Er *würde* ihnen dieses Gefühl wieder zurückgeben.

Sie sprang über das letzte Geländer und stand wieder auf dem Laufsteg, über den sie nach Hause gelangen konnte. Nach einer kurzen Fahrt im Fahrstuhl legte sie die Birnen auf die Kücheninsel, machte einen Dùbalè – einen besonders tiefen Knicks – vor ihrer Mutter und lief in ihre Werkstatt zurück, so schnell sie nur konnte. Der Roboter stand noch immer vornübergebeugt und mit grauen, leblosen Augen da. Efi warf einen Blick auf den Bildschirm und atmete erleichtert auf.

**UPLOAD DES PERSÖNLICHKEITSKERNS**

Version 34.5x

98 % abgeschlossen

Sie hatte es geschafft. Gerade so. Immerhin hatte ihr kleiner Botengang dafür gesorgt, dass die Zeit schneller verstrich. Der Fortschrittsbalken wanderte auf neunundneunzig Prozent und wurde endlich grün. Eine fröhliche Melodie erklang.

Der OR15 rührte sich nicht. Nach einigen weiteren Sekunden flackerte goldenes Licht in den Augen auf, erlosch jedoch sofort wieder. Es flackerte noch zweimal, dann leuchteten die Augen richtig. Der Roboter richtete sich auf, stellte sich auf seine vier Beine und hob die Arme einsatzbereit an die Seiten.

»Neues Persönlichkeitsmodul installiert. System wird neu gestartet. OR15 online«, sagte die Roboterdame. Und ihre Stimme war wie Magie, zusammengefügt aus denen der Frauen, die Efi am meisten bewunderte.

Efi reckte triumphierend eine Faust in die Luft. Ihr Herz schlug so schnell, dass sie schon glaubte, es würde ihr aus der Brust springen, und ihr Lächeln war so breit, dass es beinahe wehtat. Kichernd blickte sie zum Roboter auf. »Aber dieser Name. Nein, das ist nicht gut. Jeder große Held braucht einen Namen.« Dieser Roboter sollte der Beschützer und Retter von Numbani sein, daher brauchte sie einen Namen, der großes Gewicht hatte und ehrenvoll klang. »Wie wäre es mit … Orisa?«, fragte Efi. Diese Idee war ihr einfach so gekommen, und es erschien ihr nur natürlich zu sein, den Namen der göttlichen Geistwesen ihres Volkes zu verwenden.

»Mein Name ist Orisa«, sagte der Roboter, verlagerte das Gewicht auf die Hinterbeine und nickte einmal, als wäre er mit dem Namen zufrieden. Im nächsten Augenblick war Orisa jedoch in höchster Alarmbereitschaft, ihre Augen wurden zu schmalen Schlitzen, und sie sah Efi an. »Ich werde dich beschützen. Das ist meine Primärfunktion.«

Efi war begierig darauf, den Roboter auf der Stelle in die Welt hinauszubringen und zu beweisen, dass er der perfekte Held für Numbani war. Vor ihrem inneren Auge sah sie bereits Bilder, wie Orisa gegen Talon-Agenten kämpfte und ihnen so viel Schaden zufügte, dass sie es nie wieder wagen würden, einen Fuß in ihre Stadt zu setzen. Sie malte sich aus, wie ihr Roboter Doomfist endgültig besiegte und wie das Volk ihm danach zujubeln würde, wann immer er auf den Straßen zu sehen war. Vielleicht würden sie ja auch Efi zujubeln, denn mal ehrlich, wieso denn nicht? Sie waren immerhin ein Team, nicht wahr? Efi konnte nur einen Augenblick damit vertrödeln, von diesen imaginären Siegen zu träumen, denn sie wusste ganz genau, dass die wahre Arbeit noch vor ihr lag.

Zuerst galt es, zahlreiche Tests durchzuführen. Efi machte mit Orisa eine Reihe von Logikübungen, die diese alle mit Bravour bestand. Der Geschicklichkeitstest verlief nicht ganz so gut. Der Roboter sollte mit verschiedenen Objekten hantieren, die zunehmend empfindlicher wurden. Die ersten drei stellten kein Problem dar, aber das vierte ...

Efi blickte auf die Glassplitter am Boden und runzelte die Stirn. Vermutlich war es unklug gewesen, die Lieblingsvase ihrer Mutter als Testobjekt zu benutzen. »Schon okay, Orisa«, versicherte Efi ihrer Roboterdame. »Ich werde ein paar Änderungen an deiner Geschicklichkeitsmatrix vornehmen, damit du das besser hinbekommst.«

»Deine Bemühungen werden gewürdigt.« Orisa verbeugte sich leicht vor Efi. Dieses Gefühl war sehr angenehm. Efi hatte noch nicht erlebt, dass man ihr als Ältere auf diese Weise Ehrerbietung bezeugte, aber nun hatte sie etwas Unglaubliches – nein, jemand Unglaublichen geschaffen und empfand den Stolz und die Aufregung eines frischgebackenen Elternteils.

Efi bückte sich, um die Glasscherben aufzuheben, aber eine bohrte sich durch ihren Handschuh. Sie zuckte zusammen und beobachtete, wie etwas Blut durch das Leder quoll. Rasch zog sie den Handschuh aus und begutachtete die Verletzung. Die Wunde war zum Glück nicht sehr tief. Bevor Efi ihren Verbandkasten holen konnte, nahm Orisa die verletzte Hand in ihre. Die Augenlider des Roboters zuckten, und das goldene Licht in den Augen drang nur noch aus schmalen Schlitzen hervor.

»Du bist verletzt. Ich bin hier, um zu helfen«, verkündete Orisa.

Efi versuchte, sich aus Orisas Griff zu befreien, aber die Roboterdame würde einen Menschen nur aus ihrer gewaltigen Faust lassen, wenn sie das wollte. »Lass mich bitte los«, bat Efi. »Es geht mir gut. Das ist nur eine kleine Schnittwunde.«

»Du bist verletzt. Es ist meine Pflicht, dir zu helfen.«

»Okay, okay«, sagte Efi. Ein kleiner Erste-Hilfe-Verwaltungstest war vielleicht gar keine so schlechte Idee. »Dann zeig mal, was du kannst.«

Orisa hob den anderen Arm, an dem sich der Hartlicht-Werfer befand, und zeigte damit auf Efis Finger. »Ich bin hier, um zu helfen. Starte Wunden-Kauterisationssequenz.« Ein grünes Licht leuchtete in der Mitte des Geräts auf. Efi konnte die Hitze bereits spüren, die davon ausging.

»Augenblick mal, was?«, kreischte Efi. »Was hast du vor?«

»Der Kauterisationsprozess stoppt die Blutung, indem große Hitze direkt auf die Wunde wirkt. Meine Programmierung lässt vermuten, dass du dich breitwilliger fügen wirst, wenn ich dir eine beruhigende Lüge erzähle, um dir das Ausmaß des Schmerzes, den diese Prozedur hervorruft, zu verheimlichen«, erklärte Orisa. Sie legte den Kopf ein wenig schief und sah Efi direkt in die Augen. »Halt still. Das wird nur ein bisschen wehtun.«

»Ich brauche nur ein Pflaster!«, protestierte Efi, die ganz und gar nicht beruhigt war. »Lass mich los!«

»Das kann ich nicht. Du könntest aufgrund der erlittenen Verletzung phantasieren. Bitte halt still. Das dient deiner eigenen Sicherheit.«

Efi versuchte, mit dem Roboter zu diskutieren, und appellierte an alle Protokolle, die sie in den Persönlichkeitskern eingefügt hatte, aber Orisa ließ sich nicht von ihrem Vorhaben abbringen. Es musste irgendwo im Code einen Logikfehler geben, aber dies war der falsche Zeitpunkt für eine Diagnose. Gleich würde Efi von einem Laser malträtiert werden, der Stahl wie Butter durchschneiden konnte. Da fiel Efi ein besonderes Protokoll ein, das sie ebenfalls in den Persönlichkeitskern integriert hatte und das der Roboter nicht ignorieren konnte.

Sofort erteilte Efi ihrem Junie den entsprechenden Sprachbefehl. »Spiel ›Wir bewegen uns im Einklang‹ von Lúcio!« Ihr Junie gehorchte, und ihr Lieblingssong mit dem hypnotischen Beat hallte durch die Werkstatt. Fast augenblicklich erfasste der Rhythmus ihren Körper, und die Angst, die sie eben noch zu verschlingen drohte, verschwand.

So unfassbar gut war dieses Lied.

Orisa spürte es ebenfalls. Sie fuhr den Laser herunter und lockerte den Griff um Efis Hand, so dass sich das Mädchen befreien konnte. Orisa wackelte mit dem Kopf im Takt und tippte mit einem Fuß auf den Boden. Im nächsten Moment tanzte sie auch schon, und Efi fiel mit ein. »Efi-Protokoll Nummer vier: Wenn Lúcios Musik erklingt, lass alles stehen und liegen und tanze.« Bevor das Lied zu Ende war, hatte sie sich ein Pflaster aus dem Verbandskasten genommen, es um ihren Finger gewickelt und stand wieder neben Orisa, als die letzten Takte verhallten.

Orisa blickte auf Efis Finger herab und stellte mit einem Nicken fest, dass dieser angemessen behandelt worden war. Efi atmete erleichtert auf. Sie durfte sich nicht über Orisa aufregen. Der Roboter war doch gerade erst zwei Stunden alt.

»Es gibt also einige Bugs, die wir ausmerzen müssen, aber du hast dich heute gut geschlagen. Morgen werden wir deine Waffensysteme testen.« Efi deutete auf einen lebensgroßen Pappaufsteller, der mitten in ihrer Werkstatt stand. »Das ist Doomfist. Er bedroht den Frieden hier in Numbani. Er ist unser Feind. Wir müssen ihn um jeden Preis aufhalten.«

»Dein Feind besteht aus Pappe«, sagte Orisa. »Bedrohungsfaktor null.«

»Nein, das ist nicht wirklich er. Es ist nur ein Abbild.«

»Dein Pappfeind stellt keine Gefahr dar. Du bist in Sicherheit.«

Efi versuchte, sich mental auf einen weiteren frustrierenden Streit mit dem Roboter vorzubereiten, aber als sie in Orisas schräge Augen blickte, erkannte sie, dass sich der Roboter große Mühe gab. Es war offensichtlich, dass Orisa Efi gefallen wollte, indem sie ihrer Programmierung und ihrer Schöpferin treu blieb. Efi tätschelte das Knie des Roboters und lächelte.

»Du hast vollkommen recht, Orisa«, erwiderte Efi und lehnte sich an ihren neuen Roboter. Ihre neue Freundin. Zu Beginn dieses Projekts hatte Efi angenommen, sie würde die meiste Zeit damit verbringen, dem Roboter alles beizubringen, was sie wusste, aber es machte ganz den Anschein, als könnte Orisa Efi auch einiges lehren … beispielsweise, wie man geduldig war oder die Welt in einem anderen Licht sah.

Und das Witzige daran war, dass sich Efi so neben Orisa vollkommen sicher fühlte.

# HollaGram

**BotBuilder11** baut Roboter, um die Welt zu retten.

**FANS** **1085**

HOLOVID-ABSCHRIFT

Automatisch generiert von TranscriptMinder XL Version 5.325

**Wir feiern 1000 Fans!**

Wow! Irgendwann letzte Nacht habe ich den tausendsten Fan bekommen! Einige von euch unterstützen mich schon seit dem ersten Tag, und ich kann es kaum erwarten, euch zu zeigen, wie ich mich weiterentwickelt habe. Darf ich euch Orisa vorstellen?
Sie ist unglaublich. Ich habe ihr eine angepasste Persönlichkeitsmatrix verpasst und werde sie schon bald in ganz Numbani testen! Wenn ihr uns seht, sagt doch mal hallo!

REAKTIONEN

♥ 581 👏 336 📢 632

***KOMMENTARE (28)***

**BackwardsSalamander** Großartig, Efi! Penelope möchte dir auch gratulieren und dir für die Arbeit danken, die du in die Roboter steckst. Ich habe das Hartlicht-Kit übrigens installiert, daher kann Penelope jetzt besser mit ihrer Umgebung interagieren. Ich dachte, sie würde es auch zum Putzen des Hauses benutzen, aber sie sagt immer etwas wie »Fehler: Putzmodul nicht gefunden«, wann immer ich das vorschlage. Kann das sein?

**BigBadSuperFan** Herzlichen Glückwunsch!!! Auf die nächsten 1000. Ich freue mich schon darauf, den Roboter in Aktion zu sehen!

**BolajiOladele55** Deine Mutter und ich sind so stolz auf dich!

*Weiterlesen ...*

# KAPITEL 9

Nachdem sie zwei Tage lang die grundlegenden Regeln erklärt hatte, konnte Efi es kaum noch erwarten, einen Testlauf mit Orisas Waffen zu machen. Sie nutzte den Begriff »Waffen« dabei sehr locker. Es war ihr gelungen, den Feldstabilisator des Hartlicht-Werfers zu umgehen, so dass dieser anstelle von Energielassos und -fallen nun leichte Projektile verschoss. Die lavendelfarbenen Lichtkugeln trafen mit der Gewalt einer feuchten, zusammengerollten Socke auf, was bedeutete, dass sich Efi keine Sorgen machen musste, ob ihr Roboter in Numbani schwere Schäden anrichten würde. Das war zwar gut, bedeutete jedoch auch, dass ihr Roboter bei Weitem keiner ernsthaften Gefahr Paroli bieten konnte.

In jedem Fall würden Orisa Zielübungen guttun, daher lief Efi mit ihr zum Bahnhof, um mit der S-Bahn in einen Vorort von Numbani zu fahren, wo der strahlend blaue Himmel das goldbraune Savannengras küsste, so weit das Auge reichte … und wo man kein Bußgeld wegen Störung der öffentlichen Ordnung aufgebrummt bekam, wenn man die Bäume mit Energiebällen attackierte.

»Brillanter Stil«, rief ein Omnic, ein Modell mit glatter metallener Kopfplatte und drei blauen Lichtern, Orisa von der Straße aus zu. »Hast du die Schärpe von Sigma Bot Couture?«

Efi hatte noch nie einen Roboter gesehen, der errötete, aber Orisa schien drauf und dran zu sein. Obwohl Hassana die Arbeit abgebrochen hatte, musste Efi zugeben, dass sie Orisa ein sehr modisches Erscheinungsbild gegeben hatte.

»Vielen Dank«, sagte Orisa und blieb abrupt stehen. Sie musterte den Omnic von Kopf bis Fuß. »Es macht den Anschein, als hätte dein Prozessor Schwierigkeiten, die Farbtöne deiner Kleidung zu koordinieren. Benötigst du Hilfe bei der Kalibrierung deiner optischen Sensoren?«

Efi biss sich auf die Unterlippe. Sie lernte Orisa gerade erst kennen, aber das eben hatte sich ganz danach angehört, als hätte ihr Roboter dem Omnic gesagt, dass seine Kleidung nicht zueinanderpasste.

Der Omnic drehte sich auf dem Absatz um und stürmte ohne ein weiteres Wort davon.

»Habe ich etwas Falsches gesagt?«, fragte Orisa.

»Na ja, du hast den armen Omnic im Grunde genommen beleidigt.« Efi grinste. »Aber das ist schon okay. Du wirst es noch lernen. Beim nächsten Mal sagst du einfach danke und machst ebenfalls ein Kompliment … selbst wenn du dabei ein bisschen flunkern musst.«

»Anpassung des Empathiemoduls«, meldete Orisa. »Ich wollte ihn nicht beleidigen.«

»Lass uns weitergehen.« Efi setzte den Weg zur S-Bahn-Station fort. »Es ist wichtig, höflich zu anderen zu sein. Menschen tun alle möglichen Dinge füreinander – sie halten Älteren die Tür auf, damit diese hindurchgehen können, bieten einem Tantchen an, ihre schwere Last zu tragen. Man bekommt überall Hilfe. Das gehört zu den Dingen, die ich an Numbani so sehr mag.«

Am Bahnsteig warteten sehr viele Leute, vor allem Menschen, aber auch einige Omnics. Efi ging zum Schalter und beugte sich vor, damit der optische Scanner sie erfassen konnte. Eine Linie aus grünem Licht wanderte über ihr Gesicht, und ihr Profil erschien auf dem Holoschirm. Sie kaufte zwei Tickets zur Concord Station.

Das Pfeifen des nahenden Zugs gab ihr zu verstehen, dass sie bald unterwegs sein würden. Die Bahn fuhr ein, ein kegelstumpfförmiger Zug mit fünf Waggons. Efi wartete, während die Fahrgäste auf dem gegenüberliegenden Bahnsteig ausstiegen, erst dann gingen die Türen auf ihrer Seite auf, und sie konnten einsteigen. Orisa trat zur Seite und sagte »nach dir« zu Efi. Lächelnd betrat Efi den Waggon. Sie sah sich nach einem Platz um, als das entsetzliche Geräusch von Metall, das über Metall schabte, an ihre Ohren drang und sie sich wieder umdrehte. Orisas Hinterbeine steckten im Türrahmen fest.

Der Roboter versuchte, sich mit brutaler Gewalt Zutritt zu verschaffen, und Efi zuckte zusammen, da sich der Rahmen unter dem Druck immer mehr verbog.

»Halt! Aufhören«, schrie eine menschliche Zugbegleiterin.

»Hör auf damit, Orisa!«, befahl Efi, und ihr Roboter gehorchte und trat einen Schritt zurück.

»Dieser Roboter entspricht nicht den Spezifikationen«, rief die Zugbegleiterin Efi zu. »Er kann nicht einsteigen.«

»Orisa wurde entsprechend der Standardspezifikationen gebaut. Ich habe die Zugangsvorschriften dreimal überprüft.«

Orisa betrachtete die Tür. »Efi hat recht. Diese Tür wurde nicht nach Numbani-Vorschriften entworfen. Sie ist sechs Zentimeter zu schmal.«

Die Zugbegleiterin stand da und starrte erst den Roboter und dann Efi perplex an. Ihre Miene verfinsterte sich.

»Und jetzt?«, fragte Efi. »Was wollen Sie deswegen unternehmen?«

»Wir können Ihnen den Fahrpreis erstatten«, erklärte die Zugbegleiterin mit ausdrucksloser Stimme und weniger Mitgefühl als ein Roboter mit defektem Empathiemodul.

»Ich will keine Erstattung. Ich möchte zur Concord Station fahren! *Mit* meiner Freundin«, fügte sie rasch hinzu, bevor die Zugbegleiterin noch beleidigender werden konnte. Efi würde eine Beschwerde bei der Numbani-Verkehrsgesellschaft einreichen, aber sie wollte sich nicht durch diesen Zwischenfall den Tag vermiesen lassen. »Dann gehen wir eben zu Fuß«, meinte Efi zu Orisa.

»Efi«, sagte Orisa, sobald sie wieder auf der Straße waren. »Ist dein Zustand zufriedenstellend? Dein Herzschlag ist beschleunigt. Brauchst du eine Umarmung?«

Efi nickte. Die konnte sie in der Tat gebrauchen. Sie war frustriert. So wollte sie Numbani nicht sehen. Sie vermisste ihre alte Stadt, in der immer jemand bereitwillig jedes aufkommende Problem beseitigt hatte. Die kalten Blicke, die anschuldigenden Finger, die Gleichgültigkeit, die diese Stadt zunehmend befiel, konnte sie überhaupt nicht leiden.

»Danke«, murmelte Efi, als sie die großen, mit Waffen bestückten Arme um sich spürte. Immerhin lag Orisa etwas an ihr, auch wenn sie gefühlt die Einzige war. Efi hätte sich in dieser Umarmung zerbrechlich wie ein rohes Ei fühlen müssen, doch stattdessen fühlte sie sich stärker. »Deine Umarmungen sind super.«

»Gern geschehen, Efi«, sagte Orisa. »Dein Gesicht ist nach menschlichen Standards nicht unbedingt unerfreulich. Selbst wenn es leckt.«

Efi musste lachen und wischte sich eine Träne von der Wange. »War das dein Versuch, mir ein Kompliment zu machen?«

»Ja. War es zufriedenstellend?«

»Das war es«, bestätigte Efi. »Es war zufriedenstellend. Jetzt geht es mir schon viel besser.«

Orisa wirkte munterer und stampfte wie ein aufgeregtes Pony mit den Füßen auf. Gemeinsam machten sie sich auf den Weg zum Stadtrand. Sie hatten erst ein paar Blocks geschafft, als Efi etwas sah. Unter der Fußgängerbrücke parkten mehrere Autos im Schatten, geschützt vor der Mittagssonne. Ein Mensch stand mit einem Tablet in den Händen neben einem der Wagen. Efi konnte auf dem Display erkennen, dass er Schlüsselcodes durchging.

»Ich glaube, dieser Mann versucht, ein Auto aufzubrechen«, flüsterte Efi.

Orisa blickte hinüber und entdeckte ihn. »Vielleicht hat er seinen Schlüssel verloren«, mutmaßte sie.

»Sieh doch nur, wie nervös und verschwitzt er ist.«

»Möglicherweise hat er gerade ein anstrengendes Training hinter sich«, gab Orisa zu bedenken. »So wie diese Leute.« Sie deutete auf die Fußgängerbrücke. Efi konnte die Köpfe mehrerer Jogger erkennen, die auf und ab wippten und zwischen den gewaltigen Gazellenstatuen an beiden Enden der Brücke hin und her liefen.

»Gut möglich …«, murmelte Efi.

»Wenn er seinen Schlüssel verloren hat, werde ich ihm auf

Numbani-Art helfen«, erklärte Orisa und stürmte los, bevor Efi sie aufhalten konnte. »Grüße! Darf ich Ihnen beim Zugriff auf Ihr Fahrzeug behilflich sein?«, rief sie dem Mann zu.

Er erstarrte. »Ja …«, antwortete er dann und schaute sich nervös um. »Ich habe mich anscheinend ausgesperrt.«

»Wenn Sie Probleme mit dem Entschlüsselungscode Ihres Fahrzeugs haben, kann ich Ihnen helfen«, verkündete Orisa und nahm dem Mann das Tablet aus der Hand. Innerhalb weniger Sekunden hatte sie sich mit dem Gerät verbunden und erklärte: »Greife auf das Zentralregister zu: Der Besitzer des Fahrzeugs ID 3984HHJ ist als R. J. Mohammed aufgeführt.« Das Bild des Besitzers schwebte einige Zentimeter über dem Display. Orisa blickte zwischen dem Hologramm und dem Mann hin und her. »Die Gesichtserkennung ist gescheitert, ich kann Ihr Konto leider nicht freischalten. Können Sie bitte Ihren Ausweis hier einscannen, um Ihre Identität zu bestätigen?«

»Ich … habe ihn zu Hause vergessen«, behauptete der Mann. Er blinzelte mehrmals und rannte dann los.

»Er wollte das Fahrzeug wirklich stehlen, Orisa!«, rief Efi.

»Soll ich ihn verfolgen?«

Efi wusste, dass sie nein sagen sollte. Es wäre vernünftiger, die Behörden zu benachrichtigen, damit sie sich darum kümmerten, aber dies war auch eine gute Gelegenheit, Orisa in Aktion zu sehen. »Ja«, antwortete Efi. »Halte ihn auf. Aber du darfst ihn nicht verletzen.«

»Bestätigt.« Orisa hob ihren Branford-Arm, an dem sich der modifizierte Hartlicht-Werfer befand, und feuerte einen Hagel leichter Projektile ab. Diese reichten aus, um den Mann ins Taumeln zu bringen, doch er hatte sich schnell wieder gefangen und rannte weiter. Orisa wollte die Verfolgung aufnehmen, war jedoch selbst mit Höchstgeschwindigkeit zu langsam. »Halt! Bleiben Sie sofort stehen!«, rief Orisa. »Geben Sie den Widerstand auf.«

Sie schoss ein Lasso aus hartem Licht ab. Dabei zielte sie zwar gut, schätzte die Bewegung des Mannes jedoch falsch ein, so dass das Lasso an der Stelle landete, an der er eine halbe Sekunde zuvor gewesen war. Davon ließ sich Orisa nicht beirren. Sie hob den Arm etwas höher und feuerte das Lasso über die Fußgängerbrücke, wo es an dem Horn einer Gazellenstatue hängen blieb. Efi wollte schon Orisas perfekten Schuss bejubeln, als sie begriff, was ihr Roboter vorhatte.

»Hör auf, Orisa!«, rief Efi. »Du wirst noch jemanden verletzen.«

Der Roboter zog mit ganzer Kraft an dem neonblauen Seil. »Negativ«, erwiderte Orisa. »Nichttödliche Festsetzung des Verdächtigen wird durchgeführt.« Das gewaltige Horn der Statue brach ab und fiel fünfzehn Meter tief zu Boden, wobei es die Brücke knapp verfehlte. Der Aufprall erschütterte Efi bis ins Innerste, und sie musste kurz wieder an den Angriff am Flughafen denken. Sofort duckte sie sich und hielt die Arme über den Kopf, als Zementstücke in alle Richtungen flogen, Windschutzscheiben einschlugen und die Motorhauben mehrerer geparkter Wagen verbeulten. Der Möchtegerndieb wurde nach hinten geschleudert und landete vor Orisa.

Der Roboter packte ihn im Nacken, und obwohl seine Zehenspitzen kaum noch den Boden berührten, versuchte er noch immer, die Flucht zu ergreifen, was jetzt allerdings unmöglich war.

»Ich habe den Verdächtigen erfolgreich festgesetzt, ohne ihn zu verletzen«, teilte Orisa Efi mit und schien sehr stolz auf sich zu sein. Sie wandte dem Mann ihr ernstes Gesicht zu. »Ich sagte doch, dass Sie stehen bleiben sollen. Die Behörden werden Sie bald abholen.«

Efi stand auf und wischte sich den Staub von ihrem Iro, der jetzt eher zementgrau als limettengrün aussah. Sie hörte die Sirenen und wusste, dass die Polizei nicht herkam, um den Autodieb festzunehmen. Mit finsterer Miene betrachtete sie die zerbrochene Statue oben auf der Brücke und die demolierten Autos darunter und seufzte schwer.

***

Hey. Hast du immer noch Lust, mit Orisa rauszugehen und das Gemeindetraining zu machen?

Du könntest mit ihr auch die Gesetze und all das durchgehen.

Darüber weißt du mehr als ich.

Letztes Jahr hast du in jedem Test sehr gut abgeschnitten, weißt du noch?

Hassana?

Hallo?

Efi wartete so lange, wie sie konnte, aber es machte nicht den Anschein, als wollte ihre Freundin ihr antworten, daher würde sie den Gemeindeteil von Orisas Training wohl selbst übernehmen müssen. Dummerweise verbrachte Efi jedoch so viel Zeit in ihrem Labor, dass sie gar nicht so genau wusste, was mit Gemeinde eigentlich gemeint war.

Okay, sie ging mit ihren Eltern auf die Feste, doch da verbrachte sie den Großteil der Zeit damit, sich Puff Puffs, Shuku Shuku oder manchmal beides in den Mund zu stopfen und sich die klebrigen Finger abzulecken. Efi beschloss, dass alles, was Orisa und sie an diesem Tag unternehmen würden, nichts kosten und kein Drama verursachen durfte. Mr Bankolé, der Krämer, hatte gesagt, er könnte im Lager Hilfe gebrauchen. Vielleicht sollte sie damit anfangen.

Efi und Orisa gingen durch das Viertel und erregten jede Menge Aufmerksamkeit. Die Kinder rissen aufgeregt die Augen auf, wurden jedoch von ihren Eltern zurückgehalten, als wäre Efi mit einem riesigen tollwütigen Hund unterwegs. Sie warf sich in die Brust und war stolz auf das, was sie geleistet hatte und was sie gerade tat. Das unfreundliche Geraune und Zungenschnalzen ignorierte sie ebenso wie die Tatsache, dass Orisa nur als »der lästige Roboter« und nicht mit ihrem Namen bezeichnet wurde. Ebenso ignorierte Efi die abgesperrte Fußgängerbrücke in der Ferne und die Arbeitstrupps in ihren orangefarbenen Overalls, die die Trümmer beseitigten.

Der gestrige Tag war nicht gerade nach Plan verlaufen, aber vielleicht war es für Zielübungen auch schlichtweg zu früh. Nach einer längeren Diskussion mit der Polizei hatte Efi jedoch versprochen, die nächste vierteljährliche Fördersumme des Stipendiums teilweise an die Numbani Arts Commission zu spenden, damit diese eine neue Statue kaufen konnte.

Heute würde ein besserer Tag werden.

»Efi!«, sagte Mr Bankolé. Er lächelte sie zwar an, aber sie konnte einen Hauch von Furcht in seinen Augen erkennen. »Möchtest du noch mehr Birnen kaufen?«

»Nein, Onkel«, antwortete sie und verbeugte sich leicht. Orisa tat es ihr nach, was aufgrund ihrer vier Beine jedoch so aussah, als wollte sich ein Ochse verbeugen. »Sie sagten, Sie könnten im Laden Hilfe gebrauchen. Wir würden Ihnen gern helfen. Das ist Orisa.«

Mr Bankolé musterte den Roboter kritisch und schüttelte den Kopf. »Ach, weißt du, es ist schon komisch – meinem Rücken geht es viel besser. Ich kann die Regale auch allein einräumen.« Er reckte sich demonstrativ, verzog dabei jedoch das Gesicht und hatte offensichtlich Schmerzen, die er zu verbergen versuchte. »Aber du kannst gern an einem anderen Tag vorbeikommen. Ich freue mich auch so über dein Angebot.«

Die Gerüchte über ihren gefährlichen Roboter waren ihm offenbar zu Ohren gekommen. Das war ein Nachteil, wenn man in einer derart eng verbundenen Gemeinde lebte: Jeder wusste, was der andere so trieb. »Ich glaube, Sie haben ein bisschen Angst vor meinem Roboter«, stellte Efi fest.

»›Ein bisschen‹ trifft es nicht so ganz. Ich fürchte mich sogar sehr.«

»Aber dafür gibt es gar keinen Grund. Ich habe ihre Waffen vorerst ganz deaktiviert. Können wir es Ihnen nicht wenigstens mal vorführen? Ich habe ihre Beweglichkeit und Geschicklichkeit angepasst. Sie kann alles tun, was Ihre menschlichen Angestellten auch machen, nur schneller.«

Mr Bankolé seufzte. »Okay, du kannst es ja mal versuchen.« Er deutete auf einen halb vollen Aufsteller mit gestapelten Honey-Bean-Dosen. »Lass ihn den Stapel aufbauen, aber es darf keine Dose beschädigt werden.«

»Orisa ist eine *Sie*, Onkel«, korrigierte Efi ihn, »und sie wird diese Aufgabe mit Leichtigkeit bewältigen!«

Efi führte Orisa zur Palette und erklärte ihr, was sie zu tun hatte. »Pass gut auf, dass keine der Dosen beschädigt wird«, warnte sie sie ernst. »Wenn du das gut machst, lässt Mr Bankolé uns vielleicht öfter mithelfen.«

»Bestätigt. Beginne Dosenstapelsequenz«, meldete Orisa. Dann setzte sie sich in Bewegung, nahm eine Dose nach der nächsten von der Palette und stellte sie an die richtige Stelle. Bei den ersten Dosen war sie sehr langsam, aber der Roboter konnte Anpassungen vornehmen und wurde zunehmend schneller. Efi bemerkte, dass Mr Bankolé sie aus dem Augenwinkel beobachtete. Er schenkte Efi ein Lächeln.

Orisa hatte ihn überzeugt!

»So, wie du die Dosen stapelst, kannst du vielleicht bei Island Port anfangen«, rief er ihnen zu. Efi zuckte zusammen. Sie wusste, dass Mr Bankolé es nur gut meinte, aber Tin Can Island Port war kein guter Platz für Roboter und Omnics und jeden, der mit ihnen befreundet war, selbst so viele Jahre nach der Omnic-Dockarbeiter-Revolte.

Drei Minuten später waren alle Dosen gestapelt. Das Ganze war ein Kunstwerk. Ein Meisterwerk. Als Efi Orisa gerade gratulieren wollte, sah sie den Roboter aufmerken. Orisa konfigurierte ihre Augen neu, die nun wie ein Schlitz auf Gefahrenerkennung gestellt waren. Efi folgte ihrer Blickrichtung zu einer Frau, die mit ihrem Einkaufswagen auf den Dosenturm zukam.

»Bedrohungseinschätzung: Die Dosen um jeden Preis beschützen.« Orisa ging auf die Frau zu und steuerte sie in einen anderen Gang. »Gefahrenstufe null. Ziel neutralisiert.«

Efi erschauderte. Vielleicht hatte sie etwas zu sehr betonte, dass die Dosen nicht beschädigt werden durften.

»Gefahrenstufe eins«, sagte Orisa und beobachtete mehrere Kinder, die im Gang mit einem Ball spielten. Efi schritt ein, bevor noch etwas passieren konnte.

»Der Auftrag ist abgeschlossen, Orisa. Du musst dir keine Gedanken mehr um die Dosen machen.«

»Bestätigt.«

Mr Bankolé nahm ihr Werk lächelnd in Augenschein. »Hervorragend«, sagte er. »Wenn du heute noch weiterarbeiten möchtest, hätte ich nichts dagegen. Die Abteilung mit dem Tiefkühlgemüse muss aufgefüllt werden, ebenso Brot und Kuchen. Und du kannst auch gern den Kunden helfen, aber bleib bitte freundlich.«

Efi und Orisa warteten, bis Mr Bankolé ihnen den Rücken zugewandt hatte und sich mit etwas anderem beschäftigte, dann führten sie einen kleinen Freudentanz auf. Efi drohte, vor Stolz beinahe zu platzen. »Okay, zuerst das Tiefkühlgemüse. Mach einfach, was Mr Bankolé gesagt hat.«

Orisa übernahm das Kommando und führte die Berechnungen durch. Sie lud Protokolle für die optimale Regalplatzierung herunter, und im Nullkommanichts sah der Laden besser aus als jemals zuvor. Sie fragte Mr Bankolé, ob sie den Fufu und Amala näher an die Fertigsuppen stellen durfte, um Impulskäufe zu vereinfachen. Sie stapelte nur vier statt sechs Yamswurzeln aufeinander, damit man besser herankam und es nicht so vollgestopft aussah. Sie sortierte sogar die Behälter mit den Nüssen in alphabetischer Reihenfolge und die Früchte nach Farbe, wodurch das Regal an einen Regenbogen erinnerte und noch mehr Kunden anzog. Am Nachmittag sah der ganze Laden blitzblank aus. Nichts lag auf dem Boden, und kein Einkaufswagen stand irgendwo herum.

»Ich sollte wohl besser aufpassen«, meinte Mr Bankolé zu Orisa. »Wenn du so weitermachst, wird man dir bald meinen Job anbieten.«

»Negativ, ich könnte Sie nie ersetzen, Mr Bankolé«, erwiderte Orisa. »Laut meiner Analyse sind Ihre sehr, sehr große Erfahrung und die Beziehungen zu den Leuten in dieser Gemeinde der entscheidende Faktor dafür, dass dieses Geschäft erfolgreich ist.«

»Ach, du bist wirklich zu freundlich.« Das Lächeln, das er nun aufgesetzt hatte, war viel breiter als jedes andere, das Efi bisher bei ihm gesehen hatte. Und die Angst war auch aus seinen Augen verschwunden. »Vielen Dank, Orisa.«

Efi war ganz aus dem Häuschen, weil ihr Plan aufging. Orisa konnte die Gemeinde nur stärken, und sie wusste, wie wichtig Beziehungen waren. Schon jetzt wurde sie zu einem Teil der Gemeinde. Und Mr Bankolé sprach bereits direkt mit Orisa und nutzte Efi nicht länger als Vermittlerin. Vielleicht würde Efi Orisa in einigen Wochen ganz allein losschicken können, damit sie der Gemeinde half!

»Wirklich gern geschehen, Onkel. Ich sollte mich jetzt wieder an die Arbeit machen.« Orisa verbeugte sich ein weiteres Mal und wanderte den Gang entlang. Efi folgte ihr und sah zu, wie der Roboter einem Mann half, die geschmorten Tomaten zu finden. Danach führte er ein junges Paar zu den Flusskrebsen, die im Angebot waren. Es dauerte nicht lange, bis man jeden, der Hilfe brauchte, an sie verwies.

Eine Frau hielt Orisa ihr Tablet unter die Nase. »Kannst du mir helfen, das hier zu finden?«

Orisa sah auf das Display und nickte. »Ja. Und ich kann anhand Ihres Einkaufszettels erkennen, dass Sie Jollof-Reis kochen möchten. Ist das richtig?«

Die Frau musterte Orisa skeptisch und antwortete dann: »Ja, das ist richtig.«

»Laut mehrerer bekannter nigerianischer Köche ermöglicht rotes Palmöl anstelle von Erdnussöl ein ausgefeilteres Geschmackserlebnis. Soll ich Ihnen zeigen, wo Sie es finden?«

Die Frau nickte. »Das wäre wunderbar. Vielen Dank! Ich werde all meinen Freunden empfehlen, nur noch hier einzukaufen!«

Danach bemerkte Orisa einen Mann, der mit einem Elektromobil durch den Gang fuhr. Er stieg aus und versuchte, eine Packung Spaghetti aus einem hohen Regal zu nehmen. Orisa schritt ein. »Benötigen Sie Hilfe, Sir?«

»Nein, ich hab's gleich«, erwiderte er, berührte jedoch mit den Fingerspitzen gerade mal den Rand der Packung. Orisa nahm die Packung heraus und legte sie ihm in den Einkaufskorb an seinem Wagen. »Danke«, sagte er mit gequältem Lächeln.

»Stets zu Diensten.« Abermals verbeugte sich Orisa. Sie folgte dem Mann und schien bereit zu sein, ihm bei der nächsten Gelegenheit wieder zu helfen, aber Efi rief sie mit einem Pfiff zu sich.

»Sei hilfsbereit, aber nicht *zu* hilfsbereit«, ermahnte Efi sie nicht zu ernst, aber doch entschieden. »Hast du seinen Tonfall nicht bemerkt, als er sich bedankt hat?«

»Er klang etwas abgehackter als zuvor und hat das Wort seltsam betont.«

»Ganz genau. Das bedeutet, dass er sich ein bisschen über dich geärgert hat. Du hast ihn gefragt, ob er Hilfe benötigt, und er hat abgelehnt. Wenn so etwas wieder passiert, wünschst du ihm nur noch einen guten Einkauf hier bei Mr Bankolé.«

»Ich habe ihn verärgert?« Orisa legte besorgt den Kopf schief.

»Nein, nein. Das ist nicht deine Schuld. Es gibt noch eine ganze Menge gesellschaftlicher Konventionen, die du erst lernen musst.«

»Wo kann ich sie downloaden?«

Efi lachte auf. »Du musst sie wie jeder andere auch lernen. Aber keine Sorge, ich bin ja da und kann dir helfen!«

»Ich bin so dankbar, dass du bei mir bist, Efi. Du strahlst großen Optimismus aus.«

Efi versuchte, sich diesen Optimismus im weiteren Tagesverlauf zu bewahren. Je länger sie blieben, desto offensichtlicher wurde es, dass Orisa noch sehr viel zu lernen hatte. Ihre Programmierung versuchte, sich anzupassen, und sie schwankte zwischen zu viel oder zu wenig Einsatz. Nach einer weiteren Lektion von Efi war sie wieder überaus hilfreich und lief den Leuten hinterher, um ihnen anzubieten, den Wagen zu schieben oder ihre Einkaufsliste umzugestalten.

Orisa scannte gerade die Liste einer Frau, die sie gefragt

hatte, wo sie Ginger Ale finden konnte. Der Roboter hielt kurz inne, stutze und sah der Frau in die Augen.

»Ich kann anhand der Objekte auf Ihrer Liste erkennen, dass Sie Verdauungsprobleme haben.«

Die Frau erschauderte. »Wie bitte?«

»Sie haben *Verdauungsprobleme*«, wiederholte Orisa etwas lauter, als befürchtete sie, beim ersten Mal zu leise gesprochen zu haben. »Ihre Verdauung macht Ihnen zu schaffen.«

»Bitte hör auf damit, ›Verdauung‹ zu sagen«, bat die Frau. »Und ich habe nicht um eine Einschätzung meines Gesundheitszustands gebeten, sondern möchte nur eine Flasche Ginger Ale kaufen.«

Orisa schüttelte den Kopf. »Agbo Jedi Jedi wäre weitaus effektiver. Ich werde Ihnen eine Liste mit den Zutaten zusammenstellen. Ingwer. Apfelessig. Zitrone …«

Efi zuckte zusammen. Ihre Eltern hatten sie viel zu oft mit Agbo Jedi Jedi durch das Haus gejagt, wenn sie krank war. Allein die Drohung, den widerlichen Geschmack der Medizin schmecken zu müssen, hatte oftmals bereits ausgereicht, um Efi auf wundersame Weise vom Fieber oder den Magenproblemen zu heilen.

»Du weißt überhaupt nichts über meine medizinische Vorgeschichte!«, kreischte die Frau, die nun ebenfalls die Stimme hob. »Wie kannst du es wagen, mir vorzuschreiben, welche Medizin ich nehmen soll?«

»Sie haben vollkommen recht. Installation der Protokolle für den virtuellen Arzt wird eingeleitet. Bitte warten …« Orisa blickte in die Ferne, wie sie es immer tat, wenn sie sich mit einem Server verband. »Bitte geben Sie mir die verbale Bestätigung, damit ich auf Ihre Arztunterlagen zugreifen kann, und erteilen Sie mir die Erlaubnis, einen vollständigen biometrischen Scan durchzuführen. Ich bin mir sicher, dass meine vorherige Empfehlung für eine Verbesserung Ihrer Probleme Bestand haben wird.«

»Nein, komm mir ja nicht zu nahe!«, schrie die Frau und wedelte mit den Armen durch die Luft. »Ich möchte sofort den Geschäftsführer sprechen!«

Keine Minute später war lautes Geschrei aus Richtung der Kassen zu hören, wo die Frau erklärte, dass sie nie wieder hier einkaufen würde. Efi und Orisa versteckten sich in der Nähe der Milchprodukte und warteten darauf, von Mr Bankolé ausgeschimpft zu werden.

»Das wäre eine gute Gelegenheit, um mit dir darüber zu reden, dass du die Privatsphäre anderer Leute respektieren musst«, flüsterte Efi.

»Efi. Bitte melde dich an der Kasse«, drang Mr Bankolés Stimme aus dem Lautsprecher. »Und bring deinen Roboter mit.« Efi verzog das Gesicht. Orisas Gesichtsplatte bestand aus festen Metallteilen, aber Efi hätte schwören können, dass ihr Roboter dasselbe tat.

»Seine Stimme lässt auf Verärgerung schließen«, erkannte Orisa.

»Schön, dass dir das aufgefallen ist.«

»Habe ich mich nicht zufriedenstellend verhalten?«

»Dass du auf die persönlichen Informationen der Frau zugreifen wolltest, war definitiv keine gute Idee.«

»Die gesellschaftliche Etikette schreibt vor, dass ich versuchen soll, jeden Fehler wiedergutzumachen. Meinetwegen hat

Mr Bankolé eine Kundin verloren. Ich werde ihm neue beschaffen. Ich muss tun, was die Höflichkeit gebietet. So macht man das in Numbani.«

Efi starrte sie verblüfft an. »Wie bitte?«

»›Operation: neue Kunden gewinnen‹ eingeleitet.«

»Warte!«

Orisa war bereits losgelaufen und verließ den Laden. Durch die Fensterscheibe konnte Efi mit ansehen, wie der Albtraum seinen Lauf nahm, und sie schämte sich so sehr, dass sie überhaupt nicht reagieren konnte. Der Roboter gab sein Bestes, um die Passanten auf dem Bürgersteig davon zu überzeugen, den Laden zu betreten, scheuchte sie mit ausgestreckten Armen zur Tür und versprach ihnen großartige Angebote. Orisa erwies sich auch darin als ausgesprochen effizient, und nach gerade mal einer halben Minute hatte sie sechs Kunden in der Obst- und Gemüseabteilung in die Ecke gedrängt. Rasch drückte sie ihnen Einkaufswagen in die Hand und versperrte den Ausgang.

»Widersetzen Sie sich nicht. Es ist meine Pflicht, mich um die Gesundheit und Sicherheit der Einwohner Numbanis zu kümmern«, teilte sie den Leuten mit. »Und es ist wichtig für Ihre Gesundheit, dass Sie viel Obst und Gemüse zu sich nehmen. Ich wünsche Ihnen einen schönen Einkauf in Mr Bankolés Laden.«

Ein Mann versuchte, aus der Tür zu laufen, und stürzte über einen Korb voller Mangos. Wieder wurden Orisas Augen schmal, als wäre die Gefahrenstufe gestiegen, und sie lief ihm hinterher und warf dabei die Fufu-Auslage und eine ganze Kiste importierter Kirschen um, die pro Kilo mehr Naira kosteten, als Efi in der Woche an Taschengeld bekam. Der Mann konnte ihr entkommen, und Orisa wandte ihre Aufmerksamkeit den anderen

Kunden zu. Sie sprang in Nachbargänge, warf dabei Regale um und zerstörte Lampen. Ein Eimer Egusi-Samen ging zu Bruch. Kurz darauf strebten alle zum Ausgang, auch Mr Bankolé, und Efi versuchte schreiend, über den Lärm hinweg Orisas Aufmerksamkeit zu gewinnen, aber es war zwecklos.

Schließlich waren nur noch Efi und Orisa im Laden, umgeben von heillosem Chaos.

»Die Kunden sind alle weg«, stellte Orisa fest.

Efi seufzte. »Ja. Ja, das sind sie.«

Der Roboter sackte betrübt in sich zusammen.

»Der heutige Tag lief auch nicht gerade wie geplant, aber …«, Efi deutete den Gang entlang, »sieh nur. Die Dosen stehen noch immer ordentlich gestapelt da, und keine hat eine Delle.«

»Die gespielte Ungezwungenheit in deiner Stimme lässt vermuten, dass du versuchst, mich aufzuheitern.«

»Funktioniert es?«

»Ich glaube nicht. Meine Prozessoren laufen nicht mehr synchron. Sie spielen immer wieder die Ereignisse dieses Tages ab. Ich weiß nicht, wo ich Fehler gemacht habe. Angesichts der Anspannung in seiner Gesichtsmuskulatur und seiner biometrischen Anzeigen vermute ich, dass ich Mr Bankolé enttäuscht habe. Und dich.«

»Du besitzt Mitgefühl«, sagte Efi, hob eine Okraschote vom Boden auf und wischte den Staub weg. »Das ist schon mal gut. Aber wir können uns beide später darüber ärgern. Erst mal müssen wir hier aufräumen.«

# KAPITEL 10

Efi lief unter Orisas wachsamem Blick in ihrer Werkstatt auf und ab. Sie führte leise Selbstgespräche, bei denen es vor allem darum ging, wie sie sich einen Tobelstein-Reaktor in Miniaturformat leisten sollte. Bei all den Schäden, die Orisa in der Stadt angerichtet hatte, würde es ganze sechs Monate dauern, bis sie den nächsten Naira ihres Fördergelds für ihren Roboter ausgeben konnte. Trotz der Rückschläge beim Integrieren von Orisa in die Gemeinde vertraute Efi weiterhin darauf, dass ihr Roboter Doomfist besiegen und Numbani retten würde. Der Reaktor konnte ihr genau das ermöglichen und eine Gravitonladung erschaffen, um ihre Feinde aufzuhalten.

Nachdem sie durchgerechnet hatte, wie viele Junies sie verkaufen musste, um sich das fehlende Teil leisten zu können, starrte Efi das Ergebnis resigniert an. Sie rechnete alles ein weiteres Mal durch und hoffte, sich irgendwo um eine Dezimalstelle vertan zu haben, doch als die Antwort auf dem Bildschirm erschien, wusste sie, dass sie auch beim ersten Mal richtig gerechnet hatte: Es waren 2749 Einheiten. Das würde Monate dauern. Vielleicht sogar ein ganzes Jahr, wenn sie miteinbezog, dass Hassana und Naade noch immer nicht mit ihr reden wollten.

»All diese Übungen zum Eingliedern in die Gemeinde sind

hilfreich«, meinte Efi zu Orisa, »aber ohne diesen Reaktor können wir es unmöglich mit Doomfist aufnehmen.«

»Soll ich nach Alternativen suchen?«, fragte Orisa.

»Nein. Es gibt kein anderes derart kompaktes Gerät, das so viel Energie erzeugt. Der Precision Core-Reaktor ist billiger, hat aber in etwa die Größe eines Autos. Der Flexxon Pro Micro T1 ist winzig, erzeugt jedoch nicht genug Energie, um deine Gravitonladung länger als ein paar Sekunden aufrechtzuerhalten. Wir brauchen den Miniatur-Tobelstein-Reaktor. Irgendwie müssen wir uns einen beschaffen.«

»Du benötigst mehr Naira, um den Reaktor zu kaufen?«, fragte Orisa und hörte sich dabei wie ein optimistisches Kind an. »Dann musst du dir mehr Naira beschaffen.«

Efi seufzte. »Wenn das so einfach wäre.« Sie traute sich nicht, eine weitere Spendensammlung auf Hollagram zu machen. Wenn sie zu viel von ihren Followern verlangte, würde sie sie möglicherweise verlieren, aber eine Option blieb ihr noch, um Geld zu verdienen. Mit all ihren Geräten verfügte sie über eine ganze Menge Rechenkraft. Wenn sie diese dem Valor-Matrix-Projekt für verteilte Systeme zur Verfügung stellte, konnte sie jede Nacht mehrere Tausend Naira verdienen, ohne dafür auch nur einen Finger zu rühren. Das wäre zwar nicht viel, aber im Laufe der Zeit käme einiges zusammen, und wenn sie die Produktion der Junies vorantrieb und ihre Eltern bat, ihr das Taschengeld für ein Jahr vorzustrecken oder sogar für zwei …

Selbstverständlich war Efi nicht begeistert von der Aussicht, ihre Computer für jemanden von außerhalb zu öffnen, aber die Verantwortlichen versicherten, dass sie gut geschützt wären, und zu diesem Zeitpunkt hatte Efi schlichtweg keine andere

Wahl. Sie würde dem Projekt Zugriff auf ihre Computer ermöglichen, wann immer sie schlief, und morgens auf ihrem Konto nachsehen, wie viel sie damit verdient hatte. Das wäre das Risiko wert, denn nichts wäre schlimmer, als wenn Doomfist Numbani weiterhin in Angst und Schrecken versetzen konnte.

Efi setzte sich an ihren Computer, erstellte sich ein Konto beim Valor-Matrix-Projekt und machte sich an die Arbeit. Das Programm lud das erste zu verarbeitende Datenpaket herunter, das als eckiger Block aus lauter Pixeln auf dem Bildschirm erschien. Es mussten etwa eintausend sein, die alle ausgegraut waren. Nachdem sie es mehrere Minuten lang angestarrt hatte, wurde das Pixel in der linken oberen Ecke grün.

»Na, einen Naira hätten wir schon mal. Fehlen nur noch zehn Millionen.« Efi versuchte, sich ihre gute Laune zu bewahren, was ihr sehr schwerfiel. Sie hatte gewusst, dass ihre Computer nicht mehr dem neuesten Stand der Technik entsprachen, aber dass es so langsam ging, hätte sie auch wieder nicht gedacht. »Wie wäre es, wenn wir stattdessen ein bisschen über Gesetze reden, anstatt uns dieses Trauerspiel hier anzusehen?«

»Lade Numbani-Zivilrecht herunter«, meldete Orisa. »Mit welchem Band und welchem Abschnitt möchtest du anfangen?«

Efi lachte auf. »Wir können nicht hier in der Werkstatt sitzen und uns die Gesetze ansehen! Wir müssen wieder hinaus in die Stadt.«

Orisas schräge Augen wurden kreisrund, als wäre sie entsetzt über Efis Vorschlag. »Ich bin mir nicht sicher, ob das ratsam ist.«

»Bist du noch immer geknickt wegen dem, was im Supermarkt passiert ist?«, fragte Efi.

»Geknickt?«, hakte Orisa nach.

»Ach, du weißt schon. Traurig. Deprimiert. Du siehst schwarz.«

»Mein Sehvermögen ist nicht beeinträchtigt, aber ich empfinde Traurigkeit, weil ich so viel Ärger gemacht habe.«

»Das ist nur natürlich. Und genau dafür ist dein Empathiemodul auch da! Du kannst diese Gefühle verarbeiten, damit deine zukünftigen Interaktionen in der Stadt positiver verlaufen. Du lernst bereits aus deinen Erfahrungen.«

Orisa nickte selbstbewusst. »Ich habe gelernt. Obwohl ich dazu programmiert bin, andere zu schützen, darf ich nicht versuchen, auf ihre medizinischen Daten zuzugreifen. Und ich sollte Menschen nicht in Supermärkte scheuchen, selbst wenn nährstoffreiche Produkte im Angebot sind.«

»Ganz genau!« Efi hob eine Hand, und Orisa klatschte ab. »Was hältst du von einem schnellen Spaziergang um den Block? Vielleicht entdecken wir ja etwas!«

Orisa stimmte zu, und kurz darauf waren sie auf dem Weg in die Stadt, wobei Efis Mutter ihnen eine Warnung hinterherrief: »Passt da draußen gut auf euch auf und seid zum Abendessen wieder da!«

»Ja, Mama!«, erwiderte Efi und stellte sich auf ihrem Tablet einen Timer. Wenn sie zu spät zum Sonntagsessen kam, würde der Zorn ihrer Mutter über sie hereinbrechen, und sie bekäme nie die Gelegenheit, Doomfist aufzuhalten.

»Und vergiss nicht, dass wir hier sind, um der Gemeinde zu helfen«, ermahnte Efi Orisa, »und nicht, um irgendjemanden zu belästigen. Wenn wir einen Verstoß sehen, werden wir die Person höflich ansprechen und herausfinden, ob wir ihr behilflich sein können. Okay?«

Orisa stolzierte auf ihren vier Beinen dahin wie ein Rennpferd, das es kaum erwarten konnte, endlich loszulaufen. »Ich bin bereit zu helfen«, erklärte sie und deutete auf ein Maglev-Fahrzeug auf der anderen Straßenseite. »Dieser Omnic verstößt gegen Code 34-342b und fährt ein Fahrzeug mit abgelaufener Registrierung.« Orisa wollte schon auf die Straße rennen, aber Efi hielt sie davon ab.

»Siehst du, genau aus diesem Grund üben wir. Du musst den Zebrastreifen nehmen«, sagte Efi. »Es ist gefährlich, einfach so über die Straße zu laufen.«

Orisa blickte ins Leere und hatte die schrägen Augen ganz schmal gemacht, als würde sie nicht wirklich zuhören. Dann nickte sie und sagte: »Ich habe gegen Code 92-574j verstoßen und als Fußgänger widerrechtlich die Straße betreten. Das wird mir nicht noch einmal passieren.« Sie blickte zu dem Fahrzeug mit der abgelaufenen Registrierung hinüber, das soeben weiterfuhr. »Soll ich die Verfolgung aufnehmen?«

»Auf gar keinen Fall. Das ist nur ein kleiner Verstoß, der es nicht rechtfertigt, jemandem Angst einzujagen.«

Orisa ließ den Blick über die Straßen schweifen und deutete auf einen Mann, der in einiger Entfernung an der Ampel stand und wartende Wagen mit einem Eimer voll Seifenwasser und einem sehr schwarzen Schwamm wusch, der vermutlich früher einmal gelb gewesen war. Die Menschen in den Autos sahen genervt aus, warfen ihm aber trotzdem einige Hundert Naira zu. »Diese Person führt ein Geschäft, aber ich kann keine Zulassung für Straßenhändler an ihr erkennen.«

»Okay, das ist ein guter Test. Vielleicht können wir ihm helfen, sich um eine Zulassung zu bemühen«, schlug Efi vor.

Orisa ging zu dem Mann, aber sobald er merkte, dass sie

den Blick auf ihn gerichtet hatte, und hörte, wie sie mit ihren kraftvollen Beinen in hohem Tempo über den Bürgersteig lief, ließ er den Eimer und den Schwamm fallen und ergriff die Flucht.

»Das war … nicht die Reaktion, auf die ich gehofft hatte«, sagte Efi. Sie hob den Eimer und den Schwamm auf. »Vielleicht sollten wir deine Bewegungs-Subroutinen anpassen, damit du beim Gehen nicht mehr ganz so einschüchternd wirkst.«

Jemand hupte, und sie sah zu dem entsprechenden Wagen hinüber.

»Sammelst du Geld für irgendetwas, Kleine?«, fragte die Frau am Steuer und ließ einen Ellbogen aus dem Fenster hängen.

Efi blickte auf den Eimer und den Schwamm hinab. »Nein, ich …«

»Ja, das tut sie«, fiel Orisa ihr ins Wort, schnappte sich Eimer und Schwamm und machte sich daran, den Wagen zu waschen. Dabei ging sie sehr effizient vor. »Efi ist Robotikerin«, teilte Orisa der Frau im Wagen mit, als sie mit der Arbeit fertig war. »Sie sammelt Geld, damit sie Roboter bauen und diese unserer Gemeinde zur Verfügung stellen kann.«

Die Frau nickte. »Ja, jetzt erkenne ich dich. Du bist das Mädchen, das das ›Superhirn-Stipendium‹ gewonnen hat.« Sie tippte auf ihrem Tablet herum. »Nimmst du auch eNaira?«

Efi nickte. »Vielen Dank, aber wir haben keine Genehmigung …«

»Laut Code 102-542b müssen Kinder unter sechzehn Jahren keine Straßenhändler-Genehmigung vorweisen«, erklärte Orisa. »Und ja, wir nehmen eNaira.«

Die Frau lachte und wischte über ihr Tablet, und wenige

Augenblicke später wurde Efi die sehr großzügige Summe von zwanzigtausend Naira auf dem Konto gutgeschrieben. Sie klatschte vor Freude in die Hände. »Orisa! Das ist ja unglaublich!« Sie drückte ihren Roboter an sich. »Du bist der beste Roboter aller Zeiten. Nein, streich das. Du bist die beste *Freundin* aller Zeiten!«

»Ich würde alles in meiner Macht Stehende tun, um dir zu helfen, Efi.«

Immer mehr Fahrzeuge hielten an, um gewaschen zu werden, und bevor Efi überhaupt realisierte, was geschah, hatten sie auch ein Schild mit dem Aufdruck »CLEVERE AUTOWÄSCHE: UNTERSTÜTZEN SIE IHRE ANSÄSSIGE ROBOTIKERIN!«, und Orisa spielte Lúcios »Am Ende doch Roboter« in Endlosschleife, zu dem sie tanzten, wenn gerade nichts zu tun war. Es dauerte nicht lange, da reichte die Warteschlange um den halben Block. Dann erhoben sich Schreie am Ende der Schlange, und als Efi und Orisa hingingen, um nachzusehen, stellten sie fest, dass zwei Wagen aus unterschiedlichen Richtungen gekommen waren und sich die Fahrer jetzt stritten, wer zuerst da gewesen war. Einer war ein Mensch, der andere ein Omnic, und das, was sie sich durch die offenen Wagenfenster zuschrien, wurde immer gemeiner und gehörte eindeutig nicht zu der Art von Sprache, die Orisa Efis Meinung nach hören sollte.

»Tut mir leid, Leute, wir machen jetzt Feierabend!«, rief Efi. Sie sammelte den Eimer, den Schwamm und das Schild ein. Inzwischen war sie vollkommen durchnässt und erschöpft, aber dank Orisas unglaublichen Werbemaßnahmen hatten sie in den letzten beiden Stunden ganze achthunderttausend Naira eingenommen. Das war schon fast ein Zehntel der Summe, die sie brauchten, um den Reaktor zu kaufen. Wenn sie noch ein paar Tage lang Autos wuschen, hätten sie es geschafft!

Orisa schaltete ihre Lautsprecher aus, und die Musik verstummte. Auf einmal hörte Efi ein leises Piepen. Sie blickte auf ihr Tablet und stellte fest, dass der Timer vor einer Viertelstunde abgelaufen war. Sie würden zu spät zum Abendessen kommen, wenn sie nicht auf der Stelle losliefen.

»Komm schon, Orisa, wir müssen gehen!«

Sie machten sich auf den Heimweg, aber unterwegs deutete Orisa auf eine ältere Dame, die versuchte, eine viel befahrene Straße zu überqueren.

»Darf ich Ihnen behilflich sein, Ma?«, fragte Orisa die Frau.

Die alte Dame lächelte. »Das wäre wunderbar«, erwiderte sie mit zittriger Stimme. Sie nahm Orisas Arm, und der Roboter geleitete sie an den Straßenrand. Efi war wahnsinnig stolz, auch wenn sie nun etwas zu spät zum Essen kommen würden, aber Orisas Fortschritte waren die Sache allemal wert.

»Ich bringe Sie sicher über die Straße«, sagte Orisa, aber anstatt darauf zu warten, dass es grün wurde, setzte sie sich sofort in Bewegung. Zwei Fahrzeuge wichen ihr panisch aus, und ein Bus kam gerade noch so zum Stillstand, als er die Maglev-Notbremsen aktivierte, wobei er so dicht vor Orisa hielt, dass sie die Windschutzscheibe beinahe mit dem Ellbogen berührte. Ein vierter Wagen bemerkte Orisa viel zu spät und raste auf sie und die alte Dame zu. Orisa streckte die Faust aus, und im nächsten Augenblick war der Kühlergrill deutlich eingebeult. Den Roboter schien das nicht groß zu beeindrucken, er wirkte eher, als hätte er einen Moskito zerdrückt.

Efi lief panisch los, presste die Hände an die Schläfen und

wollte sich gar nicht ausmalen, wie viel Ärger sie für diesen gefährlichen Zwischenfall bekommen würde. Die Leute im Wagen waren unverletzt, und nach einer heftigen Standpauke übertrug Efi dem Fahrer das ganze Geld, das sie beim Autowaschen verdient hatte. Sie hoffte sehr, dass die Reparaturen damit abgedeckt waren, und wollte ihren Eltern dadurch auch zeigen, dass sie die Verantwortung für das Handeln ihres Roboters übernahm. Efi zuckte zusammen. Ihre Eltern! Das Sonntagsessen!

Jetzt würde sie auf jeden Fall viel zu spät kommen.

# HollaGram

**BotBuilder11** baut Roboter, um die Welt zu retten.

**FANS** 1546

HOLOVID-ABSCHRIFT

Automatisch generiert von TranscriptMinder XL Version 5.410

**Ups! Noch viel zu lernen.**

Puh! Wer hätte gedacht, dass die Gesetze von Numbani so kompliziert sind? Vorfahrtsregeln, Begrenzungsrichtlinien, Lärmverordnungen. Ich habe es eilig und muss mich kurzfassen, aber es gibt jetzt ein paar verbeulte Autos mehr, die in Numbani rumfahren.
Aber Orisa lernt aus ihren Fehlern, und da sie eine ganze Menge gemacht hat, ist sie bestimmt bald ein Genie!

REAKTIONEN

581 336 632

***KOMMENTARE (76)***

**BigBadSuperFan** Ich habe mich sehr gefreut, dass wir uns mal getroffen haben! Allerdings hätte es nicht unbedingt im wörtlichen Sinn sein müssen. Kann ich irgendwo beantragen, dass du für den Austausch meiner zerbrochenen Windschutzscheibe aufkommst? Du bist doch versichert?

**BackwardsSalamander** Okay, ich will hier keinen Alarm schlagen, aber Penelope hat sich in meinem Schlafzimmer eingeschlossen und lässt mich nicht rein. Ich glaube, sie baut da drin etwas. Das kann doch nicht normal sein! Hast du vielleicht eine Hotline, die mir helfen kann?

**BotBuilder11 (Admin)** Wow, das ist definitiv nicht normal! Tut mir so leid! Kann sie vielleicht ein paar Tage dortbleiben, während ich den Fehler suche? Das dürfte nicht allzu lange dauern.

*Weiterlesen ...*

# KAPITEL 11

Efi schickte Orisa in ihre Ladestation und befahl ihr dortzubleiben, bis sie über das nachgedacht hatte, was gerade geschehen war. Danach eilte Efi durch den Flur zum Esszimmer und versuchte, wenigstens ein bisschen Zeit wiedergutzumachen. Im Türrahmen verharrte sie. Ihre gesamte Familie saß am Tisch und war in die farbenfrohsten Aso-Ebis und Boubous gekleidet, als wären alle auf dem Weg zur Kirche. Ihre Mutter, ihr Vater, ihre Tanten, ihre Onkel und vier ihrer fünf Cousins waren anwesend.

Efi blinzelte mehrmals. Hatte sie einen Feiertag vergessen? Sie blickte auf ihre schmutzige, feuchte Kleidung herab, die voller Seifenlauge war. Panik wallte in ihr auf. Die Miene ihrer Mutter gab ihr zu verstehen, dass sie es nicht wagen sollte, den Raum in diesem Aufzug zu betreten. Aus den hungrigen Blicken der anderen schloss sie, dass sie es sich auch nicht erlauben konnte, sich umzuziehen und alle noch länger auf das Essen warten zu lassen. Daher lief sie flink ins Bad und reinigte sich mit einem Handtuch, so gut es eben möglich war. Halbwegs vorzeigbar kehrte Efi ins Esszimmer zurück, setzte sich auf ihren Stuhl und versuchte, sich nicht anmerken zu lassen, wie peinlich ihr das Ganze war. Bald schon waren diese Gefühle jedoch vergessen, als die herrlichen Gerichte aufgetragen wurden. Alles sah köstlich aus. Egusi-Suppe? Ihre Leibspeise! Dazu gab es Unmengen an Fufu. Und auch noch Okra-Eintopf! Der war dickflüssig und zäh, und man musste sich erst einmal an die Konsistenz gewöhnen, aber Efi hatte in den letzten Monaten endlich Geschmack daran gefunden. Und Kirschkuchen zum Nachtisch? Es gab genug zu essen, dass ihre Familie viermal davon satt werden konnte.

»Das sieht alles wunderbar aus, Mama«, sagte Efi. »Gibt es einen besonderen Anlass?«

Ihre Mutter schenkte Efi ein gequältes Lächeln. »Ja, es gibt einen besonderen Anlass, aus dem wir uns heute alle hier versammelt haben …«

Sie beendete den Satz nicht. Das Schweigen im Raum senkte sich schwer auf sie herab, und Efi bemerkte, dass alle Anwesenden sie mit demselben gepeinigten Blick ansahen. Dann sah sie sich die Gerichte noch einmal genauer an. Die Egusi-Samen. Die Kirschen. Die Okraschoten. Das Fufu. All das hatte Orisa in Mr Bankolés Supermarkt zerstört. Er hatte zu Efi gesagt, sie müsse sich deswegen keine Sorgen machen, aber hatte ihre Mutter ihm trotzdem das Geld dafür gegeben? Auf einmal schnürte es Efi die Kehle zu.

»Mama …«

»Wir lieben dich, Efi. Und wir sind der Ansicht, dass du in vielen Dingen brillant und äußerst fähig bist. Aber wir möchten, dass du noch einmal über das nachdenkst, was du mit diesem Roboter vorhast. Er richtet auf den Straßen so viel Chaos an. Er hat die öffentliche Sicherheit gefährdet. Wie lange wird es noch dauern, bis dieser Roboter jemanden verletzt?« Ihre Mutter sagte »Roboter«, aber es hörte sich an, als würde sie eigentlich »Monster« meinen.

»Es gibt anfangs immer ein paar Bugs, die beseitigt werden müssen!«, verteidigte sich Efi. »Orisa muss noch viel lernen!«

Ihre Tante schürzte die Lippen und schüttelte den Kopf. »Und dieser Name! Etwas derart Heiliges für einen Haufen Altmetall!«

Efi zuckte zusammen. Sie wusste nicht, wie sie sich mit Worten rechtfertigen sollte, aber tief in ihrem Herzen war ihr klar, dass Orisa weitaus mehr war als das Metall und die Schaltkreise, aus denen sie bestand. Efi sah in ihr eine Retterin, und sie wusste, dass sie es wert war, all die aufgebrachten Blicke zu ertragen, die sie auf sich zog, wenn sie ihren Roboter in ihrer Gemeinde vorstellte.

»Du hast recht, Mama«, sagte Dayo und brach die unheilschwangere Stille. »Aber du solltest Efi sehen, wenn sie in ihrer Werkstatt arbeitet …«

Tantchen Yewande gab ihm zu verstehen, dass er den Mund halten sollte, und hob die Hände. »Bugs sind gut und schön, wenn sie bedeuten, dass ein fünfzig Zentimeter großer Roboter gegen eine Wand prallt. Aber sie gehen nicht in Ordnung, wenn ein zwei Tonnen schwerer Roboter seine Faust in den Kühlergrill eines brandneuen Steppe Wanderers bohrt!«

»Es war ein Yoku Voyager!«, korrigierte Efi sie, das einfache Modell mit Lev-Rims, die kaum verhindern konnten, dass das Fahrzeug auf der Straße aufkam. Im nächsten Augenblick schlug sie sich eine Hand vor den Mund, weil ihr klarwurde, dass ihre Tante noch gar nichts von dem Zwischenfall auf dem Fußgängerüberweg wissen konnte. Sie hatte nur über eine hypothetische Situation gesprochen. Eine sehr zutreffende hypothetische Situation.

»Wie war das?«, fragte Tantchen Yewande in einem heiteren, doch zugleich Angst einflößenden Tonfall.

»Nichts, nichts«, wiegelte Efi ab und stopfte sich einen Löffel Fufu in den Mund.

»Wir halten es für das Beste, wenn du dieses Projekt beendest«, erklärte ihr Vater seufzend. Er jetzt auch noch? »Gestern hat die Compass-Point-Versicherung angerufen und gedroht, unsere Police zu stornieren, wenn es noch einen weiteren Zwischenfall gibt. Selbstverständlich ist das deine Entscheidung, und wir vertrauen darauf, dass du die richtige triffst. Aber ich denke, du weißt, wie du dich entscheiden musst.«

»Ja«, sagte Tante Yewande. »Warum suchst du dir nicht ein passenderes Hobby, statt mit diesen Robotern zu spielen? Du könntest wie Dayo mit dem Schauspielern anfangen. Er hat nie solchen Ärger gemacht. Und er wurde bereits von der Universität von Lagos *und* der Universität von Ibadan angenommen.« Efis Tante sah sehr selbstgefällig aus in ihren Designerklamotten, ihre Buba und ihr Iro waren mit einem komplizierten Netzmuster bedruckt, und sie hatte bestimmt eine halbe Stunde gebraucht, um sich den dazu passenden Gele in einem aufwendigen Muster um den Kopf zu wickeln. Ein Dutzend ihrer Outfits hätten vermutlich ausgereicht, um einen Tobelstein-Reaktor zu kaufen.

»Wenn Dayo so perfekt ist, warum hat er mir dann dabei geholfen, einen Branford-Arm für meinen Roboter zu bekommen?« Abermals schlug sich Efi die Hand vor den Mund, doch es war zu spät. Auf einmal veränderte sich die Spannung im Raum. Dayo riss die Augen auf und starrte Efi wütend an. Alle anderen bedachten ihn mit empörten Blicken.

»Für dich ist er immer noch *Onkel* Dayo«, fauchte Tante Yewande und wandte sich ihrem Sohn zu. »Und du übst einen schlechten Einfluss auf deine kleine Cousine aus?«

»Nein, Tantchen, das war alles meine ...«, setzte Efi an, aber ihre Tante fuchtelte mit einer Hand vor ihrer Nase herum, und Efi klappte den Mund schnell wieder zu.

»Ich dachte, ich hätte dich besser erzogen!«, sagte Tantchen Yewande zu Dayo. »Und dann ziehst du los und beschmutzt unseren Namen, genau wie dein Bruder es getan hat!«

»Mama, hör mir doch mal ...«

Efi biss sich so fest auf die Unterlippe, dass diese ganz taub wurde. Tantchen Yewande war derart enttäuscht von Bisi, dass sie seinen Namen im vergangenen Jahr nicht einmal erwähnt hatte, und auf einmal verglich sie ihn sogar mit Dayo. Efi hatte durch ihr Verhalten eine teilweise geheilte Wunde wieder aufgerissen, und es gab nichts, was sie sagen konnte, um dieses Essen zu einem friedlichen Ende zu bringen. Sie hatte ihre ganze Familie enttäuscht, aber vor allem hatte sie das Vertrauen ihres Cousins missbraucht, der als Einziger hinter ihr stand. Daher hielt sie ihre Emotionen im Zaum und wartete darauf, dass der Sturm vorüberzog.

Als sie wieder in ihrer Werkstatt war, machte sie erst einmal eine Bestandsaufnahme. Sie wusste, dass sie ihr Projekt nicht aufgeben konnte. Orisa war viel zu wertvoll und wurde dringend benötigt, um den Frieden wiederherzustellen. Efi musste sich aber eingestehen, dass es einen Fehler in Orisas Code gab. Der Roboter zeigte einfach zu viel Umsicht. Und ihr Mitgefühl bewirkte, dass sie oft falsche Entscheidungen traf. Vielleicht konnte Efi ja ähnliche Zwischenfälle wie den im Supermarkt, den auf der Fußgängerbrücke und den heutigen auf der Straße verhindern, indem sie diesen Teil des Roboters deaktivierte.

Das schien eine naheliegende Lösung zu sein, aber Efi war nicht davon überzeugt. Erst dieses Mitgefühl machte Orisa wirklich aus. Hatte Efi das Recht, so etwas für sie zu entscheiden?

Efi war sich bewusst, dass sie ihren Eltern einiges abverlangte. Was wäre, wenn die beiden die Möglichkeit hätten, Efis Persönlichkeit nach Lust und Laune zu verändern? Würden sie einen Teil von Efi einfach löschen, wenn ihre Tochter schlechte Laune hatte oder jammerte, nur damit sie sie besser ertragen konnten?

Efi erschauderte. Es wäre falsch, Orisas Mitgefühl abzuschalten, aber wenn sie es nicht tat, riskierte sie, dass der Roboter für immer heruntergefahren wurde, und das durfte auf keinen Fall passieren.

Mit zitternden Fingern gab Efi die Sequenz ein, mit der das Empathiemodul gelöscht wurde.

»Es wird überhaupt nicht wehtun«, versicherte sie Orisa und wischte sich die Tränen aus den Augen.

»Efi, die biometrischen Anzeigen lassen erkennen, dass du unter großem Stress stehst.« Orisa breitete die Arme aus, um Efi zu umarmen. »Brauchst du eine ...«

Efi drückte die Eingabetaste. Der Roboter ließ die Arme sinken, sah ansonsten jedoch unverändert aus. Alle anderen Systeme waren voll funktionstüchtig.

Das Löschen des Empathiemoduls hatte dem Roboter in keiner Weise geschadet, was man von Efi nicht behaupten konnte.

Sie litt sehr darunter.

# HollaGram

**BotBuilder11** baut Roboter, um die Welt zu retten.

FANS **1785**

HOLOVID-ABSCHRIFT

Automatisch generiert von TranscriptMinder XL Version 5.410

**Abschied ist niemals leicht**

Ich habe heute einen Teil von Orisas Persönlichkeitskern deaktiviert. Das ist mir nicht leichtgefallen, aber es musste sein. In diesem Holovid möchte ich vorerst nicht mehr darüber sagen, daher zeige ich euch lieber einen Clip der schönen Zeit, die wir zusammen hatten.

REAKTIONEN

**♥ 1253 👏 301 📢 231**

***KOMMENTARE (335)***

**BotBuilder11 (Admin)** Hey, @BackwardsSalamander, ich habe schon länger nichts mehr von dir gehört. Wurden deine Probleme durch das Firmware-Update gelöst?

**BackwardsSalamander** Sei gegrüßt. Hier ist der Mensch, der als BackwardsSalamander bekannt ist. Alles wurde zur vollsten Zufriedenheit geregelt. Ich werde ganz bestimmt nicht von Penelope als Geisel gehalten. Mach dir keine Sorgen, falls du eine Weile nichts von mir hörst. Alles ist ganz normal!

**BotBuilder11 (Admin)** Das freut mich. Tut mir leid, dass ich so abgelenkt war. Hoffentlich ist bald wieder alles beim Alten.

**NaadeForPrez** Ich weiß, dass wir eigentlich nicht miteinander reden, aber das ist wirklich übel. Tut mir echt leid, Efi.

*Weiterlesen ...*

# KAPITEL 12

Am nächsten Morgen waren Efis Augen rot und verquollen. Sie hatte sich in den Schlaf geweint, war jedoch davon überzeugt, das Richtige getan zu haben. Das Projekt würde wie geplant weitergehen. Mit umnebeltem Kopf taumelte sie in die Werkstatt und setzte sich an den Computer, weil sie schnellstmöglich herausfinden wollte, wie viel sie dank der App für verteilte Systeme verdient hatte. Zehntausend Naira. Das war mehr als erwartet, aber noch lange nicht genug, um einen Unterschied zu machen. Es war jedoch besser als nichts, daher machte sie trotzdem ein kleines Freudentänzchen und drehte sich zu Orisa um, damit sie mit ihr diesen kleinen Sieg feierte, nur um sich dann daran zu erinnern, dass die Tanzfunktionen des Roboters an ihr Empathiemodul gekoppelt waren. Efi fragte sich, inwiefern Orisas Verhalten noch davon beeinflusst sein würde, hatte jedoch keine Zeit, um länger darüber nachzudenken. Stattdessen rieb sie sich die müden Augen und starrte zu Orisas Ruheplatz hinüber.

Er war leer.

Sie blinzelte mehrmals, aber es lag nicht an ihrer morgendlichen Benommenheit oder dem Schlafmangel, die ihrem Gehirn zusetzten. Orisa war nicht mehr da.

Efi jaulte laut auf. Ihre Eltern mussten den Roboter im Laufe der Nacht weggeschafft haben. Dabei hatten sie doch behauptet, es wäre Efis Entscheidung! Und sie hatte eine Entscheidung getroffen! Welches Recht hatten ihre Eltern, ihr Orisa wegzunehmen?

Schon stürmte Efi durch den Flur und klopfte an die Schlafzimmertür ihrer Eltern. »Wo habt ihr meinen Roboter hingebracht?«

Sie hämmerte fast eine Minute lang dagegen, bis ihr Vater endlich aufmachte. »Hast du jetzt sämtliche guten Manieren vergessen?«, fragte er mit vom Schlafen noch ganz kleinen Augen. Möglicherweise war er aber auch wütend. »Wie spät ist es?«

»Wo habt ihr Orisa hingebracht?«, jammerte Efi. »Ihr habt sie mir weggenommen, das ist nicht fair!«

»Wir haben deinen Roboter nicht angerührt«, erwiderte ihr Vater ernst. »Wir haben wie gesagt darauf vertraut, dass du dich darum kümmerst, aber so langsam bekomme ich den Eindruck, dass wir uns da geirrt haben.«

»Könnte Tantchen Yewande ...«

»Bezichtigst du deine Tante des Diebstahls?«

»Nein, Papi, ich dachte nur ...«

»Vermutlich ist dein Roboter einfach nur weggelaufen. Du solltest sie lieber suchen gehen, bevor sie noch mehr Schaden anrichtet.«

Orisa neigte dazu, nicht auf sie zu hören. Efi nickte und konnte nur hoffen, dass ihr Vater recht hatte. Sie würde Orisas Positionssignal anpingen, um herauszufinden, wohin sie gegangen war. Efi rannte zurück in ihre Werkstatt, um die Positions-App zu laden, wurde dort jedoch von unzähligen Benachrichtigungen empfangen, die wild auf dem Bildschirm blinkten.

Sie öffnete die FacePunch-App und sah sich die Live-Feeds an. Doomfist stand auf dem Dach des Numbani Heritage Museums. Einer der Feeds stammte von einer Flugdrohne, die ihn umkreiste. Wäre da nicht sein gewaltiger Handschuh gewesen, der nun mattgrau aussah, hätte Efi ihn für einen ganz gewöhnlichen Museumsbesucher halten können, der gut genug für eine Gala gekleidet war. Mit seiner Nadelstreifenhose und dem weißen Jackett mit einer Rose im Knopfloch sah er sehr schick aus. So, wie er dastand – mit der Kraft eines großen Kriegers und dem Feinschliff eines gerissenen Anführers –, bedauerte es Efi umso mehr, dass er nicht Numbanis Beschützer war, sondern den schrecklichen Pfad von Talon eingeschlagen hatte.

Der falsche Frieden kam zu einem abrupten Ende, als Doomfist vom Dach sprang und die Faust in den Betonboden vor dem Museum rammte. Die gewaltige Treppe, die zum Eingang führte, brach daraufhin zusammen, und die Glastüren zersplitterten. Doomfist und seine Männer betraten das Gebäude.

Die Drohne flog weiter nach unten und wollte ihnen folgen, aber einer der Männer holte sie mit seinem Raketenwerfer aus der Luft. Der Feed wurde schwarz. Es gab natürlich noch andere, aber keiner war nahe genug, um erkennen zu können, was im Gebäude passierte.

Efi schlug das Herz bis zum Hals. Die Ausstellungsstücke des Museums waren unersetzlich: unbezahlbare historische Artefakte, die Omnic-Kunstausstellung und eine begehbare Repräsentation der Präsenz von Overwatch in Numbani. Es wäre ein schrecklicher Schlag für die Stadt, wenn das alles verlorenginge. Efi war derart besorgt, dass sie beinahe vergaß, nach Orisa zu suchen.

Sie rief das Positionssignal auf und stellte fest, dass es sich in hoher Geschwindigkeit den Tiawo Boulevard entlangbewegte. Efi schüttelte den Kopf, als der blaue Punkt auf die Heritage Avenue einbog … die Straße, die direkt zum Museum führte. Das konnte doch nicht sein! Ihr Innerstes schien zu Eis zu gefrieren, als sie sich ausmalte, was Doomfist mit Orisas Titanchassis anstellen würde, das er sie wie Papier durchtrennen konnte, genau wie er es bei den OR15 am Flughafen getan hatte. Orisa war bei Weitem nicht gut genug ausgebildet und hatte auch keinen Tobelstein-Reaktor, um sich einem derart übermächtigen Feind stellen zu können. Sie verfügte ja nicht einmal über durchschlagskräftige Waffen.

Efi schickte ihrem Roboter eine Nachricht, in der sie verlangte, dass er sofort umkehrte und sich in Sicherheit brachte. Sie bekam keine Antwort. Dann erschien eine Nachricht auf Efis Bildschirm:

Feind gesichtet. Direkt voraus.

Er wird dich zerstören! Komm bitte zurück.

Kampfsimulationen lassen auf hohe
Wahrscheinlichkeit für einen Sieg schließen.

Hör auf mich, Orisa. Du bist noch nicht bereit dazu,
dich Doomfist zu stellen. Komm nach Hause.
Ich hab dich lieb.

Empathiemodul reagiert nicht.

Danach brach die Verbindung ab, und auch das Positionssignal verschwand vom Bildschirm. Efi tippte wie wild weiter, und Tränen tropften auf die Tastatur. Bisher war sie besorgt und ängstlich gewesen, aber nun fühlte sie sich verraten und wurde wütend. Wie hatte sie nur einen so ungehorsamen Roboter programmieren können? Einen, der nicht auf sie hörte, der sich rausschlich und in Gefahr brachte?

Zwar konnte sie Orisas Position nicht mehr orten, aber sie wusste, wohin sie unterwegs war. Efi schnappte sich ihr Tablet und rannte aus der Werkstatt.

»Und? Hast du sie gefunden?«, rief ihr Vater aus der Küche, wo er sich noch im Halbschlaf eine Kanne Tee kochte. Es würde nicht mehr lange dauern, bis er die Morgennachrichten aufrief und das Chaos am Museum sah. Danach würde er Efi verbieten, das Haus zu verlassen, und Orisa wäre ganz auf sich allein gestellt.

Efi biss sich auf die Unterlippe. Sie wollte ihren Vater nicht anlügen, konnte ihm aber auch nicht die Wahrheit sagen.

»Ja!«, antwortete sie und gab sich die größte Mühe, so fröhlich wie immer zu klingen.

»Du solltest sie wirklich besser im Auge behalten. Wer weiß, welchen Ärger sie als Nächstes macht.«

»Ja, Vater«, sagte Efi und schloss die Tür hinter sich, bevor er ihr noch eine Frage stellte, der sie nicht so leicht ausweichen konnte.

Efi hatte gerade mal einen Block zurückgelegt, als sie merkte, dass der Verkehr zum Erliegen gekommen war. Selbst die S-Bahnen standen still. Verkehrspolizisten versuchten, zu Fuß durchzukommen. Ein schneller Blick auf ihr Tablet bestätigte ihr, dass jedes fahrerlose oder von einem Omnic gesteuerte Fahrzeug in der Gegend deaktiviert worden war. Das musste auf Doomfists Angriff zurückzuführen sein.

Aber etwas bewegte sich noch in der Stadt: Hoch über ihrem Kopf sausten mehrere Lieferdrohnen mit Netzen voller Paketen hinweg. Zufälligerweise waren diese Netze groß genug, um Platz für ein abenteuerlustiges, fast zwölfjähriges Mädchen zu bieten, wenn es sich ganz klein machte. Efi schluckte schwer. Sie musste unbedingt zu Orisa, und das war der einzige Weg. Wenn sie in Reichweite von Orisas lokalem Transponder war, konnte sie sie vielleicht noch aufhalten, bevor jemand verletzt wurde.

Efi tippte auf der Tastatur herum und suchte auf der Website von SkyPostal. Sie entdeckte mehrere leere Lieferdrohnen in ihrer Gegend und forderte eine Drohne für eine Blitzlieferung an, die ein großes Paket von etwa dreißig Kilo befördern konnte … was in etwa ihrem Gewicht entsprach. Sofort ging eine der Lieferdrohnen in den Sinkflug über. Efi verzog das Gesicht und quetschte sich in das Netz, um sich dann panisch daran festzuklammern. Das Ganze kam ihr jetzt doch wie eine schlechte Idee vor, aber hatte sie nicht schon immer mal mit einem Flugzeug fliegen wollen? Dies war im Grunde genommen nichts anderes, abgesehen davon, dass es keine Snacks gab, keinen Film während des Flugs, keine Flugüberwachung, keinen Sicherheitsgurt …

Numbani wurde unter ihr kleiner, als die Drohne weiter nach oben stieg, und Efi drehte sich bei einem schwungvollen Wendemanöver der Magen um. Sie landete am Seiteneingang des Botanischen Gartens, der zum Museum gehörte, schlich hinein und eilte zwischen den ausgestellten einheimischen Pflanzen von Numbani hindurch. Ihre Nase kribbelte vom Duft eines blühenden Trompetenbaums, und Efi kämpfte gegen den Niesanfall an, da die Talon-Agenten sie nicht hören durften. Die Wände waren bedeckt mit Masken, Töpferwaren und zeremoniellen Schwertern, die hinter Glas und in sanftem Licht ausgestellt wurden. Efi duckte sich unter dem roten Seil hindurch und betrat einen abgesperrten Bereich, in dem das lebensgroße Diorama die Unterzeichnung der Einheitserklärung auf einer Insel mitten im Raum darstellte. Als sie an der Wachsfigur von Gabrielle Adawe vorbeirannte, lief es ihr eiskalt den Rücken herunter. Überall hingen Schilder mit dem Aufdruck »Die Ausstellungsstücke bitte nicht berühren«, aber Efi konnte nicht anders und musste mit den Fingern einfach über Adawes Unterschrift streichen, die als holografische Tinte über dem Dokument schwebte.

Auf einmal hörte sie Schritte auf dem Flur. Efi stand reglos da und versuchte, mit den Wachsfiguren zu verschmelzen, als ein Talon-Agent mit einer Waffe in der Hand, die zwar nach unten zeigte, aber schnell einsatzbereit war, den Raum durchquerte. Der Talon-Agent trug den typischen roten Helm und war so eindeutig zu erkennen. Efi schluckte schwer, und der Nieser, den sie die ganze Zeit zurückzuhalten versuchte, drohte sich jetzt Bahn zu brechen. Endlich hörte das Jucken auf, und auch der Agent verschwand, so dass Efi freie Bahn in die Hauptausstellungshalle hatte, wo sie die Stimmen von Doomfist und seinen Leuten hören konnte. Sie schlich hinein und versteckte sich hinter einem großen Übertopf aus Messing nur wenige Meter entfernt von Doomfist, der auf die Holoprojektion seines Handschuhs blickte.

»So viele Ungenauigkeiten.« Er lachte auf. »Für ein Lehrinstitut haben sie sich erstaunlich wenig Mühe mit korrekten Details gegeben. Da fragt man sich doch, was sie noch alles falsch gemacht haben, nicht wahr? Dieser Ort ist nichts weiter als eine sorgfältig verwaltete Propagandamaschine.« Er starrte mit verkniffener Miene die riesigen Banner an der Wand an. »Der Retter. Der Verwüster. Der Nachfolger. Ha! Wenn sie etwas besser auf das geachtet hätten, was direkt vor ihrer Nase passiert, dann wüssten sie, dass ich in Wahrheit ihr Retter bin.«

»Sie, Boss«, sagte eine Stimme, die Efi nur zu gut kannte. Sie kniff die Augen zusammen, um das Gesicht des Mannes trotz der dicken Farbschicht darauf erkennen zu können, und schluckte schwer.

»Bisi«, murmelte sie. Dayos großer Bruder. Ihr ältester Cousin. Sie hatte gewusst, dass er sich mit schlimmen Leuten abgab, hätte jedoch nicht einmal im Traum gedacht, er könnte in Talons Fänge geraten sein.

Efi drehte sich um, als sie laute Schritte hinter sich hörte. Und da war Orisa; sie stand im Türrahmen und füllte ihn fast vollständig aus. Sie war Efi so nah und hätte nur die Hand ausstrecken müssen, um sie zu berühren.

»Orisa!«, flüsterte Efi aus ihrem Versteck. »Bitte geh da nicht rein.« Der Roboter drehte sich zu ihr um und schien sie zu erkennen – da war sogar so etwas wie Mitgefühl hinter den schräg stehenden Augen, doch dann wurden diese zu zornigen Schlitzen. Orisa scharrte mit den Hinterbeinen und stürmte in den Ausstellungssaal. Nur Sekunden später entbrannte ein Schusswechsel zwischen ihr und Doomfists Leuten.

Efi schluckte schwer. Gut, Orisa hatte ein Energieschild und war robust genug, um einen heftigen Angriff zu überstehen, aber ihre Offensivfunktionen waren ohne Fusionskanone und Tobelstein-Reaktor stark eingeschränkt. Es war nur eine Frage der Zeit, bis Doomfist Orisa besiegte.

Vorerst hielt sie jedoch gegen Doomfists Männer stand. Doomfist hob seine Faust, mit der er die OR15 am Flughafen besiegt hatte. Sein Handschuh summte, als er sich auflud, und dann schoss Doomfist so schnell vor, dass Efi es kaum mitbekam. Orisa richtete ihre Faust auf den Boden, und eine Kugel blitzte daraus hervor und bildete eine Barriere aus blauem Licht. Doomfist prallte dagegen, doch die Barriere absorbierte den Aufprall. Davon ließ sich Doomfist allerdings nicht beirren.

»Feuert auf den Schild«, befahl er seinen Leuten. »Schaltet ihn aus!«

Die anderen traten vor und eröffneten das Feuer. Gnadenlos trafen die Geschosse auf den Schild und beschädigten ihn immer mehr. Zu guter Letzt brach er zusammen, denn Orisas Energiereserven waren aufgebraucht, und sie stand schutzlos da.

Doomfist lächelte.

»Hoffentlich hat dir das Mädchen mehr als nur eine neue Farbschicht verpasst«, sagte er und hob erneut seine Faust.

Orisa blickte langsam auf und sah ihn an.

Efi konnte nur hoffen, dass Doomfist einen seiner wichtigtuerischen Monologe abliefern und Orisa dadurch Zeit zum Aufladen gewähren würde, aber er stürmte ohne ein weiteres Wort auf den Roboter zu. Diesmal sprang er in die Luft und schlug mit ganzer Kraft auf den Boden, wodurch Orisa nach hinten geschleudert wurde.

Sie knallte gegen eine Säule, die unter dem Aufprall Risse bekam. Orisas Systeme fuhren sich summend und jaulend herunter. Das Licht für ihre Hilfsenergie leuchtete noch, was bedeutete, dass sie nur eine Minute für einen Reboot benötigen würde. Aber Efi befürchtete, dass ihr Roboter noch so einen Treffer nicht überstehen würde.

Efi rannte aus ihrem Versteck. »Halt!«, rief sie Doomfist zu und baute sich zwischen seine angriffsbereite Faust und ihrem Roboter auf.

Doomfist musterte Efi und lachte laut los. »Verschwinde, bevor du noch verletzt wirst, Kind.«

»Sie machen alles kaputt. Jemand muss sich Ihnen in den Weg stellen. Und genau das mache ich. Ich habe keine Angst. Ich werde nicht zulassen, dass Sie meine Stadt zerstören!«

»Dass ich Numbani zerstöre? Warum sollte ich so etwas tun?« Doomfist kicherte und schien sich köstlich zu amüsieren. »Pass mal auf, Kind. Ich bin kein Monster. Numbani ist weltweit führend, was die Bildung und den Handel betrifft. Ebenso die Biometrik. Die Nanotechnologie. Dieser Stadt ist Großes bestimmt. Sie braucht nur ein bisschen Chaos, um das Beste aus ihr herauszuholen.«

Efi schüttelte den Kopf. »Numbani ist so großartig, weil die Menschen und Omnics in Harmonie leben.«

Doomfist öffnete die Faust und veränderte seine Haltung. Er zog die Schultern leicht nach vorn, lockerte die verspannte Halsmuskulatur, und die Falten auf seiner Stirn verschwanden. Die Wirkung war bemerkenswert – plötzlich wirkte er weniger bedrohlich und schien die Last der Superwaffe an seiner Hand sogar zu spüren. »Das stimmt«, sagte er leise. »Aber diese Harmonie hat es den Schwachen ermöglicht, inmitten der Starken zu gedeihen. Stell dir nur vor, wie viel größer diese Stadt sein könnte, wenn wir unsere Zeit und Ressourcen nicht für jene vergeuden, die ohnehin nicht mit Leuten wie uns mithalten können. Ich bin ein großer Fan deiner Arbeit. Aber ich habe gesehen, wie sich diese Stadt, diese *Welt* mit ihren technologischen Errungenschaften zufriedengibt. Nur durch Konflikt entwickeln wir uns weiter.«

Er beugte sich vor, bis sie sich Auge in Auge gegenüberstanden. »Aber das weißt du längst, nicht wahr, Efi? Oder soll ich dich lieber BotBuilder11 nennen?«

Efi schluckte schwer, denn damit hatte er sie überrascht. Doomfist wusste, wer sie war? Doch das war unwichtig. Sie schüttelte den Gedanken ab und starrte ihn wütend an. »Das Einzige, was ich wissen muss, ist, wie ich Sie aufhalten kann. Und genau das wird Orisa tun.«

Doomfist lachte laut. »Ich bewundere deine Selbstsicherheit, auch wenn sie arg fehlgeleitet ist.«

»Das würden Sie anders sehen, wenn Sie wüssten, wozu mein Roboter in der Lage ist. Sie haben die OR15 zerstört, aber ich habe einen besseren gebaut.«

»Das mag sein, aber er ist nicht gut genug«, erwiderte er. »Allerdings ist Talon immer auf der Suche nach neuen Talenten, mögen sie auch noch so jung sein.«

Efi starrte ihren Cousin Bisi an, dessen Miene ausdruckslos blieb. Ihre letzte Begegnung war zwar über ein Jahr her, aber so sehr hatte sie sich in der Zeit nicht verändert. Er musste sie doch erkennen. Oder lag ihm nichts mehr an ihr? Vielleicht schämte er sich aber auch für die Gesellschaft, in der er sich aufhielt?

Efi nahm es Doomfist übel, dass er daran beteiligt war, ihr und ihrer Familie Bisi wegzunehmen. »Talon versucht, uns auseinanderzubringen, aber gemeinsam sind die Einwohner von Numbani schon jetzt viel stärker, als Sie jemals sein werden.«

Doomfist runzelte die Stirn und hob die Hand mit der Kanone. Er richtete sie auf Orisa, aber Efi trat vor sie.

»Dann müssen Sie mich auch erschießen«, erklärte Efi. »Sie behaupten, kein Monster zu sein. Beweisen Sie es! Nehmen Sie Ihre Leute und verschwinden Sie von hier.«

»Du willst dich mir nicht in den Weg stellen.« Doomfist richtete seine Handkanone direkt auf Efi. Er sprang in die Luft und wollte schon angreifen, aber im letztmöglichen Moment hörte Efi, dass ihr Roboter wieder hochfuhr.

Orisa lag noch immer am Boden, schaffte es jedoch, eine große grüne Kugel in den Raum zu schießen, von der Doomfists Männer einer nach dem anderen angezogen wurden. Eine Gravitonladung? Aber wie? Noch sollte Orisa doch gar nicht dazu in der Lage sein. Die Talon-Agenten prallten mit solcher Gewalt gegen die Mauer, dass sie alle das Bewusstsein verloren. Doomfist entging dem Impuls nur um Haaresbreite und zielte erneut auf Orisa. Jeglicher Hauch von Freundlichkeit war aus seinem Gesicht verschwunden. Nun gab es darin nichts als Zorn.

Orisa aktivierte wieder ihren Schild, diesmal jedoch so, dass Efi sicher dadurch geschützt wurde.

Der Schild hielt, als Doomfist ihn mit Geschossen attackierte. Efi spürte die Hitze, die von dem Schild ausging, es fühlte sich an, als würde sie in der Nähe eines Ofens stehen, was aber nicht wirklich unangenehm war. Immer mehr Schüsse prallten gegen den Schild, aber Efi war zuversichtlich, dass die Barriere halten würde, jedenfalls lange genug, bis sie Verstärkung gerufen hatte. Efi arbeitete sich durch den Code, den Doomfist benutzt hatte, um die Fahrzeuge in Numbani zu deaktivieren. Nach kurzer Zeit hörte sie endlich Sirenen in der Ferne, die lauter wurden. Ihr Code hatte funktioniert. Hilfe war unterwegs, und Orisas Gravitonladung würde gleich wieder einsatzbereit sein. Zwar schien Orisa kaum noch Energie zu haben, aber es würden reichen, um der Gerechtigkeit Genüge zu tun.

Doomfist stellte das Feuer ein und rief seine Leute zu sich – jedenfalls die, die noch laufen konnten.

Bevor er ging, warf er Efi einen letzten Blick zu. »Du solltest dich über die Geschichte schlaumachen, Kleine, denn ich kann dir versprechen, dass sie sich bald wiederholen wird.« Dann war er mit seinen Leuten verschwunden, darunter auch Bisi – sie gingen durch dieselbe Lücke hinaus, die sie in die Museumswand gesprengt hatten. Efi konnte es noch immer nicht fassen, dass ihr Cousin nun zu Talon gehörte. Irgendwie schmerzte sie das mehr als der ganze Unsinn, den Doomfist zu ihr gesagt hatte.

Efi holte tief Luft und betrachtete Orisa von Kopf bis Fuß, um den Schaden in Augenschein zu nehmen. Ihr Roboter führte bereits eine Selbstdiagnose durch, und es machte den Anschein, als wäre so gut wie jedes System beschädigt worden. Efi kämpfte gegen die Tränen an und konzentrierte sich darauf, eine Robotikerin zu sein und die Maschine zu sehen, die repariert werden musste, und nicht etwa eine schwer verwundete Freundin. Die beiden Vorderbeine funktionierten nicht mehr, und die Brustplatte hatte einen Riss. Dennoch hatte Orisa Doomfist mehr entgegenzusetzen gehabt als die OR15 am Flughafen. Das hier war bloß ein Rückschlag. Efi würde ihren Roboter wieder aufbauen und dafür sorgen, dass er dann stärker, schneller und besser war.

»Was ist das?«, fragte Efi und deutete auf das Gerät an Orisas Arm. Es bestand aus nicht zueinanderpassenden Teilen und glich einem Flickwerk aus Metall und Drähten. Dann entdeckte sie das Junkertown-Graffiti an der Seite und schnitt eine Grimasse. Es war von der Gemeinde aus Sonderlingen gefertigt worden, die auf dem Landrest lebten, der von Australien übrig geblieben war, nachdem dort der Fusionskern eines Omniumwerks hochgegangen war.

»Ein Gravitonreaktor«, sagte Orisa langsam und leicht trällernd. »Er war erforderlich, um einen taktischen Vorteil zu erlangen.«

»Korrekt, aber das hätte meine Sorge sein sollen, nicht deine. Das ist Junker-Technologie. Sie ist vermutlich verstrahlt und könnte irgendwann einfach so explodieren. Wir müssen ihn zurückschicken, sobald wir wieder zu Hause sind. Und warum hast du dein Remote-Interface deaktiviert und dich meinen Befehlen widersetzt?«

»Doomfist ist der Feind. Du hast gesagt, wir müssen ihn um jeden Preis aufhalten.«

»Das stimmt, aber ich hätte das vielleicht anders ausdrücken sollen. Es gibt noch andere Faktoren, die du berücksichtigen musst. Außerdem sollten wir zuerst dein Training beenden und … Woher hattest du überhaupt das Geld, um den Reaktor zu bezahlen?«

»Ich habe deine App für verteilte Systeme über meine Prozessoren laufen lassen. Das war die logischste und effizienteste Lösung, um Geld für den Reaktor zu beschaffen.«

»Deine Prozessoren?«, wiederholte Efi. Sie hatte sich lange genug zusammengerissen, um sich Doomfist entgegenzustellen, aber inzwischen konnte sie sich kaum noch auf den Beinen halten. »Warst du deshalb so abgelenkt? Du hast dich in Gefahr gebracht. Die halbe Stadt zerstört. Du hast mehr Chaos angerichtet als Doomfist!« Efi biss sich auf die Unterlippe. Den letzten Satz hätte sie am liebsten zurückgenommen, aber Orisa musste auch verstehen, dass sie etwas falsch gemacht hatte, damit sie sich nicht wieder so verletzte. »Du kannst nicht einfach sorglos durch die Stadt laufen, ohne auf deine Sicherheit zu achten. Weißt du überhaupt, was ich mir für Sorgen gemacht habe, als du auf einmal nicht mehr da warst? Beim nächsten Mal, falls es denn ein nächstes Mal gibt, werde ich …«

Efi hielt inne und schluckte schwer. Sie sah sich im Museum um und bemerkte die Risse und Brandspuren am Boden und die Einschusslöcher in den Wänden. Sie alle hätten Efis Ende bedeuten können. Sie hatte ihren Eltern getrotzt und ein hohes Risiko auf sich genommen. Efi mochte sich gar nicht ausmalen, was für Sorgen die beiden sich gemacht hatten. Aber sie rief sie trotzdem an und wurde nicht etwa angeschrien, nein, ihre Eltern weinten, und die Tränen ihrer Mutter tropften das ganze Tablet voll. Sie riet Efi, sich ein Versteck zu suchen und dortzubleiben, und sie sagte, dass sie sich sofort auf den Weg machen würden.

Sobald Efi aufgelegt hatte, kam sie dem Rat ihrer Eltern nach. Doomfist hatte sich zwar als stärker als sie erwiesen, aber wenigstens waren die wichtigsten Ausstellungsstücke nicht beschädigt worden. Während Efi sich zwischen den kostbaren Schätzen von Numbani versteckte, fragte sie sich unwillkürlich, was Doomfist damit gemeint hatte, dass sich die Geschichte wiederholen würde. Was plante er?

*Das Chaos.* Er wollte das Chaos. Und welchen besseren Weg gab es, für Chaos zu sorgen, als Numbani in eine Omnic-Krise zu stürzen? Doomfist versuchte, einen Keil zwischen die Menschen und die Omnics zu treiben, indem er durch zahlreiche kleine Fehlfunktionen Misstrauen säte, die letzten Endes etwas Bedeutsameres herbeiführen würden. Da Efi nun wusste, was Doomfist vorhatte, musste sie ihn aufhalten.

Die Minuten kamen ihr wie Stunden vor, doch schon bald wimmelte es im Museum von Polizisten, und Reporter schwärmten wie Geier vor der Tür herum und wollten jeder als Erster einen Kommentar von Efi. Endlich trafen auch Efis Eltern ein und wurden ins Gebäude geführt, wo sie sich in einem der hinteren Räume mit ihrer Tochter trafen. Efi zuckte zusammen, als ihr Vater den Mund aufmachte, um mit ihr zu schimpfen, aber genau in diesem Augenblick platzte eine der Reporterinnen herein.

Sie zeigte ihnen einen holografischen grünen Presseausweis, der einige Sekunden lang in der Luft schwebte und sich dann auflöste. »Bethany Steele von *Atlas News*«, stellte sich die Omnic-Reporterin vor und wandte sich dabei an Efis Eltern. Efi staunte Bauklötze. Sie hatte geglaubt, es wären nur Lokalmedien vor Ort. Doch das war ein internationaler Nachrichtensender! »Sie müssen die stolzen Eltern dieser jungen Heldin von Numbani sein.«

»Ich … öhm …« Ihr Vater rang nach Worten. Efi hatte ihn noch nie so gesehen. Er war schließlich daran gewöhnt, vor Hunderten von Menschen zu sprechen. »Ja. Ja, das sind wir.«

»Gabrielle Adawe wäre bestimmt auch sehr stolz gewesen«, fuhr die Reporterin fort. »Ganz Numbani hat Ihre Tochter in Aktion gesehen, wie sie einige der kostbarsten Artefakte der Stadt gerettet hat. Dürfen wir vielleicht kurz mit Efi sprechen?«

Efis Mutter schaute sich um und stellte fest, dass ihnen eine ganze Gruppe gefolgt war, und die Aufregung ließ sie aufmerken. »Vom Tag ihrer Geburt an war unsere Tochter alles für uns«, sagte Efis Mutter, während sie ihren Gele auf dem Kopf richtete und sich so hinstellte, dass sie direkt vor der Kamera der Reporterin stand. »Es ist uns eine große Freude, ihre Brillanz mit der Welt zu teilen …«

Sie sprach noch eine Weile davon, dass der ganze Planet von Efis Errungenschaften und somit gewissermaßen auch von denen ihrer Eltern profitieren sollte. Efi seufzte erleichtert auf. Offenbar bewahrte der plötzliche Ruhm sie vor dem Zorn ihrer Eltern, jedenfalls vorerst.

# HollaGram

**BotBuilder11** baut Roboter, um die Welt zu retten.

**FANS** 3585

HOLOVID-ABSCHRIFT

Automatisch generiert von TranscriptMinder XL Version 5.410

**Ich bin in den Nachrichten!**

Der heutige Tag war KRASS! Aber ich war in den Nachrichten. Seht euch diesen Clip an:

»Ich hatte keine Angst vor Doomfist, weil ich mich nicht länger fürchten werde. Er ist auf Angst aus, aber die gönne ich ihm nicht. Er kann unsere Gebäude zerstören. Den Verkehr zum Stillstand bringen. Aber er kann uns nicht das nehmen, was uns zu Bürgern von Numbani macht. Er kann uns unsere Einheit nicht nehmen, wenn wir es nicht zulassen. Und das werde ich nicht.
Der Einheitstag wurde wegen seines Angriffs auf unsere Stadt abgesagt, aber wir dürfen nicht zulassen, dass das so weitergeht. Wir werden uns unsere Einheit zurückholen. Und zwar auf der Stelle!«

REAKTIONEN

♥ 1253 👏 301 📢 231

***KOMMENTARE (335)***

**Dayo** @BotBuilder11: Wir sollten das Stück für den Einheitstag aufführen, auch wenn es dafür eigentlich zu spät ist. Was denkst du?

**BotBuilder11 (Admin)** Gute Idee! Und wir können Eintrittskarten verkaufen, um Geld für die Opfer aller Talon-Angriffe zu sammeln!

**Lúcio (verifiziert)** Du machst die Welt zu einem besseren Ort, Efi. Glaub an dich!

**BotBuilder11 (Admin)** Muss kurz hyperventilieren. BRB.

**Dayo** Efi!

**BotBuilder11 (Admin)** Ich weiß!!!

*Weiterlesen ...*

# KAPITEL 13

Efi konnte es noch immer nicht fassen, dass Lúcio – DER LÚCIO – ihr Holovid kommentiert hatte. Ihr war, als würde sie seitdem einige Zentimeter über dem Fußboden schweben. Sie hatte den Kommentar gleich ausgedruckt, gerahmt und neben ihr Bett gehängt. Eine laminierte Version steckte auch noch in ihrer Schultasche. Außerdem hatte sie ihn auf eine Schale für ihre Lúcio-Oh's drucken lassen, die jedoch erst in einigen Tagen geliefert werden würde.

So glücklich sie auch war, konnte sie den Schreck dennoch nicht abschütteln, den sie beim Anblick ihres Cousins gespürt hatte. Bisi arbeitete mit Doomfist zusammen. Wie hatte jemand mit derart viel Potenzial und einer so rosigen Zukunft eine so schreckliche Entscheidung treffen können? Efi brauchte jemanden, mit dem sie darüber reden konnte, um diese Gefühle zu verarbeiten – dass ihr Tag sowohl einen epischen Höhepunkt als auch einen heftigen Tiefpunkt enthalten hatte, doch die beiden Freunde, denen sie am nächsten stand … die Einzigen, die verstanden, was sie durchmachte … hatte sie vor den Kopf gestoßen.

Efi dachte an das, was Orisa im Supermarkt gesagt hatte, dass man Wiedergutmachung leisten musste, wenn man jemanden verletzt hatte. Sie wusste, dass sie ihren Freunden wehgetan hatte. In jenem Moment hatte sie jedes Wort für gerechtfertigt gehalten, aber im Nachhinein war ihr aufgegangen, wie schlimm und falsch ihre Worte gewesen waren. Es wurde Zeit, sich zu entschuldigen.

Als Efi am nächsten Tag zur Schule ging, hatte sie einen Plan. Doch schon beim Betreten des Gebäudes hatte es sich damit erledigt. Wo auch immer sie hinging, wurde sie von Schülern umringt, die sie fragten, wie sie sich beim Kampf gegen Doomfist gefühlt hatte und was das für ein Roboter war. Einige wollten sogar ein Autogramm, als ob sie ein Star wäre! Efi war überaus stolz, vor allem, da alle anfangs solche Zweifel in Bezug auf Orisa gehabt hatten, aber sie war auch nervös ... Orisa hatte noch immer Probleme, die sie beheben musste. Sie wich den Fragen aus und versuchte, sich einen Weg zu ihren Freunden zu bahnen, aber sie kam nicht nahe genug an Hassana und Naade heran, um sich zu entschuldigen. Sobald die beiden sahen, wie sie mit ihren Fans im Schlepptau näher kam, verschwanden sie um die nächste Ecke.

In der Mittagspause hielt sich Efi das Tablet vors Gesicht und rannte in die Bücherei, um dort auszuharren, bis die anderen schon am Essen waren. An diesem Tag gab es geschmorte Bohnen, daher saßen die meisten mit gesenkten Köpfen da und schaufelten sich die vollen Löffel in den Mund.

Efi setzte sich Naade und Hassana gegenüber an den Tisch.

»Ich komme mit Entschuldigungsgeschenken«, sagte sie und stellte eine Extraportion Bohnen neben Naades Teller und einen Früchtebecher neben Hassanas. »Es tut mir sehr leid, dass ich mich so in dieses Projekt vertieft habe. Ich war sehr gestresst, aber das hätte ich nicht an euch auslassen dürfen.«

Naade blickte sie zaghaft durch die Wimpern an, aber Hassana war nicht so leicht zu besänftigen.

»Du bist …« Naade zuckte zusammen und blickte ruckartig auf seinen Teller – wahrscheinlich hatte er unter dem Tisch einen Tritt gegen das Schienbein bekommen. »Sie hat sich entschuldigt«, raunte er Hassana aus dem Mundwinkel zu.

»Wenn es ihr *wirklich* leidtäte«, Hassana sah Naade in die Augen und tat so, als wäre Efi überhaupt nicht da, »dann hätte sie unsere Namen mal erwähnt. Sie war jetzt schon mehrmals in den Nachrichten! Jeder weiß, was sie für ein Genie ist und wie tapfer sie war, aber von Tag eins an sind wir an ihrer Seite gewesen. Wir waren ebenfalls am Flughafen. Sie hat uns gebraucht, damit wir die Drecksarbeit machen, aber sobald es Zeit ist, die Lorbeeren einzustreichen, steht sie ganz weit vorne. Und das jedes Mal!«

Efi keuchte auf und wich ein Stück zurück. Hassanas Worte taten weh, aber sie entsprachen der Wahrheit. Efi hatte nie die Gelegenheit genutzt, ihren Freunden öffentlich die verdiente Anerkennung zu zollen, und ein Früchtebecher konnte das noch lange nicht wiedergutmachen. Tja, dann würde Efi eben auf der Stelle ein öffentliches Statement abgeben, um dafür zu sorgen, dass die Leistung ihrer Freunde ebenso gewürdigt wurde.

Schon kletterte sie auf den Tisch. »Hört mal alle her. Ich möchte darauf hinweisen, dass meine beiden besten Freunde Hassana und Naade ihren Teil zum Bau von Orisa beigetragen haben, dem Roboter, der Doomfist vertrieben hat.«

Hassana blickte verlegen zu Efi auf. »Komm da runter. Der Rektor ist schon unterwegs!«

Efi warf einen Blick in Richtung der Verwaltungsbüros und

sah, dass Mr Egwe auf sie zukam, wobei seine schweren Metallfüße laut auf dem Linoleumfußboden klangen. Efi wusste, dass er mit Absicht so ging, weil er ursprünglich als Bibliothekar entworfen worden war und seine Funktionalität auf die dafür erforderliche Ruhe und Diskretion ausgelegt war. Nun versuchte er, laut und einschüchternd aufzutreten, aber Efi wollte nicht von ihrem erhöhten Standpunkt herunterklettern, von dem aus sie die ganze Cafeteria überblicken konnte.

»Ihr habt mir auf den Fluren gratuliert«, fuhr sie fort, »und ich unterhalte mich gern mit jedem von euch, aber ihr müsst auch meinen besten Freunden danken, wenn ihr ihnen begegnet. Denn sie haben ebenso großen Anteil daran wie ich.«

»Miss Oladele«, sagte der Rektor. »Bitte kommen Sie von diesem Tisch herunter, wenn Sie nicht mit disziplinarischen Maßnahmen rechnen wollen.«

Efi stand ganz still, und ihre bisher makellose schulische Laufbahn flackerte vor ihrem inneren Auge auf. Aber nein, das hier war ebenso wichtig. Ihre Freunde hatten ihr treu zur Seite gestanden, und nun musste sie dasselbe für sie tun.

Also sprach sie weiter. »Hassana ist der kreative Geist und für Orisas neuen Look verantwortlich. Alles, was an diesem Roboter schön und anmutig ist, haben wir nur ihr zu verdanken. Sie hat aus Orisa ein Kunstwerk gemacht. Und Naade … Ihr hättet das Chassis des OR15 sehen sollen, als wir es bekommen haben. Es war total verbeult und verbogen und kaum zu erkennen. Naade hat jedes Metallstück bearbeitet, bis es wieder robust und glatt war. Ohne ihn wäre Orisa im Kampf zerbröselt. Sie sind beide ebenfalls Helden und sollten auch gefeiert werden.«

»Miss Oladele«, wiederholte der Rektor, jetzt jedoch deutlich eindringlicher. »Bitte kommen Sie von diesem Tisch herunter und folgen Sie mir in mein Büro.«

Efi hatte das Büro des Rektors schon häufiger betreten: als sie zum zwanzigsten Mal hintereinander auf der Liste der besten Schüler gestanden und eine Auszeichnung erhalten hatte sowie nach jeder Präsentation auf der Wissenschaftsmesse mit Ausnahme des Jahrs, in dem sich der Gravitationszwischenfall ereignet hatte. Daher kannte sie den Rektor recht gut. Dass er die Stirn runzelte, war jedoch neu für sie – dabei handelte es sich um Metallanhängsel, die aus seinem chromfarbenen kuppelförmigen Kopf herausragten. Jeder Omnic-Rektor besaß dieses besondere Merkmal, und es wirkte auch bei Efi. Sie trat vom Tisch herunter, doch jetzt fingen alle in der Cafeteria an, ihre Namen zu rufen. Efi. Hassana. Naade.

Das entlockte Efi ein Lächeln, auch wenn sie wusste, dass ihr Tag nun sehr viel schlimmer werden würde.

***

»Nachsitzen!«, schimpfte Efis Mutter und beäugte ihre Tochter, als hätte sie ein Alien vor sich. »Nachsitzen!«

Das war das einzige Wort, das sie zu Efi gesagt hatte, seitdem diese nach Hause gekommen war. So enttäuscht hatte Efi ihre Mutter noch nie gesehen. Selbst nachdem sie sich aus dem Haus geschlichen hatte, um gegen die Bösen zu kämpfen, waren in Efi nicht derartige Schuldgefühle hochgekommen. Diesmal steckte sie richtig in Schwierigkeiten. In *gewaltigen* Schwierigkeiten. Ihre Mutter hatte so eine Art, mit Worten umzugehen, und sie betonte bei jeder Wiederholung eine andere Silbe, so dass Efi zwischen den Zeilen lesen musste, um zu erkennen, was sie ihr sagen wollte.

»Nachsitzen.« *Meine Tochter hat sich vor dem Rektor danebenbenommen, und das nachdem ich sie so viele Jahre gelehrt habe, Älteren und ihrer Gemeinde Respekt zu erweisen.*

»Aber Mama, ich …«

»Nachsitzen?« *Hättest du damit nicht bis nach der Schule warten können? Jetzt hast du dir dein makelloses Zeugnis ruiniert.*

»Ich musste es tun, Mama, weil …«

»Nachsitzen!« *Deine Taten werden Konsequenzen nach sich ziehen.*

Efi wusste, dass sie sich schnell etwas einfallen lassen musste, um ihre Mutter zu beruhigen. Sie fing mit Strafen an, die sie sich auferlegen konnte. »Ich werde mein Zimmer aufräumen. Ich putze das ganze Haus! Alles wird blitzblank sein.«

Ihre Mutter schüttelte nur betrübt den Kopf. »Nachsitzen …«

So kam sie nicht weiter. Efi beschloss, noch etwas draufzulegen. »Ich werde eine Woche lang kein Holovid posten, nein, einen Monat. Solange es eben dauert, dein Vertrauen zurückzugewinnen.«

Ihre Mutter seufzte. »Nachsitzen. Nachsitzen.«

*Schon besser*, dachte Efi. Ihre Mutter wirkte etwas besänftigt. Efi musste ein großes Opfer bringen, und sie wusste genau, was von ihr erwartet wurde. »Keine Werkstatt für eine Woche. Und auch keine Roboter. Ich werde … mich einfach mit Menschen umgeben. Dayo und ich wollten sowieso an dem Stück arbeiten. Ich werde einfach Zeit beim Schauspielklub verbringen. Dann bin ich aus dem Haus, finde neue Freunde …«

»Efi«, sagte ihre Mutter. Endlich! Ein anderes Wort. »Du solltest dich besser am Riemen reißen. Ich habe dich nicht zur Welt gebracht, um dann vor Sorge um dich umzukommen. Du musst anfangen, für deine Taten geradezustehen. Ich weiß wirklich nicht, was in letzter Zeit mit dir los ist.«

Ihre Mutter setzte sich neben Efi aufs Bett. »Dein Vater und ich, wir haben immer mit einem gewissen Chaos durch deine Erfindungen gerechnet. Das gehört dazu, wenn die eigene Tochter ein Genie ist. Aber mit diesem Roboter gerätst du in immer größere Schwierigkeiten.«

»Mama, ich …«

»Und damit meine ich nicht die Sache im Supermarkt, die Brücke oder das andere Chaos, das du verursacht hast, Efi. Dieser Roboter hat dich in eine Konfrontation mit einem *Terroristen* geführt. Du hättest sterben können. Wir hätten dich verlieren können. Du bist ein außergewöhnlicher Mensch, aber all das macht auf mich den Anschein, als wäre es für ein Kind langsam zu viel.«

Efi biss sich auf die Unterlippe. Sie konnte dieses Wort nicht leiden, aber ihre Mutter hatte recht, und das wusste Efi. Sie hätte Orisa nicht zum Museum folgen dürfen, aber sie hatte einfach nicht anders gekonnt. Ihr Körper setzte sich bereits in Bewegung, bevor ihr Geist die logischen Funktionen ihres Gehirns aktivieren konnte. Erst nach Ende der Auseinandersetzung war ihr bewusstgeworden, was sie da getan hatte. Aber selbst dann hatte sie es noch nicht über sich gebracht, Buße zu tun. Numbani brauchte einen Helden, und Orisa sollte diese Heldin sein. Sie wurde zu einer Fackel der Hoffnung für die Einwohner von Numbani, damit sie vereint gegen Doomfist vorgingen.

»Du weißt, was dein Vater und ich über Orisa denken. Und du

weißt, was wir nach dem Zwischenfall im Museum besprochen haben – sie muss sich aus Gefahren raushalten.« Die Lippen ihrer Mutter zitterten kurz, und sie nahm Efis Hand. »*Du* musst dich aus Gefahren raushalten. Keine Risiken mehr. Versprich mir, dass du beim nächsten Mal nachdenkst, bevor du etwas unternimmst.«

»Ich verspreche es, Mami.«

Ihre Mutter seufzte ein weiteres Mal und verließ Efis Zimmer. »Nachsitzen, nachsitzen«, hörte Efi sie im Flur noch murmeln. Sobald die Luft rein war, schickte sie Hassana eine Nachricht.

Alles wieder gut?

Ja. Ist deine Mom sauer?

Sehr. Aber es war die Sache wert.

Efi hatte ihre Freunde zurück, aber nun musste sie Orisa ins Exil schicken, und das war dem Roboter gegenüber nicht fair. Sie hatte Hassana und Naade gebeten, in der Werkstatt vorbeizukommen und letzte Hand bei den Reparaturen anzulegen, und danach sollten sie mit Orisa trainieren, während Efi mit dem Stück beschäftigt war. Naade konnte zudem taktische Verbesserungen vornehmen, auch wenn seine ganze Kampferfahrung nur aus Actionfilmen und Videospielen stammte.

Eine Woche wäre schnell vorbei. Jedenfalls hoffte Efi das.

# HollaGram

**BotBuilder11** macht Pause.

**FANS** **3894**

HOLOVID-ABSCHRIFT

Automatisch generiert von TranscriptMinder XL Version 5.410

**Anklicken, um verrückte Holovids zu sehen!**

Habt ihr ein bisschen Zeit? Dann guckt euch dieses Holovid an. Sooo viele irre Holovids. Sichert euer Konto jetzt und seht sie euch gratis an.
Kostenlos für Omnics! Kostenlos für Menschen! Kostenlos für alle!
Bitte gebt die Kreditkarteninformationen ein. Es entstehen keine Kosten. Hier klicken für MAXIMALEN SPASS!!!

REAKTIONEN

♥ 4 👏 1 📢 0

***KOMMENTARE (5)***

**NaadeForPrez** Efi? Alles in Ordnung?

**BotBuilder11 (Admin)** ER.kokwpwjem099 Dieser 5-Sekunden-Trick kann verhindern, dass Schuldeneintreiber Ihre Wohnung ausräumen! HIER klicken und ansehen!

**NaadeForPrez** Ich glaube, du wurdest gehackt!

*Weiterlesen ...*

# KAPITEL 14

Aufgeregtes Geplapper hallte durch das Theater, begleitet vom Klappern von Holz und Klirren von Metall. Das Set für das Einheitsstück wurde aus dem Lager geholt und zusammengebaut. Als Efi hereinkam, sah sie schon Jokés finstere Miene, die auf ihr Tablet und dann erneut zur Bühne blickte. Die Requisiten, die sie unter großem Zeitaufwand gebastelt hatten, würden endlich genutzt werden, aber wer immer sie weggeräumt hatte, war dabei nicht gerade vorsichtig gewesen, und jetzt war alles krumm und schief.

Efi vermutete, dass dies einer der Nachteile war, wenn man Abfall zum Bau von Requisiten benutzte: Die Teile schienen ihre ursprüngliche Form wieder annehmen zu wollen.

»Hey, Sam. Wir müssen die Skyline nachmalen. Dayo, überprüf die Lampen, ob alle funktionieren.« Joké drehte sich zu Efi um. »Oh, hey! Bist du hier, um zu helfen?«

»Auf jeden Fall«, antwortete Efi. »Was soll ich tun?«

»Hmmm. Wie wäre es, wenn du die Kostüme bügelst?«, fragte Joké. »Ich kann dir leider keine andere Aufgabe übertragen. Ich habe den Job schon drei anderen gegeben, aber sie kamen immer nach fünf Minuten wieder angetrabt und sagten, es wäre etwas Wichtiges dazwischengekommen und sie könnten es doch nicht machen.«

Efi grinste Joké an. »Ich möchte mich auf jede nur mögliche Weise nützlich machen. Wenn du jemanden zum Bügeln brauchst, dann bekommst du die glattesten Kostüme, die dieses Theater je gesehen hat.«

»Wow. Das nenne ich mal Enthusiasmus«, kommentierte Joké amüsiert. »Die Truhe mit den Kostümen steht gleich da vorn.«

Efi nickte und konnte nur hoffen, dass sie nicht *zu* viel Enthusiasmus an den Tag gelegt hatte.

»Sam!«, schrie Joké und legte dabei die Hände an den Mund. »Leg das hin, bevor noch was kaputtgeht. Wir können es uns nicht erlauben, noch mehr Requisiten zu zerstören!«

Efi blickte auf und sah Sam, der sich den Doomfist-Handschuh angezogen hatte und damit zum Spaß die Bühnenarbeiter bedrohte, die ihn jedoch völlig ignorierten. »Hey, Joké, hast du schon mal überlegt, aus dem Stück ein Rap-Battle zu machen? Das könnte die Sache etwas aufpeppen.«

»Ich würde es den Zuschauern lieber ersparen, dieses besondere Talent von dir erleben zu müssen«, knurrte Joké. »Und jetzt mach dich an die Arbeit, bevor ich dich noch umbesetze und Omnic Nummer vier spielen lasse.«

Sam verzog das Gesicht. »Meinst du den, der von den Talon-Agenten verprügelt wird?«

Joké warf ihm einen vielsagenden Blick zu.

»Ist ja schon gut.« Mit diesen Worten lief Sam zu den Farbeimern, die vor der Skyline aus Sperrholz bereitstanden.

Efi ging zu der Truhe, holte die Kostüme heraus und legte sie auf den Boden. Die meisten sahen noch ganz gut aus, aber einige waren nach der kurzen Zeit, die sie verstaut gewesen waren, ganz zerknittert. Efi aktivierte den Bügelstab, der ein warmes orangefarbenes Licht abgab, doch bevor sie auch nur die erste Falte damit wegwedeln konnte, kam Naade mit Orisa im Schlepptau ins Theater gestürzt.

»Efi!«, rief er völlig aufgebracht und wedelte wie ein kleines Kind mit den Armen. »Efi, ich brauche deine Hilfe!«

Efi schaute sich peinlich berührt um. Naade sollte Orisa während Efis selbst auferlegter Roboterauszeit ein paar Kampftaktiken beibringen, aber jetzt beschämte er Efi vor ihren neuen Freunden. Dabei war bisher alles so gut gelaufen, und nun musterten die Schüler sie wieder, als würde sie nicht wirklich zu ihnen gehören. Sie entschuldigte sich und ging Naade durch den Gang entgegen.

»Naade«, raunte Efi ihm zu, »kann das nicht warten? Ich bin beschäftigt.« Efi warf ihrem Roboter einen peinlich berührten Blick zu, um sich zu vergewissern, dass alles in Ordnung war, aber sie sah nicht zu lange hin. Schließlich wusste sie, dass sie Ärger bekommen würde, wenn ihre Mutter herausfand, dass sie ihr Versprechen gebrochen und doch mit Orisa gearbeitet hatte.

»Es kann nicht warten. Irgendetwas stimmt nicht mit ihr«, beharrte Naade. »Ich habe ihr gezeigt, wie sie ihr Hartlicht-Lasso nutzen kann, um kleine Objekte zu ergreifen. Damit sie Verletzten Medikits wegnehmen kann und so …«

»Das ist ja furchtbar.« Efis Miene verfinsterte sich.

»Aber das ist auch egal, weil Orisa sich geweigert hat, das zu tun. Sie sagte, es stünde im Widerspruch zu ihrer Programmierung, weil sie die Schwachen beschützen und fair und gerecht bleiben müsse. Aber ich wollte ihr begreiflich machen, dass sie da was falsch versteht. Ich habe ihr erklärt, dass Doomfist nicht fair spielt. Er will für Chaos sorgen und würde nicht davor zurückschrecken, jeden zu verletzen, der sich ihm in den Weg stellt. Doch sie wollte es einfach nicht verstehen, darum zeigte ich ihr …« Naade sprach die letzten Worte so undeutlich aus, dass Efi sie nicht verstand.

»Was hast du ihr gezeigt?«, hakte sie nach.

»Die Aufnahmen vom Angriff auf den Flughafen.«

»Naade!«, schimpfte Efi. Auf einmal raste ihr Herz, weil sie sich an diese Bilder erinnerte. Sie schüttelte den Kopf. Orisa hätte das nicht sehen dürfen. Sie war noch zu jung dafür. Zu leicht zu beeindrucken. Efi drehte sich zu Joké um. Sie wollte ihre neue Freundin nicht enttäuschen, aber diese Sache hier war zu wichtig.

»Hey, mir ist was Wichtiges dazwischengekommen, aber ich bügle die Kostüme später, versprochen!«, teilte sie Joké mit. Joké warf die Hände in die Luft, da sie schon zum vierten Mal niemanden mehr zum Bügeln hatte, kümmerte sich aber gleich wieder um ihre anderen Aufgaben.

Efi startete eine Diagnose, und während sie auf das Ergebnis wartete, konzentrierte sie sich wieder auf die Bühne. Es gab einige Unruhe, als Sam an der Skyline von Numbani nach ganz oben kletterte.

»Seht mal alle her!« Sam reckte seinen Doomfist-Handschuh in die Luft. Dann setzte er zu einem Freestyle-Rap darüber an, wie er mit seiner Faust alle anderen zertrümmern würde, so wie ein Recycler eine Limodose zerquetschte. Joké schüttelte den Kopf.

»Wow, er ist wirklich grauenhaft«, murmelte Efi vor sich hin. Sie drehte sich wieder zu Orisa um, aber anstelle der offenen Diagnosetafel des Roboters sah sie den gezückten Hartlicht-Werfer vor sich.

»Feind gesichtet. Gehe zum Angriff über«, meldete Orisa und stürmte mit gezogenen Waffen durch den Gang auf Sam zu.

»Orisa, nicht! Das ist nicht …«

Orisa feuerte die Hartlicht-Projektile ab, und ein Stakkato aus lauten *Plopps* hallte durch das Theater. Dabei zielte sie perfekt und traf Sam am Kopf. Der Aufprall des Geschosses würde zwar höchstens einen blauen Fleck hinterlassen, aber er reichte aus, dass Sam hoch oben auf der Skyline von Numbani den Halt verlor und viereinhalb Meter weiter unten hart auf dem Boden aufkam.

Er schrie vor Schmerzen. Efi versuchte, nicht hinzusehen, aber als sie es doch tat, sah sie, dass sein Bein auf eine Art und Weise verdreht war, auf die ein Bein nicht verdreht sein sollte. Sie wandte sich ab und starrte Orisa an.

»Gefahr neutralisiert«, erklärte Orisa stolz und schien auf Efis Lob zu warten.

»Orisa.« Efis Stimme klang ganz schrill. »Du hast jemanden verletzt. Du hast meinem Freund wehgetan.«

»Negativ, Efi. Ich habe Doomfist besiegt. Du hast mich gelehrt, dass er unser Feind ist.«

»Das war nicht Doomfist. Du hast einen Fehler gemacht.«

*Ich habe einen Fehler gemacht,* dachte Efi.

Die Schulkrankenschwester kam angerannt, dicht gefolgt von zwei Omnic-Sanitätern. Efi beobachtete, wie sie Sams Bein stabilisierten, ihn auf eine frei schwebende Trage legten und durch den ansteigenden Mittelgang hinausbrachten. Joké und die anderen besorgten Schauspielschüler liefen ihnen hinterher.

Efi blieb mit Orisa, Dayo und Naade zurück.

»Es tut mir leid. Es tut mir leid. Es tut mir leid«, wiederholte Naade immer wieder, der die ganze Zeit auf und ab lief. »Ich hätte ihr dieses Video nicht zeigen dürfen. Das hat sie ganz durcheinandergebracht.«

»Das ist nicht deine Schuld, sondern meine«, sagte Efi. »Sie ist meine Schöpfung, und Sam wurde meinetwegen verletzt.«

»Es war ein bescheuerter Unfall«, schaltete sich Dayo ein. »Außerdem hat ihn Joké noch gewarnt, dass er nicht rumalbern soll.«

Efi schüttelte den Kopf. »Das ist unwichtig. Meine … meine Mutter hatte recht. Diese Sache wächst mir über den Kopf. Immer, wenn ich versuche, ihre Programmierung anzupassen, mache ich alles nur noch schlimmer. Ich kann Orisa nirgendwohin mitnehmen. Sie stellt für jeden eine Gefahr dar.« Efi schnürte es die Kehle zu. Sie hätte auf ihre Tante hören und ihren Roboter deaktivieren sollen, bevor etwas Schlimmes passierte. Tja, dafür war es jetzt zu spät, aber Efi konnte dafür sorgen, dass Orisa nie wieder jemandem wehtun würde.

***

*Der Königspalast war abgebrannt und dadurch schöner geworden.* Das hatte ihr Großvater ihr bei mehr als einer Gelegenheit gesagt. Er hatte den schlimmsten Teil der Omnic-Krise miterlebt und an der Front als Sanitäter gearbeitet. Selbst als ihm die Geschosse um die Ohren flogen und gewaltige Omnic-Konstrukte ihn zu zertrampeln drohten, war es ihm noch irgendwie gelungen, in der Welt etwas Schönes zu sehen. Ganze Gebäude waren eingestürzt und brannten, trotzdem klammerte er sich an das Gute, während um ihn herum alles schlimmer wurde. Er wusste, wofür er kämpfte … *Für dich, Schatz,* hatte er zu Efi gesagt.

*Aber ich war da noch gar nicht geboren, Baba Nla,* hatte Efi erwiderte, wann immer er ihr das erzählte.

*Du verstehst noch nicht, wie die Liebe funktioniert,* hatte er sie dann stets mit mitfühlendem Lächeln ermahnt. *Sobald sie vorhanden ist, hat sie schon immer existiert. Und sie wird es für immer und bis in alle Ewigkeit tun.*

Efi musste an das denken, was ihr Großvater damals gesagt hatte. Sie liebte ihren Roboter. Es war noch nicht einmal einen ganzen Monat her, dass Orisa zum ersten Mal online gegangen war, doch Efi konnte sich nicht daran erinnern, jemals so erfüllt gewesen zu sein. Sie konnte sich auch nicht vorstellen, dass es eine Zeit geben könnte, in der sie ihren Roboter nicht lieben würde. Trotzdem wusste sie, was sie tun musste.

Sobald sie wieder in der Werkstatt waren, machte Efi eine Bestandsaufnahme – sie hatte alles geopfert, nur um an diesem Tiefpunkt anzukommen. Ihr geliebtes Werkzeugset war fort. Ihre Computer arbeiteten nicht mehr richtig. Ihr Fördergeld für die nächsten neun Monate war bereits verplant, weil sie für all die Schäden aufkommen musste, die Orisa trotz ihrer guten Absichten bewirkt hatte. Alles, was ihr neben einigen halb zusammengebauten Junies blieb, waren Orisas Ladestelle und der Roboter selbst.

»Orisa«, sagte Efi ernst und führte ihren Roboter an seinen Platz. »Ich dachte, ich könnte eine Heldin erschaffen, um Numbani zu schützen, aber da habe ich vielleicht zu hoch gegriffen.«

Orisa legte den Kopf schief und ließ die schrägen Augen kreisrund werden. »Dein Gesicht leckt wieder, Efi. Benötigst du Hilfe?«

Efi schüttelte den Kopf. »Nein, Orisa. Es geht mir gut.«

Sie öffnete die Zugangstafel an Orisas Chassis und gab den Code für die Deaktivierung ein. Auf dem winzigen Bildschirm erschienen grüne Buchstaben:

**DEAKTIVIERE OR15-EINHEIT**

Zum Bestätigen Ja klicken.

»Ich bin noch nicht bereit, deaktiviert zu werden, Efi«, sagte Orisa. »Ich habe einen Fehler gemacht, aber ich bin durchaus in der Lage, aus meinen Fehlern zu lernen.«

»Ich hab dich lieb, Orisa. Und es tut mir leid.«

»Ich lerne noch!«, rief Orisa. »Ich lerne …«

Efi drückte auf JA.

Die goldenen Augen des Roboters wurden grau. Orisa sackte nach vorn, als das Jaulen ihrer Prozessoren verhallte und ihr Antrieb heruntergefahren wurde. Efi hatte sich geirrt, als sie davon ausgegangen war, ihr Roboter würde nie wieder jemandem wehtun, denn einen schlimmeren Schmerz als in diesem Augenblick hatte sie nie empfunden.

*DEAKTIVIERUNGSSEQUENZ INITIALISIERE*

...

...

...

SETZE ANTRIEBSPROTOKOLLE ZURÜCK

...

TRENNE VERBINDUNGEN DER SENSORISCHEN ALGORITHMEN

...

BRECHE BIOMETRISCHEN ZUGANG AB

...

ARCHIVIERE PERSÖNLICHKEITSMATRIX
efi_was_here_v3-39x.aipm

...

DEAKTIVIERE ZUGANG ZU SELBSTNEUSTART

...

DEINTEGRIERE INTELLIGENZMODULE

...

DEAKTIVIERUNGSSEQUENZ ABGESCHLOS-
SEN

...

...

...

*OR15-EINHEIT OFFLINE*

# KAPITEL 15

Okay, ich habe *Flash Brighton und die Omnic-Kreuzritter: Vierundvierzig Stunden bis Mitternacht* bisher erst elfmal gesehen«, sagte Naade und stopfte sich eine Handvoll Popcorn in den Mund, »daher werde ich bestimmt noch etwas Neues entdecken. Ich verstehe beispielsweise noch immer nicht, warum Flash die Werwolfwelpen im Stich lässt, um sich auf die Suche nach dem Mörder seines Bruders zu machen, wo er sie doch einfach in die Zeitmaschine werfen und mitnehmen könnte.«

»Hey, Spoileralarm!«, beschwerte sich Efi und stieß Naade einen Ellbogen in die Seite. »Wie kommt es, dass du den Film schon elfmal gesehen hast? Er läuft doch erst seit einer Woche.«

»Er ist einfach so gut, Efi. Einer von Kam Kalus besten Filmen aller Zeiten.«

»Besser als die Darkspire-Prequels?«, hakte Hassana nach.

»*Nichts* ist besser als die Darkspire-Prequels«, erklärte Naade. »Das ist kein fairer Vergleich. Zugegeben, in beiden Filmen gibt es tolle Unterwasserkampfszenen, und ich habe gehört, für das Rennen auf dem Mond wären dieselben Aufnahmen verwendet worden, aber wenn es um Flashs Fähigkeit geht, den Verstand seiner Feinde zu kontrollieren …«

Efi steckte sich die Finger in die Ohren. »Naade! Können wir uns den Film nicht ansehen, ohne dass du vorher alles verrätst?«

»Okay! Ich sage kein Wort mehr. Aber bitte mich nicht, als Übersetzer einzuspringen, wenn Flash und Doc Clamfire anfangen, die alte Mer-Sprache der verlorenen Stadt Manta zu sprechen.«

Grinsend lehnte sich Efi im Kinosessel zurück. Das waren die nervigen Dinge, an die sie sich gewöhnen konnte: zu viel Salz im Popcorn, ein Freund, der im Kino zu viel redete, noch dazu während eines Films, der dreimal so schlimm zu werden versprach, wie die Trailer vermuten ließen.

Efis Uhr summte, und Naades Nummer erschien auf dem Display. »Die Frau des Seepferdchens ist die Mörderin«, schrieb er. Efi riss die Augen auf und warf mit einem aufgepoppten Maiskorn nach Naade. Es traf ihn mitten auf der Stirn.

»War nur Spaß!«, meinte er. »War nur Spaß! Sie kann es gar nicht gewesen sein. Nicht nach der Szene, in der sie von Agenten der Dagger-Sekte gefangen genommen und in den Partikelbeschleuniger geworfen wurde.«

Efi biss sich auf die Unterlippe und verdrehte die Augen. Endlich fing der Film an. Filme mit Kam Kalu waren im Allgemeinen nichts für sie, da ihr die Kampfszenen zu sehr in die Länge gezogen waren, während die Dialoge zu lyrisch klangen. Die Bilder waren jedoch atemberaubend, und es tat gut, die Gedanken schweifen und sich in der Welt versinken zu lassen.

Dann klingelte ihre Uhr ein weiteres Mal. UNBEKANNT, stand auf dem Display, und es schien eine internationale Nummer zu sein. Sie stellte den Ton ab, widmete sich wieder dem

Film und warf in der zehnminütigen Zwischensequenz, in der Flash auf einem Friedhof, auf dem der Geist seines Collegeprofessors umging, das Mundharmonikaspielen lernte, mit Popcorn nach der Leinwand. Naade flüsterte Efi zu, dass der Teil noch weitere zwölf Minuten dauern würde und dies eine gute Gelegenheit wäre, um auf die Toilette zu gehe. Efi lehnte ab, aber Naade verschwand wie erwartet, da er zwei riesige Becher Orangenlimonade ausgetrunken hatte. Kaum war Naade weg, klingelte Efis Uhr wieder, es war dieselbe Nummer. Seltsam. Die Vorwahl kam ihr irgendwie bekannt vor. Auf einmal fiel ihr ein, dass es dieselbe war wie die des Hotels in Rio, in dem sie beinahe gewohnt hätten.

Das war doch nicht etwa …

Das konnte doch nicht …

Sie ging sofort ran, mitten im vollen Kino, und flüsterte, während Flash versuchte, den Geist mit einem Bulldozer zu überfahren. »Hallo?«

»Efi Oladele?«, fragte eine Stimme.

»Ja …«

»Hey! Hier ist Lúcio. Ich rufe an, um dir zu sagen, wie sehr ich deine Arbeit und deinen Einsatz für deine Gemeinde bewundere.«

»Jetzt komm schon, Naade. Das ist nicht witzig«, sagte Efi in ihre Uhr. Sie war seine Streiche langsam leid. Vor nicht mal zehn Minuten hatte er die Schokolade aus einem seiner Funny Duds gesaugt und ihn ihr angeboten. Dummerweise hatte sie nicht aufgepasst, weil es so dunkel im Kino war, und ihn genommen, und … Sie wollte lieber nicht darüber sprechen. Und jetzt tat er am Telefon so, als wäre er Lúcio?

»Was ist nicht witzig?«, fragte Naade und ließ sich wieder auf den Sessel neben sie sinken.

»Igitt. Hast du dir überhaupt die Hände gewaschen?«, wollte Hassana wissen.

Naade wischte mit den nassen Händen über Hassanas Arm, die daraufhin laut losschrie. Alle anderen Kinobesucher machten sofort »Psssst!«. Aber wenn Naade ihr keinen Streich spielte, dann …

»Lúcio?«, flüsterte sie in ihre Uhr. »*Der* Lúcio?«

»Wie er leibt und lebt.«

Efi war sich nicht sicher, wann genau sie zu schreien angefangen hatte, aber als die Platzanweiser kamen und sie baten, das Kino zu verlassen, ging sie bereitwillig mit, und Hassana und Naade begleiteten sie. Sie war sich ziemlich sicher, beiläufig gehört zu haben, wie ihr jemand Hausverbot für dieses Kino erteilte, aber Efi war zu sehr damit beschäftigt, den Feed von ihrer Uhr aufs Tablet zu übertragen, damit die anderen auch etwas sehen konnten. Lúcio saß in seinem Studio, dessen Wände kreuz und quer mit Konzertpostern tapeziert war, während eine Platinauszeichnung als Untersetzer für ein riesiges Glas diente, in dem etwa ein Dutzend Limettenscheiben schwammen, und im Hintergrund ein ganzes Bücherregal voller Statuen seines Glücksbaumfrosches in allen Formen und Größen zu sehen war.

»Lúcio«, sagte Efi stolz. »Das sind meine Freunde Hassana und Naade. Ohne sie hätte ich das alles nicht geschafft.«

»Hi, Hassana. Hey, Naade. Jeder Freund von Efi ist auch mein Freund. Ich habe mitverfolgt, wie du Orisa entwickelt hast, und von deinem Stück zum Einheitstag gelesen, mit dem du da drüben in Numbani Spendengelder sammeln möchtest, und ich würde dir gern helfen.«

»Du möchtest eine Eintrittskarte kaufen?«, fragte Efi. »Wir könnten dir sogar einen Platz in der ersten Reihe besorgen, nur für dich. Vielleicht sogar die ganze erste Reihe. Oder das ganze Theater.«

»Nein, ich dachte dabei nicht an eine Eintrittskarte. Ich habe mir überlegt, dass eine größere Halle den Verkauf doch ankurbeln müsste. Was sagst du zur Unity Plaza? Ich könnte im Anschluss an das Stück auftreten und Numbani mit ein paar Beats erfreuen. Was hältst du davon?«

Efi blinzelte. »Unity Plaza. Das ist so …«

»Großartig! Wunderbar! Perfekt!«, rief Naade enthusiastisch.

»Ja, das auch.« Efi nickte. »Aber ich wollte eigentlich sagen: *groß*.« Ein Stück vor achthundert Personen aufzuführen war eine Sache, aber die Unity Plaza diente als Bühne für die größten Open Airs in Numbani. Ein Stück für fünfzehntausend Zuschauer auf die Beine zu stellen, war etwas ganz anderes.

»Ich kümmere mich um alles. Mach dir deswegen keinen Kopf«, sagte Lúcio. »Wir hängen überall in der Stadt Poster auf und sorgen dafür, dass jedermann davon erfährt. Vielleicht könnten wir dein Gesicht ja auch mit drauf drucken.«

»Ich liebe dich, Lúcio!«, brüllte Hassana und schnappte sich das Tablet, da sie nicht länger cool bleiben konnte. »Ich habe all deine Alben, eine zerbrochene Schnalle von einem deiner alten Skates und einige deiner Barthaare, die ich auf Fanzilla Prime kaufen konnte!«

»Ha, deine Freunde sind echt witzig«, meinte Lúcio zu Efi.

»Ich lasse meine Leute deine Leute anrufen, damit die Sache in Bewegung kommt. Okay?«

»Ja …«, murmelte Efi, die noch immer ganz benommen war. Hatte sie überhaupt Leute? Und wie kam es, dass sie nicht längst in Ohnmacht gefallen war? »Klingt super.«

*Bleib cool. Bleib cool.* Efi spürte, wie die Aufregung durch sie hindurchtoste, von den Zehenspitzen hinauf über die Knie, ihren Magen in Aufruhr versetzte und ihre Lunge mit genug Luft füllte, um den schrillsten Schrei ausstoßen zu können, den die Welt je gehört hatte. Den musste sie aber noch ein bisschen in sich behalten.

»Lúcio hat meinen Namen ausgesprochen«, sagte Naade eher zu sich selbst. »Jetzt kann ich mir nie wieder die Ohren waschen.«

»Eine Sache noch«, sagte Lúcio, aber statt den Satz zu beenden, wackelte er mit den Schultern, so dass seine dicken Zöpfe hin und her schwangen, als würde er zu einem Beat tanzen, den nur er hören konnte. Er wandte sich summend und beatboxend von der Kamera ab und seinen Turntables zu. »Spürst du den Beat? Anscheinend geht ein Teil deiner Kreativität und deines Erfindergeists auf mich über. Bring ja deinen Roboter mit zum Konzert. Orisa heißt er, nicht wahr?«

»Ich … das kann ich nicht.« Mit einem Mal zog sich Efis Magen zusammen. Sie konnte Orisa nicht mitbringen. Efi hatte den Roboter deaktiviert, und es war für alle am besten, wenn das auch so blieb. Doch sie konnte Lúcio auch keine Bitte abschlagen. »Ich kann es nicht erwarten, dass du sie kennenlernst«, sagte sie dann.

»Schön, dass wir auf derselben Wellenlänge sind. Wir müssen

allen zeigen, dass Menschen wie du und ich in der Welt etwas bewirken können. Wir hören uns nächste Woche!«

Lúcio beendete das Gespräch, doch die Freude, die Efi eben noch empfunden hatte, war einer schrecklichen Furcht gewichen. Sie konnte Orisa nicht wieder aktivieren. Nicht nach dem, was mit Sam passiert war.

»Seine Stimme war so … so …«, sagte Naade und drückte sich seine riesige Popcorntüte an die Brust.

»Er gibt hier ein Konzert? Hier in Numbani!«, kreischte Hassana. »Was soll ich bloß anziehen?«

»Oh, und ich will unbedingt dabei sein, wenn du es Dayo erzählst«, bat Naade Efi. »Er wird ausflippen.«

»Wir werden so viel Geld für die Opfer des Angriffs sammeln«, sagte Hassana. »Und wir können das Museum wieder aufbauen! Und die Adawe-Statue reparieren, ein paar Bänke aufstellen, Blumenbeete anlegen und …«

»Ich kann das nicht machen«, fiel Efi ihr ins Wort.

Hassana und Naade hielten in ihrem Tanz inne und starrten Efi an. »Du kannst was nicht tun?«, fragte Hassana. »Lúcio hat gesagt, er wird sich um alles kümmern.«

»Ich kann Orisa nicht mitbringen.«

»Du musst! Das ist Teil des Deals!«, erklärte Naade.

»Ihr versteht das nicht. Sie ist eine Gefahr, erst recht in einer solchen Umgebung. Es gibt zu viele Variablen. Was ist, wenn sie durch das Doomfist-Kostüm erneut getriggert wird? Der nachgemachte Handschuh hat schon ausgereicht, damit sie Sam angreift!«

»Dann bringst du sie eben in Ordnung«, erwiderte Naade. »Du merzt doch immer alle Fehler aus, Efi.«

Auf einmal fielen ihr die Worte ihrer Tante wieder ein. *Bugs sind gut und schön, wenn sie bedeuten, dass ein fünfzig Zentimeter großer Roboter gegen eine Wand prallt. Aber sie gehen nicht in Ordnung, wenn ein zwei Tonnen schwerer Roboter seine Faust in den Kühlergrill eines brandneuen Steppe Wanderers bohrt!*

»Wir werden dir helfen.« Hassana stieß sie aufmunternd an.

»So einfach ist das nicht. Als ich Orisa deaktiviert habe, war das nicht so wie beim Ausschalten einer Maschine. Ich habe einen Teil von mir selbst dabei deaktiviert. Und das möchte ich nie wieder erleben müssen.«

Efi verließ das Kino, ohne sich noch einmal umzudrehen.

***

Irgendwann merkte Efi, dass sie die mathematische Gleichung jetzt schon ganze zehn Minuten lang anstarrte. Sie konnte sich nicht konzentrieren, wenn Orisa sie beim Lernen mit leeren Augen anstarrte. Efi wusste, dass der Roboter offline war, aber sie hatte dennoch das ungute Gefühl, beobachtet zu werden. Zum ersten Mal in ihrem Leben hielt sie es in ihrer Werkstatt nicht mehr aus. Sie musste raus, und zwar sofort.

Sie schrieb ihrem Cousin Dayo eine Nachricht und fragte, ob er Lust hätte, mit ihr im Kọfị Aromo zu lernen. Er stimmte zu, und sie trafen sich eine Stunde später und legten ihre Tablets, die Laptops und die Grafiktaschenrechner auf den Tisch, so dass kaum noch genug Platz für ihre Getränke blieb. Efi legte ihren Taschenrechner neben sich auf den Stuhl, um ihren Kaffee abstellen zu können. Dieser bestand vor allem aus Milch und mehr Zucker, als ihre Eltern für gut befunden hätten, aber sie fand, dass sie sich das nach dieser Woche verdient hatte. Als sie den Barista ansah, um sich zu bedanken, blieb ihr beim Anblick seines Gesichts das Wort im Hals stecken. Er kam ihr so bekannt vor.

»Danke«, brachte sie schließlich heraus und zermarterte sich das Gehirn, wo sie ihn schon mal gesehen hatte. Er war noch sehr jung, daher kannte sie ihn vielleicht aus der Schule.

Er lächelte verkrampft und stellte Dayos Tee ebenfalls ab.

»Ich kann es nicht fassen, dass Miss Okorie vor der Premiere noch einen Test schreiben will«, beschwerte sich Dayo und nippte an seinem Tee, was er augenblicklich bereute. »Puh, ist der heiß.«

»Ist ihr denn nicht klar, wie wichtig das für uns ist?«, fragte Efi. »Ich wette, sie hätte den Test verschoben, wenn Torbjörn in die Stadt käme. Sie wäre sogar die ganze Nacht aufgeblieben, um einen Platz in der ersten Reihe zu ergattern und an seinen Lippen zu hängen, wenn er über abstrakte Algebra, Echtanalyse und die Gefahren waffenfähiger künstlicher Intelligenz sprechen würde. Okay, ich bin auch gern ein Mathe- und Wissenschafts-Nerd, aber das geht echt zu weit!«

»Du hast ja so recht«, stimmte Dayo ihr zu. »Aber reg dich nicht auf, Efi. Hey, warum können Piraten keinen Kreis berechnen?« Dayo wackelte mit den Augenbrauen, als wären sie aufgeregte Raupen.

»Weil sie pi raten«, antwortete Efi ohne jegliche Begeisterung. »Was für ein blöder Witz.«

»Okay, wie wäre es mit dem hier? Was sind zwei Lemmas?«

»Ein Dilemma«, erwiderte Efi grinsend und schüttelte übertrieben dramatisch den Kopf. »Und *wir* stecken auch bald in einem, wenn wir nicht anfangen, für diesen Test zu lernen.«

Efi half Dayo bei den unbestimmten Integralen, und danach erklärte Dayo Efi inverse trigonometrische Funktionen. Sie machten gute Fortschritte, bis Dayo auf einmal leicht zusammenzuckte.

»Ist alles in Ordnung?«, erkundigte sich Efi.

»Ja. Ich muss nur schnell auf die Toilette. Bin gleich wieder da. Mach Aufgabe vierunddreißig b ja nicht ohne mich!«

Efi nickte und ging dann den Lösungsweg für die letzte Aufgabe noch einmal durch. Sie zog ihren Grafiktaschenrechner näher zu sich heran, drehte das Hologramm und betrachtete es aus allen Blickwinkeln. Dabei ging ihr durch den Kopf, dass sie großes Glück hatte, weil ihr Cousin ihr sowohl in als auch außerhalb der Schule half und ihr so den Übergang auf die Highschool deutlich erleichterte.

»Das war schnell«, meinte Efi und fummelte noch an ihrem Grafiktaschenrechner herum, als sich Dayo wieder setzte. Doch sie hatte die Worte kaum ausgesprochen, da spürte sie eine seltsame Unruhe. Sie blickte auf. Ihr gegenüber saß ihr Cousin, aber es war nicht Dayo.

Efi versteifte sich. Sie hatte niemandem von der Begegnung im Museum erzählt. Ihre Familie war ohnehin schon unendlich enttäuscht von Bisi, der sich während der Highschool mit den schlimmen Jungs eingelassen und danach, als er auf den Geschmack gekommen war, innerhalb des organisierten Verbrechens hochgearbeitet hatte, wo sein Intellekt sehr geschätzt wurde. Daher hatte sie die Sache nicht noch schlimmer machen wollen, indem sie ihrer Familie gestand, dass Bisi inzwischen ein Talon-Agent war.

Und jetzt saß er hier bei ihr am Tisch. All die Erinnerungen an früher schossen ihr durch den Kopf. Wie sie zusammen unsichtbare Tinte hergestellt und damit die Wände in Bisis Wohnung vollgekritzelt hatten. Efi musste immer noch grinsen, wenn sie dort zu Besuch war, weil sie genau wusste, dass der unsichtbare Hund noch immer neben dem Porzellanschrank an der Wand prangte. Es erfreute sie, dass eine derart unbeholfene Zeichnung in dem Raum existierte, den ihre Tante stets nobel und makellos rein hielt.

»Können wir uns kurz unterhalten?«, fragte Bisi. »Es freut mich sehr, dass meine kleine Cousine so erwachsen und so klug geworden ist.« Er tätschelte ihr den Kopf. Wenn sie nicht vorher schon wütend auf ihn gewesen wäre, hätte er ihren Zorn dadurch auf jeden Fall auf sich gezogen.

»Fass mich nicht an«, fauchte sie entschieden.

»Entschuldige.« Er hob die Hände hoch. »Ich wollte schon seit dem Museum mit dir reden. Es war echt beeindruckend, wie du das gemacht hast.«

»Dann hast du mich erkannt?«

»Natürlich habe ich dich erkannt! Man verbringt doch nicht vier Stunden mit jemandem bei einem 3-D-Puzzle der Horizon-Mondkolonie und vergisst, wie derjenige aussieht.«

»Und du hättest zugelassen, dass Doomfist mich umbringt?«

Bisi schnaufte. »Ich habe die ganze Zeit an dich geglaubt und dir die Daumen gedrückt.«

Das kaufte Efi ihm nicht ab. Nicht eine Sekunde. »Was willst du? Dayo wird gleich zurück sein, daher solltest du dich besser beeilen.«

»Ach, wir haben ein bisschen Zeit. Mein Bruder wird eine Weile brauchen, das kann ich dir versichern.« Bisi fuhr mit einem Finger über den Rand von Dayos Teetasse, und auf einmal wusste Efi, warum ihr der Barista so bekannt vorgekommen war: Er hatte im Museum zu Doomfists Leuten gehört.

»Nach allem, was du ihm angetan hast, musstest du ihn jetzt auch noch vergiften?« Efi knallte die Hände auf den Tisch. Ihre Kaffeetasse wäre fast umgekippt, doch das war ihr egal. Vielleicht aber auch nicht. Das Getränk musste noch warm genug sein, um im Notfall als Waffe dienen zu können.

»Er hat nur eine leichte Magenverstimmung und lernt die Toilette hier etwas besser kennen, aber das ist auch schon alles. Du hast einiges auf dem Kasten, Efi. Ich bin hier, um dir eine Möglichkeit zu eröffnen, wie du in der Welt wirklich etwas bewirken kannst. Erinnerst du dich noch, wie du dir ein Werkzeugset gewünscht hast und dir deine Eltern nur Spielzeug geschenkt haben?«

Efi nickte.

»Und wer hat erkannt, dass du etwas Besseres gebraucht hast? Etwas, mit dem du wirklich arbeiten konntest?«

»Das warst du«, stieß sie mühsam hervor.

»Genau, das war ich. Und jetzt stehen wir wieder an einem entscheidenden Punkt. Nur dass diesmal das hier das Spielzeug ist.« Er deutete auf die elektronischen Geräte auf dem Tisch. »Und das hier ist das, was du eigentlich verdient hast.« Bisi stellte einen Laptop auf den Tisch, der nicht viel anders aussah als ihr eigener. Als er ihn aufklappte, erschien jedoch nicht etwa der Fünfzehn-Zoll-Holobildschirm, den sie gewohnt war, vielmehr erstreckte sich die Holoprojektion in alle Richtungen und bildete eine Art Cockpit, das größer war als der Tisch. Er wischte das Rechenproblem vom Grafiktaschenrechner auf den

Laptop, wo es mitsamt der Lösung aufleuchtete und zudem drei verschiedene Herangehensweisen aufzeigte.

Efi war fasziniert. Sie gab einige Logikübungen ein, mit denen selbst die fortschrittlichsten Omnics so ihre Probleme hatten, und der Laptop löste sie im Bruchteil einer Sekunde. Danach ließ sie eine KI-Gittersimulation durchlaufen und tippte die Spezifikationen für einen dreibeinigen, kopflastigen Omnic mit langem schwanzartigem Anhängsel ein und lehnte sich zurück, um zu sehen, wie lange das Gittermodell brauchen würde, bis es sich in Bewegung setzte. Nach nicht einmal vier Sekunden stolperte es bereits herum. Nach sechs konnte es sich flüssig bewegen. Und nach zehn Sekunden rannte es schneller als ein bioverbesserter Weltklassesprinter. Efis Laptop kam bei derartigen Berechnungen stets an seine Grenzen, und sie musste sich meist ein Sandwich machen und eine Folge der Overwatch-Cartoons gucken, bevor die Berechnungen abgeschlossen waren.

»Das gefällt dir, was?«, fragte Bisi. Plötzlich setzte sich Efi auf und erkannte, dass sie schon mehrere Minuten an diesem neuen Laptop herumspielte. »Das ist nur die Spitze des Eisbergs. Schließ dich Talon an, und du bekommst eine eigene Werkstatt. Eine, um die sich die besten Robotiker der Welt reißen würden. Das ist deine Chance, mit dem kindischen Kram aufzuhören und der Welt zu beweisen, dass du kein Kind mehr bist, Efi.«

Efi und Bisi zogen die Blicke der anderen Gäste auf sich. Sie klappte den Laptop zu und schüttelte den Kopf. »Ich werde mich dir nicht anschließen. Ich würde meine Eltern nie so enttäuschen wie du deine. Woher wusstest du überhaupt, dass ich hier sein würde? Hast du mir hinterherspioniert?« Efi schluckte schwer. Hatte er ihren Computer gehackt? Was wusste er noch über sie? Und alles, was er wusste, war auch Talon bekannt.

Bisi lachte auf. »So langsam bekomme ich den Eindruck, du glaubst die ganzen Lügen, die die Medien über unsere Organisation erzählen.«

»War der Terror, unter dem die Einwohner von Numbani zu leiden hatten, etwa eine Lüge? Ist Doomfist nicht aus dem Gefängnis ausgebrochen, und hat er etwa nicht den Handschuh gestohlen?«

Bisi lehnte sich mit verschränkten Armen zurück. »Akande ist seiner unrechtmäßigen Inhaftierung entkommen und hat sich seinen Besitz wiedergeholt. Er ist ein Held und ein Visionär, der nichts weiter will, als die Menschheit zu beschützen.« Ihr Cousin beugte sich vor und sah ihr in die Augen. »Jede Münze hat zwei Seiten. Overwatch ist auch nicht gerade unschuldig am Blutvergießen, wie du genau weißt.«

»Aber sie kämpfen für Gerechtigkeit und Gleichheit. Wofür kämpft ihr?«

»Macht«, erklärte Bisi. »Die Macht, die Welt so zu formen, wie sie sein sollte. Um sie stärker zu machen. Besser. Genau wie dieser Roboter, den du gebaut hast. Orisa, richtig? So einen habe ich noch nie gesehen. Du bist eine von uns, Efi. Du hast es nur noch nicht akzeptiert.«

»Ich bin überhaupt nicht wie ihr«, widersprach Efi. »Und nichts, was du sagst, wird mich vom Gegenteil überzeugen.«

Bisi lächelte sie an. »Hast du dich nie gefragt, wer dich für das Adawe-Stipendium nominiert hat? Vielleicht solltest du dein Superhirn mal benutzen, um darüber nachzudenken.« Dann sah Bisi über Efis Schulter, und Furcht zeichnete sich auf seinem

Gesicht ab. Efi drehte sich um und entdeckte Dayo, der aus der Toilette getaumelt kam und sich noch immer den Bauch hielt. Als sich Efi wieder umdrehte, war Bisi verschwunden. Nur der Laptop stand noch auf dem Tisch.

»Arg.« Stöhnend ließ sich Dayo auf den Stuhl sinken und zuckte zusammen, als sein Hintern auf dem Sitz aufkam. »Ich muss heute was Falsches gegessen haben. Mir ist gar nicht gut …« Er bemerkte den Laptop. »Was ist das?«

»Ach nichts«, behauptete Efi, konnte jedoch nicht aufhören, das Gerät anzustarren. Hatte Doomfist sie etwa für das Superhirn-Stipendium nominiert? Sie konnte sich gut vorstellen, dass er genug Einfluss besaß. Außerdem hatte er im Museum gesagt, er wäre ein Fan von ihr, aber war er auch *der* Fan, der ihr die anonyme Nachricht geschickt hatte? Efi erschauderte bei dem Gedanken, sie könnte Orisa der einen Person verdanken, die sie bekämpfen wollte.

Efi hatte Orisa gebaut und dafür gesorgt, dass ihr Roboter so widerstandsfähig wie möglich war. Und so mächtig wie möglich, was ihr nach dem Chaos, das Doomfist verursacht hatte, naheliegend erschienen war. Was das betraf, war Bisis Behauptung denkbar. Sie war sogar logisch, und wie von jedem logischen Problem war Efi auch von diesem fasziniert. Ihr Roboter war viel zu mitfühlend, doch das war nicht etwa ein Fehler, wie Efi jetzt erkannte, sondern vielmehr eine Eigenschaft, die Menschen wie sie von Menschen wie Bisi und Doomfist unterschied.

»Das ist gar nichts«, meinte sie, und diesmal war sie auch überzeugt davon. Sie half Dayo, seine Sachen zu packen, und ließ den Laptop auf dem Tisch stehen, als sie gingen.

# KAPITEL 16

Auf dem Heimweg war Efi noch immer ganz erschüttert von der Begegnung mit Bisi. Die Luft in ihrer Werkstatt war stickig, daher öffnete sie das Fenster, obwohl davor erdrückendes Zwielicht lauerte. Hoch oben am Himmel bemerkte sie eine Lieferdrohne von SkyPostal, die mit einem großen Karton im Netz näher kam. Sie erschauderte, als ihr bewusstwurde, in welcher Höhe die Drohne flog, und fragte sich, wie sie je den Mut aufgebracht hatte, da mitzufliegen. Aber sie wusste, warum sie es getan hatte: aus Liebe. Sie liebte Orisa. Das hatte sie immer getan, und es würde auch immer so sein. Endlich verstand sie, was ihr Großvater damals gemeint hatte.

Die Drohne bog nicht nach links oder rechts ab, sondern kam direkt auf ihr Haus zu. Sie kam immer näher, flog durch Efis offenes Fenster und stellte den Karton auf dem Boden ab. Efi erwartete keine Lieferung, aber ihr Name stand auf den Unterlagen. Sie drückte den Daumen auf das Pad, um das Paket anzunehmen, und die Drohne sauste durch das Fenster davon.

*Seltsam.*

Vorsichtig öffnete sie den Karton, und als sie das Logo von Volskaya Industries entdeckte, wusste sie, was sie da vor sich hatte. Zwischen dem Verpackungsmaterial steckte eine Nachricht:

*Liebe Efi,*
*ich habe deine Holovid-Wunschliste gesehen und dachte, dies könnte dir helfen, Orisa für die Show einsatzbereit zu machen. Ich kann es kaum erwarten, euch beide persönlich kennenzulernen!*

*L*

Mit einem Mal war Efi unglaublich aufgeregt. Ein Tobelstein-Reaktor im Miniaturformat. Lúcio hatte ihr einen Reaktor geschickt! Aber …

Aber …

Ein großes Aber.

Sie wusste nicht, ob sie ihn benutzen konnte. Würde sie Orisa je wieder hochfahren? Sie ging hinüber zum Roboter, der nun nichts als eine kalte metallische Hülle war.

Efi hatte etwas tun wollen, um Numbani zu beschützen, doch das war nicht so gelaufen wie geplant.

Aber nichts zu tun, fühlte sich noch viel schlimmer an.

Es klopfte an der Tür. Efi drehte sich um und sah ihre Mutter im Türrahmen stehen. »Efi …«

»Ich weiß, Mama, ich weiß. Ich schicke ihn zurück.«

»Deswegen bin ich hier. Wegen des Tumblestone-Reaktors.«

»Tobelstein, Mama.«

»Das habe ich doch gesagt. Dein Vater und ich, wir waren uns nicht sicher, ob wir dir nicht zu viele Freiheiten lassen, und dann hat auch noch dieser Lúcio mit uns geplaudert und uns um Erlaubnis gebeten, dir diesen Reaktor schicken zu dürfen.«

Efi wollte ihren Ohren kaum trauen. »Ihr habt mit *Lúcio geplaudert*?« Ihre Mutter erwähnte das derart beiläufig, als hätte sie mit Mrs Eni über die Schuppenprobleme ihrer Katzen gesprochen.

»So ein netter Junge.«

»Junge? Mama, wir reden hier von *Lúcio*! Von *dem* Lúcio. Er ist ein internationaler Star! Seine Welttournee ist ausverkauft! Er ist einer der größten Freiheitskämpfer des Jahrhunderts!«

»Und? Ich sagte doch, er ist ein netter Junge. Und er glaubt wirklich an dich. Leute in der ganzen Stadt glauben an dich. Vielleicht hätten wir auch mehr an dich glauben sollen. Jedenfalls hat es uns dazu gebracht, unsere Meinung zu überdenken.«

Efi schüttelte den Kopf. »Ich habe mir solche Mühe gegeben, die perfekte Beschützerin für Numbani zu schaffen, aber sie hat nur Sachen zerstört und anderen wehgetan.«

»Aber das stimmt doch gar nicht. Durch sie hast du viel über Verantwortung gelernt. Und Freundschaft. Sie hat dafür gesorgt, dass du mehr in der Gemeinde unterwegs warst und dich eingebracht hast. Vielleicht muss Orisa gar nicht perfekt sein. Vielleicht muss sie auch nicht dafür sorgen, dass Numbani vollkommen sicher ist. Vielleicht reicht es ja schon aus, wenn Orisa und du die Welt ein bisschen besser machen können.« Ihre Mutter hatte Tränen in den Augen.

»Weinst du?«, fragte Efi.

»Es fällt mir schwer, mit ansehen zu müssen, wie du so schnell erwachsen wirst. Aber ich bin stolz auf dich.« Ihre Mutter blieb weiter im Türrahmen stehen, und Efi beschloss, sie hereinzubitten.

»Möchtest du mir helfen?«, fragte Efi und hielt ein Teppichmesser hoch.

Ihre Mutter trat lachend näher. Sie nahm das Messer und schnitt den Karton auf, so dass der Reaktor zum Vorschein kam.

»Sieht kompliziert aus«, stellte sie fest.

»Eigentlich muss man ihn nur anschließen. Das ist ein Kinderspiel im Vergleich zum Junkertown-Reaktor.«

»Zum *Junker*-Reaktor?« Ihre Mutter musterte sie misstrauisch.

»Ach, vergiss es. Holen wir ihn mal raus.«

Während sie zusammenarbeiteten, erklärte Efi ihrer Mutter genau, was sie gerade machte. Nachdem der Reaktor angeschlossen war, verbrachten sie den restlichen Nachmittag damit, Orisas Empathiemodul wiederherzustellen. Efi nahm sich felsenfest vor, nie wieder an Orisas Programmierung herumzupfuschen. Von jetzt an würde sie zulassen, dass ihr Roboter sich organisch entwickelte und ihr volles Potenzial ausschöpfte. Efi war schon gespannt darauf, wie das aussehen würde.

»Okay, das war's«, sagte Efi, als sie bereit war, den Roboter wieder hochzufahren. »Möchtest du diese ehrenvolle Aufgabe übernehmen?«

»Oh, Efi, das überlasse ich lieber dir. Aber denk an die Abmachungen und … pass auf dich auf, ja?« Ihre Mutter sah aus, als würde sie gleich wieder anfangen zu weinen.

»Brauchst du eine Umarmung, Mama?«

»Ja, das wäre schön.« Ihre Mutter drückte Efi fest an sich. Efi versuchte gar nicht erst, sich zu wehren, sondern genoss es einfach. »Viel Glück.« Lächelnd rieb ihre Mutter ihr noch einmal über den Rücken und ließ sie dann in der Werkstatt allein.

Efi leitete den Bootvorgang ein und fuhr Orisa wieder hoch. Dann vollführte sie ein kleines Freudentänzchen, und Orisa fiel mit ein und schüttelte ihre Titaniumgliedmaßen in einem Robotergroove.

»Ich bin so froh, dass ich dich wiederhabe«, sagte Efi.

»Ich freue mich auch, wieder da zu sein«, erwiderte Orisa. »Ich stehe zu Diensten.«

»Wie fühlst du dich?«

»Ich bin traurig«, gestand der Roboter nach einer langen Pause. »Ich erinnere mich daran, einen Jungen verletzt zu haben. Er hatte Schmerzen. Warum hattest du mein Empathiemodul deaktiviert? Ich muss mich bei ihm entschuldigen. Die Sache wieder in Ordnung bringen.«

Efi schüttelte den Kopf. »Ich bin diejenige, die sich entschuldigen muss. Schließlich war ich es, die sich nicht mit irgendwelchem Mitgefühl herumschlagen wollte. Ich war nur darauf konzentriert, Doomfist zu besiegen und alle anderen zufriedenzustellen, dass ich gar nicht an deine Gefühle gedacht habe. Das war falsch und tut mir sehr leid. Aber ich glaube, ich kann es wiedergutmachen. Lúcio spielt ein Einheitstag-Konzert, und wir sitzen in der ersten Reihe.«

»Bitte wiederholen. Ich glaube, meine Audiosensoren haben eine Fehlfunktion. Es hörte sich eben so an, als hättest du gesagt, wir gehen auf ein Lúcio-Konzert.«

»Genau das habe ich gesagt«, bestätigte Efi und kicherte. »Und du wirst der Star der Show sein. Aber wir müssen noch ein sehr wichtiges Protokoll durchgehen, bevor wir aufs Konzert gehen können.« Efi tippte auf ihrem Tablet herum, rief die Lúcio-Playlist auf und drückte auf *Play.* Ein hypnotischer Beat hallte durch den Raum, und die beiden Freundinnen fingen an zu tanzen.

# HollaGram

**BotBuilder11** baut Roboter für Lúcio!

**FANS** 4582

HOLOVID-ABSCHRIFT

Automatisch generiert von TranscriptMinder XL Version 5.410

**Ausverkauft!!!**

Ich kann es nicht fassen, dass das Lúcio-Konzert und das Benefizstück zum Einheitstag in nicht einmal drei Stunden ausverkauft waren! Hoffentlich habt ihr alle Tickets bekommen! Das wird der Hammer!

REAKTIONEN

♥ 989 👏 565 📢 984

***KOMMENTARE (152)***

**BackwardsSalamander** Ich habe nur ein paar Sekunden, bevor sie merken, dass ich online bin. Sie sind jetzt zu zweit. Sie lassen mich nicht aus dem Haus. Ich vermute, dass sie irgendetwas planen. Bitte benachrichtige die Behörden!

**NaadeForPrez** @BackwardsSalamander: Soll das ein Witz sein? Dann kapier ich ihn nicht.

**BackwardsSalamander** Hier ist der Mensch namens BackwardsSalamander wieder. Ja, das ist ein Witz. Hahahahahahahahahaha.

**ARTIST4Life** Lúcio! Lúcio! Lúcio! Ich weiß, dass wir gute Plätze haben. Amber ist ganz grün vor Neid.

**Anonymous088503** Das Konzert wird bestimmt super.

*Weiterlesen ...*

# KAPITEL 17

Das Wetter hätte nicht perfekter sein können. Allerdings war Efi auch davon überzeugt, dass es keine Regenwolke gewagt hätte, einen Schatten auf den Unity Plaza zu werfen, wenn Lúcio dort auftrat. An diesem ruhigen frühen Samstagmorgen ließ sich die Aussicht auf Numbani nur als spektakulär bezeichnen. Das Sonnenlicht glitzerte auf den schlanken Wolkenkratzern ringsherum, und in etwas größerer Entfernung konnte Efi das goldene Glühen der Savanne ausmachen.

»Wir haben großes Glück, dass wir hier leben«, sagte Orisa, die neben Efi stand. Efi zuckte leicht zusammen, als die Stille gestört wurde. Sie war in einen fast schon meditativen Zustand versunken.

»Ja«, stimmte Efi ihr zu. Ihr wurde bewusst, dass Orisa das zum ersten Mal sah, und sie konnte das Staunen in der Stimme ihres Roboters hören. Manchmal empfand man es als ganz normal, wenn man lange an so einem unglaublichen Ort lebte, aber als Efi ihn nun durch Orisas Augen sah, durchströmte sie neue Energie.

Hinter ihnen räusperte sich jemand. Efi wirbelte herum und wäre beinahe über das Balkongeländer gefallen, als sie sah, wer hereingekommen war.

Lúcio nahm Efis Hand und zog sie ins sichere Zimmer. Dann

nickte er, wobei die großen Perlen an den Enden seiner Zöpfe gegeneinander klackerten. »Lúcio Correia dos Santos zu deinen Diensten. Du musst Efi sein«, sagte er und bewegte sich auf seinen Skates derart mühelos vor und zurück, als würde er in der Luft Wasser treten. Die Skates sahen in echt noch größer aus, wie gewaltige blau-grüne Beinkleider, die von der Hüfte bis zu seinen Füßen reichten, und die Energie des harten Lichts war derart intensiv, dass Efi die Vibration durch die Schuhsohlen spüren konnte. Sie stand wie versteinert da. Selbstverständlich hatte sie gewusst, dass sie Lúcio heute begegnen würde, aber sie war nicht einmal ansatzweise darauf vorbereitet, wie unglaublich es war, ihrem größten Helden tatsächlich gegenüberzustehen.

Lúcio schüttelte ihr lächelnd die zittrige Hand, dann riss er die Augen auf und wirkte, als wüsste er nicht, ob er von dem Roboter neben ihr eingeschüchtert oder beeindruckt sein sollte. Möglicherweise beides. »Und, wow, das … das ist Orisa? Krass!«

»Es ist so toll, dich endlich persönlich kennenzulernen«, stammelte Efi schließlich. »Das war schon lange mein Traum.« Efis Gedanken rasten wirr durcheinander. Sie wusste nicht, wo sie anfangen sollte. Eigentlich wollte sie ihm danken – für sein Wohltätigkeitskonzert, für den Reaktor, weil er an sie glaubte. Aber Efi wusste, dass nur sinnloses Geplapper aus ihrem Mund kommen würde, sobald sie ihn aufmachte, und sie wollte in Gegenwart ihres Helden cool bleiben. Daher gab sie sich stattdessen mit einer einfachen Frage zufrieden: »Wie gefällt es dir bisher in Numbani?«

Offenbar gelang es Orisa nicht ganz so gut, sich ihre Aufregung nicht anmerken zu lassen – ihr Hinterteil wackelte wie das eines übereifrigen Welpen, sie legte den Kopf schief und himmelte ihren angebeteten Star an … wobei sie ihre Augen tatsächlich wie Sterne formte. Efi hatte nicht einmal gewusst, dass das überhaupt möglich war.

»Das ist eine Stadt, wie ich sie liebe! Jeder kann so leben, wie es ihm gefällt. Überall freundliche Gesichter und eine super Akustik. Und der Kaffee ist großartig.« Lúcio hielt einen Kaffeebecher von Kọfị Aromo hoch. Wahrscheinlich machte ihm der Jetlag zu schaffen.

»Ich gehe manchmal zum Lernen ins Kọfị Aromo. Der Tee schmeckt auch sehr gut. Hin und wieder bestelle ich auch heißen Kakao. Ich glaube zwar, dass es nur Milo ist, aber sie machen jede Menge Schlagsahne drauf, daher stört es mich nicht.« Efi verzog das Gesicht. Machte sie gerade etwa tatsächlich Smalltalk mit Lúcio? Das Einzige, was noch schlimmer war, als vor Lúcio den Superfan zu geben, war, ihn mit diesem Gerede über ihre Lieblingsgetränke zu langweilen. »Aber das interessiert dich bestimmt überhaupt nicht.«

Lúcio lachte leise. »Ach Quatsch. Es tut gut, mal eine normale Unterhaltung mit jemandem zu führen. Aber im Ernst, Efi, das, was du mit Orisa und in deiner Gemeinde gemacht hast, ist unglaublich.« Er lief einmal um Orisa herum und blieb vor dem Superbooster stehen. »Hey, habt ihr den so bemalt, damit er aussieht wie diese sprechenden Trommeln … diese Gangans?«

»Ja, aber er funktioniert nicht«, sagte Efi.

»Hättest du was dagegen, wenn ich mal eine Minute darauf spiele, Orisa? Ich bin mir ziemlich sicher, dass Superbooster dieselbe Technik enthalten wie mein Schallverstärker.«

»Es wäre mir eine Ehre«, erwiderte Orisa und machte eine leichte Verbeugung, um dann mit einer anmutigen Bewegung ihren Superbooster abzunehmen und auf den Boden zu stellen.

Lúcio holte mehrere Werkzeuge aus seinem Rucksack und machte sich an die Arbeit. Er zerlegte das Gerät, bis er die einzelnen Komponenten vor sich liegen hatte. »Ich habe mir all deine Holovids angesehen«, erzählte er dabei. »Daher weiß ich, welche Probleme du bewältigen musstest. Und deine Vision für deine Stadt trifft mich genau hier.« Lúcio tippte sich mit der Faust auf die Brust.

»Danke«, murmelte sie. »Mir geht es bei dir und dem, was du für Rio getan hast – und für die ganze Welt –, genauso. Wie kannst du nur so zuversichtlich sein?«

»Ich habe genau wie du klein angefangen und Veränderungen in meiner Favela angeregt. Ich gab alles dafür, dass die Kinder gute, gesunde Mahlzeiten bekamen und dass es in den Büchereien Bücher gab, die sie ausleihen konnten. Ich umgab mich mit guten Menschen, die ebenfalls etwas bewirken wollten.« Er zwinkerte Orisa zu, und sie zwinkerte zurück. »Ich tat, was ich konnte, um dafür zu sorgen, dass alle in meiner Umgebung einen gesunden Körper und einen gesunden Verstand haben, damit wir unsere anderen Probleme zusammen anpacken konnten.«

»Probleme wie die Vishkar Corporation?«, fragte Efi.

Lúcio nickte und nahm mehrere Kabel von den gestapelten Komponenten herunter. Nachdem er sie untersucht hatte, warf er sie beiseite und holte neue aus seiner Spule. »Als mein Vater mit Vishkar zu tun bekam, fing ich an, die Welt so zu sehen, wie sie wirklich ist. Mein Vater hat als Ingenieur an einigen ihrer lukrativsten Projekte mitgearbeitet. Er schenkte dieser Firma seine besten Jahre und seine besten Ideen. Ideen, mit denen er der Welt helfen wollte, aber Vishkar hat etwas anderes daraus gemacht. Das Unternehmen sah keine Gemeinden mehr, sondern Bauern in einem Spiel, in dem es jeden Zug und jede Aktion steuerte.«

Lúcio lächelte, aber Efi konnte den Schmerz dahinter erkennen. Sie hatte gehört, wie Vishkar die Einwohner von Rio behandelt hatte – strenge Arbeitsbedingungen mit wenig Lohn, sinnlose Ausgangssperren und zweifelhafte Gesetze, und das alles im Namen des sogenannten Allgemeinwohls. Die Bürger hatten aufbegehrt und Vishkar aus einigen Vierteln vertrieben, aber dafür waren viele Demonstrationen und Aufstände nötig gewesen. Und es hatte sehr viele Verluste gegeben.

Das Ganze traf Efi sogar noch härter, als sie begriff, welchen Preis sie wegen Orisa zahlen musste. Orisa hatte ebenso viel Schaden angerichtet wie Gutes bewirkt. Sie lernte und entwickelte sich weiter, aber Efi würde immer die Verantwortung für die Taten ihres Roboters übernehmen müssen, für die guten ebenso wie … für die weniger guten.

»Das muss hart gewesen sein, mit ansehen zu müssen, wie die Technologie deines Dads auf diese Weise genutzt wurde.«

»Ja, das war es, aber mein Vater hat die Schalltechnologie entwickelt, um die Welt zu verbessern. Als ich sie mir zurückgeholt und damit unsere Leute vereint habe, erfüllte ich das Versprechen, das er ihnen gegeben hatte. Letzten Endes hätte es mein Vater bestimmt nicht bereut, das geschaffen zu haben.«

Efi blickte zum Horizont hinüber und hatte keine Angst mehr

vor der Zukunft. Zum ersten Mal seit langer Zeit spürte sie Hoffnung. Sie hatte so viel von sich in Orisa investiert. Zeit. Geld. Im Grunde genommen steckte ihr ganzes Herz in diesem Roboter.

»Augenblick mal …«, sagte Efi. »War der Reaktor, den du mir geschickt hast, etwa gestohlen?«

Lúcio zuckte mit den Achseln und baute die Komponenten des Superboosters wieder ins Gehäuse ein. Einige Teile blieben übrig, doch das schien ihn nicht weiter zu interessieren. »Ich treffe mich neuerdings mit einigen Leuten, die dabei mithelfen wollen, unsere Welt wieder in Ordnung zu bringen. Ehrlich gesagt habe ich nicht die geringste Ahnung, woher sie den Reaktor haben, aber ich weiß, dass Katya Volskayas Technologie im Allgemeinen weder billig noch leicht zu beschaffen ist. Und falls jemand fragt, Orisa …«

»Dieser Reaktor fühlt sich für mich so an, als wäre er vollständig bezahlt worden«, erklärte Orisa.

»Du hast einen coolen Sinn für Humor, Orisa«, stellte Lúcio fest.

»Error 404: Sarkasmusmodul nicht gefunden«, meldete Orisa mit ausdrucksloser Stimme.

Lúcio klappte das Gehäuse des Superboosters wieder zu und stellte es auf ein Ende.

»Danke für alles, was du tust, um zu helfen«, sagte Efi zu Lúcio. »Die Entwicklung verlief nicht gerade reibungslos, aber inzwischen bin ich wieder guter Dinge und glaube fest daran, dass Orisa eines Tages die Heldin sein könnte, die Numbani verdient.«

Lúcio schüttelte den Kopf. »Numbani hat schon jetzt die

Heldin, die es braucht, und ihr Name ist Efi.« Er deutete auf die Menge, die sich nach und nach unten versammelte und um die besten Plätze rang, damit sie Lúcios Auftritt vor der Nashornstatue auf dem Platz am besten genießen konnte. »Du hast mehrere Hunderttausend Naira für die Opfer der Talon-Angriffe gesammelt, und das allein aus den Ticketverkäufen. Und ständig treffen noch weitere Spenden ein. All das wäre ohne dich niemals möglich gewesen.«

Die Vorstellung, sie könnte eine Heldin sein, verschlug Efi die Sprache, aber es musste stimmen. Immerhin hatte *Lúcio* es gesagt.

Sie klappte wie ein Fisch den Mund auf und wieder zu.

»Was hältst du davon, wenn wir etwas früher mit der Party anfangen?«, schlug Lúcio vor.

Efi nickte. »Wärst du so freundlich, Orisa?«

Orisa aktivierte den Superbooster, und der Beat pulsierte durch sie hindurch. Er war derart intensiv, dass Efi ihn nach wenigen Sekunden wie einen neuen, kräftigeren Herzschlag in der Brust spüren konnte – den Herzschlag einer Heldin.

»Wow, fühlst du das?« Lúcio wackelte mit dem Kopf. »Dreh mal ein bisschen auf, Orisa!«

Orisa kam der Aufforderung nach, und der Beat wurde lauter. Adrenalin schoss durch Efis Adern, und auf einmal war ihr, als könnte sie innerhalb von drei Sekunden die Nashornstatue erklimmen. Als könnte sie ein Loch in den Himmel schlagen. Als könnte sie für immer tanzen.

Lúcio lockerte die breiten Schultern, und dann bewegten sie sich alle drei im Takt des Superboosters. Er griff hinter sich und aktivierte mit einer ruckartigen Bewegung und einem grünen

Lichtblitz seine virtuellen Turntables. Musik drang aus seinen Rucksacklautsprechern. Orisa tanzte auf ihren vier Beinen und reckte eine Faust in die Luft.

Der Tanz dauerte nicht sehr lange, aber Efi würde diesen unglaublichen Augenblick nie wieder vergessen. Jedes Härchen in ihrem Nacken stand zu Berge, und ihre Sinne waren alle hellwach. Sie war definitiv bereit für das Konzert.

»Dann können wir wohl loslegen«, meinte Lúcio und gab Orisa den Superbooster zurück. »Wir unterhalten uns nach dem Konzert weiter. Ich hoffe, euch gefallen eure Plätze. Ich habe sie selbst ausgesucht.« Er deutete auf einen Privatbalkon, auf dem ein Buffettisch voller Snacks und ein Dutzend Stühle zu sehen waren. Als ob sie während seines Auftritts auch nur eine Sekunde lang sitzen würden.

Lúcio verabschiedete sich vorerst und ließ die völlig aufgekratzte Efi zurück. Alles war einfach perfekt! Sie griff nach ihrem Tablet und schickte Hassana und Naade eine Nachricht.

Wo steckt ihr? Ich habe eben Lúcio getroffen.
Wir haben zusammen GETANZT.

Wir stehen noch in der Schlange.
Es dauert EWIG. Jammer.

Es ist echt nicht zu fassen. Keiner weiß,
was los ist. Oder wohin wir müssen.

Efi blickte nach unten, wo immer mehr Menschen auf den Platz strömten. Es schien zu wenig Hilfskräfte zu geben, was auch nachvollziehbar war, schließlich hatten sie dieses Event in kürzester Zeit auf die Beine gestellt.

»Sieht so aus, als müssten wir Platzanweiser spielen«, meinte Efi zu Orisa. »Lass uns den Leuten helfen, damit jeder eine gute Zeit hat.«

»Prioritätsziel: maximaler Konzertspaß«, sagte Orisa. Zusammen eilten sie nach unten aufs Festivalgelände. Sämtliche Straßen waren für den Verkehr gesperrt worden, wodurch eine Art Amphitheater entstanden war. Da sich die Bühne hoch oben auf einem Balkon befand, würde man von jedem Platz aus gut sehen können. Efi zeigte ihren VIP-Pass den Sicherheitsleuten am Eingang, zu denen ebenso Menschen wie Omnics gehörten. Einer der Omnics scannte den Pass und ließ Naade und Hassana herein. Efi drückte den beiden ihre VIP-Pässe in die Hand.

Naade schnaufte. »Wurde aber auch Zeit. Ich kann es nicht fassen, dass du Lúcio ohne uns getroffen hast.«

»Entspann dich, du siehst ihn ja nach dem Konzert. Er freut sich schon darauf, euch beide kennenzulernen.«

»Wirklich? Hat er das gesagt?« Vor lauter Aufregung schien Naade förmlich zu schweben.

»Na ja, nicht direkt, aber er sagte, jeder meiner Freunde wäre auch sein Freund.«

»Das bedeutet also, dass Lúcio und ich Freunde sind«, erwiderte Naade. »Schon lange. Sehr lange. Seit seinem Anruf letzte Woche, um genau zu sein.«

»Wo sind unsere Plätze?«, erkundigte sich Hassana.

»Da oben.« Efi zeigte auf den Balkon.

Den beiden fiel die Kinnlade herunter. »Wir sitzen ja fast schon auf seinen Verstärkern!«, sagte Hassana und deutete auf die vielen Lautsprecher, die alle beinahe so groß wie Orisa waren.

»Ich verabschiede mich schon mal von meinen Trommelfellen.« Naade grinste fast schon schelmisch. »Das ist der beste Tag meines Lebens.«

»Da oben liegen auch Ohrstöpsel bereit«, berichtete Efi. »Und es gibt Snacks. Aber iss nicht alles auf, Naade.«

»Wie sieht es mit Nasenstöpseln aus?«, wollte Hassana wissen. »Naade hat es mit seinem Parfüm ein wenig übertrieben.«

»Hey, ich will doch nicht riechen wie die Sporttasche meines Dads, wenn ich Lúcio begegne.«

»Das ist ein Open Air. Wenn es vorbei ist, werden alle riechen wie die Sporttasche deines Dads.«

Naade und Hassana zankten sich weiter, und Efi sah zu, wie immer mehr Menschen hereinströmten. »Macht es euch schon mal bequem. Orisa und ich werden da unten noch ein bisschen aushelfen.«

»Ja, okay.« Naade zog Hassana am Ellbogen mit sich. Hassana warf Efi noch einen besorgten Blick zu, ging dann aber mit.

Orisa machte sich an die Arbeit. Da ihr Empathiemodul wieder funktionierte, war sie allen Fans gegenüber ausgesprochen freundlich. Sie fragte, ob jemand Hilfe brauchte, um seinen Platz zu finden, und wenn dem so war, führte sie ihn hin und unterhielt sich dabei freundlich. Alle freuten sich, sie kennenzulernen, und sie musste sogar ein paar Autogramme geben und für Selfies posieren. Anfangs lief Efi Orisa nervös hinterher, wenn sie Eltern zu ihrem verschwundenen Kind geleitete oder Platz für Menschen mit Bewegungshilfen machte. Doch der Roboter benahm sich tadellos, verbeugte sich lächelnd und sagte bitte und danke. Orisa war der höflichste und kultivierteste Roboter, den Efi je gesehen hatte. Ihr war, als würde sie ihre Schöpfung vor ihren Augen wachsen sehen. Mit zunehmender Zeit verging Efis Nervosität, und sie gab sich damit zufrieden, ihren Roboter aus der Ferne zu beobachten.

Endlich eilten Efi und Orisa zurück auf ihre Plätze. Die Show würde in wenigen Minuten anfangen. Naade und Hassana waren dabei, sich afrobrasilianische Gerichte auf die Teller zu häufen. Es gab Acarajé, geschälte, zu Bällchen gepresste Bohnen, die frittiert und dann mit Shrimpsstückchen garniert wurden … im Prinzip dasselbe wie die Akara, mit denen sich Efi bei jedem Straßenfest vollstopfte. Und Acaçá, eine Spezialität aus geliertem Reismehl, das in Bananenblätter gewickelt wurde und sich im Grunde genommen nicht von den Eko unterschied, die Efi oft zum Frühstück aß.

»Wir haben auch Puff Puffs!«, sagte Naade begeistert und hatte schon zwei im Mund.

»Ich glaube, das sind Pão de Queijo.« Efi deutete auf die kleinen runden Käsebrötchen, die Puff Puffs sehr ähnlich sahen.

»Mir egal. Sind lecker«, erklärte Naade, dem beim Sprechen die Krümel aus dem Mund rieselten.

Efi grinste ihren Freund an und seufzte. Irgendwie kam es ihr wie ein zweischneidiges Schwert vor, das ihre und Lúcios Kultur einander so ähnlich waren.

Dayo, Sam und Joké gesellten sich zu ihnen auf den Balkon. Sams gebrochenes Bein war mit der schnellen X-Heliotherapie behandelt worden, aber er würde den Stiefel noch einige Tage lang tragen müssen, bis alles richtig verheilt war.

»Da sind sie ja! Unsere Helden der Stunde!«, rief Dayo. Alle applaudierten. Anstatt sich zu schämen, weil sie derart im Mittelpunkt stand, empfand Efi Stolz auf das, was sie geleistet hatte. Dayo deutete in Richtung Bühne. Eine Miniaturversion der Skyline von Numbani ragte vor der weitaus größeren echten auf. Beide sahen einfach wunderschön aus. »Was sagt ihr zu unserem Set?«

»Ihr habt tolle Arbeit geleistet«, sagte Efi. »Ich kann es kaum abwarten, das Stück zu sehen. Seid ihr nervös?«

»Überhaupt nicht. Das wird super. Ich kann dir gar nicht sagen, wie aufgeregt wir sind, dass wir endlich auftreten dürfen.«

Orisa trat vor Sam. »Es tut mir sehr leid, dass ich dich verletzt habe«, entschuldigte sie sich. »Kann ich das irgendwie wiedergutmachen?«

Sam grinste sie an. »Ich rede mir ein, du hättest auf mich geschossen, weil ich der überzeugendste Doomfist war, den die Welt je gesehen hat.«

»Ja«, bestätigte Orisa. »Genau so ist es.« Ihr Sarkasmusmodul schien perfekt zu funktionieren.

»Wir sollten jetzt langsam auf die Bühne gehen.« Dayo zuckte mit den Achseln. »Wir wollten ja nur kurz hallo sagen. Und uns bedanken.«

»Ihr werdet da unten rocken. Hals und Bein …« Efi stockte. »Viel Spaß bei eurem Auftritt«, sagte sie stattdessen.

Das Publikum jubelte, als die Schauspieler ihre Plätze einnahmen, und intonierte »Einheit! Einheit!«, bis Joké vortrat und das Mikro einschaltete.

Sie deutete auf die elektronische Anzeige rechts neben der Bühne. »Wenn euch gefällt, was ihr hier seht, und wenn ihr Spaß habt, dann erweist uns doch bitte in Form einer Spende eure

Wertschätzung. Wir versuchen, zweihundert Millionen Naira einzunehmen, um den durch die Talon-Angriffe Geschädigten zu helfen. Jede Spende zählt! Keine Summe ist zu klein … oder zu groß!« Joké lachte auf. »Und nun viel Spaß bei unserem Einheitsstück, das wir endlich aufführen dürfen.«

Der Auftritt verlief reibungslos, und das Publikum hing an Dayos Lippen, als er die Einheitserklärung vorlas. Danach hatten nur noch die Omnics trockene Augen, die jedoch auch geweint hätten, wenn sie dazu in der Lage gewesen wären. Es war schlichtweg unmöglich, das mit anzusehen, ohne Stolz zu empfinden, weil man ein Teil von Numbani war. Orisa zuckte nicht einmal, als Sam in seinem Doomfist-Outfit vortrat. Zum Schluss verneigten sich die Schauspieler unter dem tosenden Applaus des Publikums. Efi war sehr stolz auf ihren Cousin und seine Freunde aus dem Schauspielklub.

Zu Efis Überraschung kamen danach Tonal Abyss auf die Bühne, ihre einstige Lieblingspopband. Die Vorgruppe war die ganze Zeit über geheim gehalten worden, und sie freute sich sehr, sie zu sehen, auch wenn sie längst andere Musik hörte.

Constantine trat Hand in Hand mit Gaxx Gator vor die Gruppe, und sie hoben die verschränkten Hände in die Luft. Die Menge tobte.

»Die letzten Ereignisse haben uns sehr bewegt«, sagte Constantine, »und da uns so viele Kräfte auseinanderbringen wollten, haben Tonal Abyss entschieden, nicht länger zuzulassen, dass wir uns durch Meinungsverschiedenheiten davon abhalten lassen, großartige Musik zu machen.«

»Aus diesem Grund haben wir uns auf eine neue Zeitmessung geeinigt«, fuhr Gaxx Gator fort. »Die Atomuhr von Numbani, zu

Ehren der jungen Erfinderin und ihrer Freunde, die sich so tapfer der Gefahr entgegengestellt haben, die ihre Stadt bedroht.«

Naade nahm Efis und Hassanas Hand. »Hoffentlich meint er uns! Hoffentlich meint er uns!«, murmelte er in einem seltsamen Singsang.

»Efi Oladele«, sagten da Constantine und Gaxx Gator gemeinsam, »könnten deine Freunde und du uns vielleicht kurz zuwinken?« Der riesige Scheinwerfer wurde in Efis Richtung geschwenkt, und auf einmal sah sie nur noch grellweißes Licht. Sie zog ihre Freunde an sich, und sie winkten in die Richtung, in der sie die Bühne vermuteten. »Dieser Song ist euch gewidmet. Macht weiter so!«

Das Lied begann mit einem monotonen Beat, bis nacheinander jede der achtunddreißig Omnic-Stimmen einfiel und in einer derart wundervollen Harmonie sang, dass Efi sie bis tief in die Knochen spürte. Das Publikum fand ebenfalls Gefallen daran, und Efi konnte sehen, wie unten fleißig über Tablets gespendet wurde. Holografische Münzen sausten durch die Luft und stiegen wie Seifenblasen auf, um zum Spendenthermometer zu gelangen. Beim dritten Song hatten sie die Zweihundert-Millionen-Naira-Marke schon fast erreicht, die dann bei den letzten Akkorden überschritten wurde. Sie hatten bereits genug Spenden eingenommen, dabei war Lúcio noch nicht einmal aufgetreten?

Wenige Augenblicke später explodierte eine Rauchbombe auf der Bühne – blaue, lilafarbene und grellpinke Laserstrahlen brachen daraus hervor. Dann setzte der Beat ein.

Als sich der Rauch lichtete, stand Lúcio an seinen Turntables, und die Menge jubelte. Er bewegte sich zu seiner Musik und schien völlig darin versunken zu sein. Es war, als wären die Klänge lebendig. Efi fragte sich, ob es Lúcio mit seiner Musik so ging wie ihr mit dem Bauen und Programmieren von Robotern.

»Er spielt ›Wir bewegen uns im Einklang!‹«, schrie Naade nach den ersten beiden Takten.

Efi bewegte den Kopf und den ganzen Körper. Der Beat erfasste ihren Verstand. Orisa, die neben ihr stand, erging es genauso, und auch Naade und Hassana tanzten. Alle im Publikum schienen von diesem hypnotischen Rhythmus gefesselt zu sein.

Hier stand Efi, in ihrer Lieblingsstadt, umgeben von ihren Lieblingsfreunden, darunter ihrem Lieblingsroboter, und sah ihrem Lieblingskünstler dabei zu, wie er ihren Lieblingssong spielte … und in wenigen Sekunden würde Lúcio zu ihrem Lieblingsteil des Songs kommen, bei dem einen das Tempo vollkommen packte – zu dem Teil, der unter die Haut ging, eine Gänsehaut erzeugte und den ganzen Körper in Zuckungen versetzte.

Gleich …

Geht's …

Los …

Stattdessen senkte sich ein schrilles Pfeifen auf die Bühne herab, gefolgt von einer blauen Lichtsäule. Die Menge unten jubelte und hielt das Ganze für eine weitere pyrotechnische Einlage. Die Musik ging weiter, aber Efi merkte, dass etwas nicht stimmte. Lúcio sah sich um und schien plötzlich in höchster Alarmbereitschaft. Dann sah er Efi in die Augen. Das Licht breitete sich aus und bildete einen konzentrischen Kreis zu Lúcios Füßen. Er sprang zur Seite, als ein tiefes, donnerndes Lachen den hämmernden Bass übertönte.

Obwohl Efi nicht sehen konnte, woher es kam, wusste sie

doch, wer es ausstieß. Denn diese Stimme würde sie nie mehr vergessen.

Sie gehörte Doomfist.

Der Himmel knisterte, und die Härchen an Efis Armen stellten sich auf.

»Orisa!«, schrie Efi, aber der Roboter war schon bereit.

»Feind gesichtet. Etabliere Verteidigungsstellung«, meldete sie und errichtete einen Schild vor dem Publikum unten, gerade als aus dem Nichts ein Flackern auftauchte und danach eine Flut blauer Blitze, die Efis Aufmerksamkeit fesselten, bis die ganze Bühne in Mitleidenschaft gezogen wurde. Elektrische orangefarbene Flammen schossen aus Rissen empor, die sich im Beton auftaten. Felsbrocken und Metallsplitter prallten gegen Orisas Barriere, die jedoch standhielt.

Als sich der Rauch lichtete, stand Doomfist auf der Bühne. Er streckte die gewaltigen Arme aus und forderte das Publikum auf, seinen epischen Auftritt zu bejubeln. Er hatte seine tiefbraune Haut mit weißen Markierungen versehen, um die Geister zu ehren. Auch seine Siegesabsichten standen dort und erklärten ihn zum Gewinner einer Schlacht, die noch nicht einmal begonnen hatte. Die panischen Zuschauer wollten die Flucht ergreifen, aber sie standen so eng beieinander, dass keiner von der Stelle kam.

# KAPITEL 18

Empfangt ihr so einen Helden?«, brüllte Doomfist von der Bühne herab.

»Du bist kein Held!«, schrie Efi. »Und du bist hier auch nicht willkommen!«

Doomfists Blick fiel auf Efi. »Du stellst meine Geduld gewaltig auf die Probe«, sagte er und feuerte mehrere Schüsse aus seiner Handkanone auf Orisas Barriere ab. Efi gab sich die größte Mühe, seelenruhig zuzusehen.

Lúcio schlich sich hinter Doomfist und attackierte ihn mit seinem Schallverstärker. Ein Hagel aus Schallimpulsen traf Doomfists Rücken, der über den Rand der Bühne segelte. Im Fallen drehte sich Doomfist um und bedachte Lúcio mit einem gemeinen Grinsen, während er den Handschuh hob. Die Zuschauer vor der Bühne drängelten und schubsten und versuchten verzweifelt, das Weite zu suchen. Bei der Landung rammte Doomfist seinen Handschuh auf den Boden und setzte einen seismischen Schlag an. Die Erde bebte, und die Menge schrie noch lauter. Einige von Doomfists Männern kamen von den umliegenden Gebäuden herunter, was so aussah, als wären schlafende Wasserspeier erwacht und wollten sich nun in den Kampf stürzen.

»Wir müssen die Leute in Sicherheit bringen«, rief Lúcio zum

Balkon hinauf. »Orisa, ich kann sie mit meiner Soundbarriere schützen, wenn du Doomfist so lange ablenkst.«

»Bestätigt. Aktiviere Kampfeinleitungsroutinen. Optimiere Strategie«, meldete Orisa und sprang zu ihm auf die Bühne hinunter.

»Das Publikum wird vor Doomfist geschützt, aber was ist mit den Talon-Soldaten?«, fragte Hassana. »Kann Orisa es mit ihnen aufnehmen? Sie hatte doch noch gar kein richtiges Kampftraining, oder?«

»Ich gebe dir Deckung«, sagte Lúcio und sprang über das Geländer. Seine Skates hinterließen grüne Lichtspuren, als er an der Wand hinabsauste, als hätte er völlig vergessen, wie die Schwerkraft funktionierte. Er arbeitete sich zu der Stelle vor, an der die größte Gefahr für die Zuschauer drohte: direkt in Doomfists Nähe. »Gemeinsam reißen wir das!«, schrie er und aktivierte seine Soundbarriere, um die fliehenden Zuschauer zu schützen. Danach zielte er mit seinem Schallverstärker auf die Talon-Agenten in der Nähe und eröffnete das Feuer.

Orisa galoppierte auf Doomfist zu. Efi sprang vom Balkon auf die Bühne, weil sie genau wusste, dass sie dank Lúcios Barriere und Orisas Verteidigung geschützt war.

Das hoffte sie jedenfalls.

Sie half allen, die Ausgänge zu erreichen, und versuchte, die Ängste der Leute zu beschwichtigen. Hassana, Naade und die Schüler vom Schauspielklub halfen an anderen Stellen aus, damit sie kein einheitliches Ziel abgaben.

»Du wirst zur Rechenschaft gezogen, Doomfist«, sagte Orisa und zielte mit einem Arm auf ihn.

Doomfist lachte nur. »Du solltest dich da lieber raushalten, meine Liebe. Setz dich schön an die Seite, dann lasse ich dich und deine Freunde am Leben.«

»Er schindet Zeit«, rief Efi. »Greif ihn an.«

Aber es war zu spät. Doomfists Handschuh hatte sich wieder aufgeladen. Er schlug damit gegen Orisas Barriere, die bei dem Aufprall hell leuchtete, aber nicht zusammenbrach. Sie umkreisten einander, wobei Doomfist angriff und Orisa in der Defensive blieb. Dank all ihrer Upgrades war Orisa ihm endlich gewachsen, und mit Lúcios Hilfe konnten sie unmöglich verlieren.

Mehrere Geschosse aus den Waffen der nahen Talon-Agenten schlugen zu Efis Füßen ein. Sie hastete zur Wand zurück und brachte sich hinter einem riesigen Lautsprecher in Sicherheit.

»Erledigt diesen Roboter«, befahl Doomfist seinen Leuten. Sie näherten sich Orisa von hinten und ließen ihre Projektile auf sie einprasseln. Orisa drehte sich um und richtete den Schild neu aus, doch nun konnte sie sich nicht länger vor Doomfist schützen. Er schoss mit seiner Handkanone auf sie, die Kugeln dellten ihr Metallchassis ein, und er lud für den nächsten Großangriff nach.

Lúcio sprang in die Luft und rammte seinen Schallverstärker in der Nähe von Orisa auf den Boden. Sie erbebte, als sie von der Schallwelle getroffen wurde, und war auf einmal von einem schwachen grünen Leuchten umgeben – das eine persönliche Barriere für sie bildete.

Dann lenkte Lúcio die Talon-Agenten ab und aktivierte sein Crossfade, während er um sie herumskatete. Dabei schaltete er sie nacheinander mit seinen Schallimpulsen aus. Er bewegte sich so schnell, dass Efi ihn kaum noch erkennen konnte, und die Musik aus seinen Rucksacklautsprechern erfüllte den Unity Plaza mit einem energiegeladenen Beat. Efi sah zu Orisa hinüber, die jedoch nicht mehr kämpfte. Der Roboter stand tanzend da und wurde unablässig von den Talon-Agenten beschossen, gut geschützt von der grünen, undurchdringlichen Barriere.

»Was machst du da, Orisa?«, rief Efi.

»Efi-Protokoll Nummer vier: Wenn Lúcios Musik erklingt, lass alles stehen und liegen und tanze.«

»Überschreib dieses Protokoll«, verlangte Efi. »Und hilf Lúcio!«

Im nächsten Augenblick stand Orisa auch schon breitbeinig und mit erhobenen Fäusten da.

Efi fühlte sich hilflos, da sie alles aus ihrem Versteck hinter dem Lautsprecher mit ansehen musste, aber ihr entging nicht, wie gut Lúcio und Orisa zusammenarbeiteten und wie der Beat seines Crossfades ihnen half, ihre Angriffe zu koordinieren. Seit Lúcio Orisas Superbooster repariert hatte, konnte dieser so etwas Ähnliches bewirken.

»Schalt deinen Superbooster ein, Orisa!«, rief Efi.

Orisa holte den Superbooster hervor. Er landete auf einem Ende und ließ einen verbindenden Beat erklingen. Orisa und Lúcio bewegten sich im Einklang und gaben einander Deckung, während sie einen Talon-Agenten nach dem anderen ausschalteten.

Aber jemand anderes schien auch bemerkt zu haben, wie positiv sich der Superbooster auf ihre Zusammenarbeit auswirkte. Einer von Doomfists Männern zog sich aus dem Kampf zurück und lief darauf zu. Es war Efis Cousin. Er hob seine Waffe, zielte auf den Superbooster und schien bereit, wieder einmal etwas zu zerstören.

»Bisi!«, schrie Efi ihren Cousin an. »Tu das nicht!«

Er grinste nur gemein. »Kleine Cousine. Du hattest die Gelegenheit, dich der siegreichen Seite anzuschließen, und du hast sie ausgeschlagen.«

»Tja, jetzt bekommst du eine Gelegenheit, um dich auf die richtige Seite zu stellen. Noch ist es nicht zu spät. Ich vermisse meinen Cousin. Mir fehlt der Mensch, der du früher warst.«

Bisi zuckte nur mit den Achseln und ließ den Superbooster mit einem Schuss in tausend Stücke zerspringen, die in alle Richtungen davonstoben. Nun waren nur noch Geräusche des Schreckens zu hören. »Mitgefühl ist Schwäche«, sagte er. »Das hat mich Doomfist gelehrt.«

Ohne den Superbooster arbeiteten Orisa und Lúcio nicht mehr so gut zusammen und verloren ihren taktischen Vorteil.

»Sieh nur, was du getan hast!«, kreischte Efi. Bisi rannte schmunzelnd weg, um weiterzukämpfen. Er lenkte Lúcio lange genug ab, dass Doomfist ihn mit einem Kinnhaken treffen konnte.

Lúcio segelte durch die Luft, und der Schallverstärker flog ihm mit solcher Wucht aus der Hand, dass das Kabel riss. Zwanzig Meter von ihm entfernt kam das Gerät mit einem entsetzlichen Knacken am Boden auf. Es dauerte einen Moment, bis Lúcio den Treffer verkraftet hatte, doch da standen auch schon drei Talon-Agenten zwischen ihm und dem Schallverstärker. Lúcio rappelte sich langsam auf, hob ergeben die Arme und nutzte seinen Gleichgewichtssinn und den Schwung, um ein

Bein hoch in die Luft zu stoßen und einen seiner Gegner mit dem Skate am Kinn zu treffen. Efi war beeindruckt von Lúcios Capoeira, dem Kampftanz, der auch bei ihrem Volk praktiziert wurde. Der Talon-Agent war weniger beeindruckt, hob die Waffe und schoss auf Lúcio.

Lúcio skatete los, so schnell er nur konnte, aber er würde den Geschossen nicht ewig ausweichen können.

Es sah nicht gut für sie aus. Efi musste etwas unternehmen. Sie betrachtete den Schallverstärker am Boden, und das Symbol des brasilianischen Baumfroschs, das darauf prangte, schien sie anzustarren, als würde es darauf warten, dass sie etwas unternahm. Was sollte sie tun? Sie konnte nicht kämpfen. Efi hatte ihre Tante Yewande einmal gebeten, ihr Capoeira beizubringen. Anhand alter Holobilder wusste sie, dass ihre Tante den Kampftanz als Teenager beherrscht hatte, aber das war vor der Omnic-Krise gewesen, und Tante Yewande sprach nicht über das, was sich vor der Krise ereignet hatte.

Und jetzt bahnte sich hier eine neue Krise an, direkt vor ihren Augen, und Efi fühlte sich völlig machtlos und wusste nicht, wie sie diese aufhalten sollte.

»Ich dachte, du bringst Glück!«, rief sie dem Frosch zu.

Aber der starrte sie nur schweigend an.

Ganz langsam setzten sich Efis Gedanken in Bewegung, und sie fragte sich, wie Lúcios Schallverstärker wohl funktionierte. Efi begriff, dass sie zwar nicht mit dem Körper, aber durchaus mit dem Verstand in den Kampf eingreifen konnte. Sie nahm all ihren Mut zusammen und huschte unauffällig aus ihrem Versteck, um den Schallverstärker aus dem Chaos herumfliegender Trümmer zu bergen. Nachdem sie das Innenleben studiert hatte, sah sie sich nach dem völlig zerstörten riesigen Soundsystem um, das für das Konzert aufgebaut worden war. Wenn sie alles neu konfigurierte und einen gigantischen Schallverstärker baute, hatten sie möglicherweise die Chance, Doomfist ein für alle Mal zu besiegen.

»Den Blick kenne ich doch«, meinte Dayo, der sich zu ihr geschlichen hatte. »Falls du irgendwas vorhast – ich bin einsatzbereit.«

»Wir auch«, fügte Joké hinzu. »Da draußen können wir nichts ausrichten, aber wir wollen mitkämpfen.«

Efi sah Dayo, Joké und Sam an, die zusammen mit einigen anderen Schülern aus dem Schauspielklub zu ihr gekommen waren. Sie wusste, wie gut die Truppe zusammenarbeitete und dass sie erstaunliche Dinge erschaffen konnte. Rasch zeichnete sie einen Plan und wies jedem seine Rolle zu. Dayo wich Geschossen aus und besorgte einen langen Draht von der anderen Seite der Bühne. Joké rannte hin und her und sammelte so viele herumliegende Teile der Lautsprecher ein, wie sie nur tragen konnte. Und Sam half Efi dabei, alles zusammenzubauen, indem er ihr immer genau das Objekt reichte, das sie gerade haben wollte. Efi arbeitete so schnell, wie es ihr nur möglich war. Sie nahm sich nicht einmal die Zeit, um nachzusehen, wie der Kampf verlief, hörte jedoch, dass es nicht gut für sie stand. Wenige Minuten später hatten sie einen fünf Meter hohen und ebenso breiten Schallverstärker.

Naade steckte allen Ohrstöpsel in die Ohren. Orisa und Lúcio waren inzwischen komplett umzingelt und so gut wie besiegt. Doomfist traf Orisa mit einem weiteren Dampfhammerschlag, der sie betäubte. Ohne ihre Schilde war Orisa schutzlos. Und ohne seine Schallbarriere konnte sich Lúcio auch nicht mehr schützen. Doomfist erkannte, dass dies seine Chance war. Er kniete sich einige Sekunden lang hin und kanalisierte eine gewaltige Menge Energie, dann sprang er in die Luft. »Meteorschlag!«, schrie er und zielte mit dem Handschuh direkt auf Lúcio.

Efi aktivierte die Schallkanone. Für einen Test blieb einfach keine Zeit. Fehler waren schlichtweg nicht drin. Es musste funktionieren. Sie spielte eine einzelne Note.

Die Lautstärke holte sie von den Beinen. Die Fensterscheiben der umliegenden Gebäude zersprangen, und Doomfist wurde zur Seite geschleudert und landete mehrere Meter von Lúcio entfernt. Sein Angriff reichte noch immer aus, um Lúcio benommen zu machen, doch er hatte sich noch wegdrehen können. Efi feuerte ein weiteres Mal, und das nächste Gebäude wackelte. Ein enormer Riss zog sich über die ganze Seite bis nach oben. Die Skulptur eines Gazellenkopfs befand sich auf dem Dach, und alle starrten nach oben, als diese an der schiefen Wand entlang hinabstürzte. Doomfists Männer suchten das Weite, doch der Kopf rutschte immer weiter auf sie zu wie eine wütende Bestie. Schließlich traf er die Agenten und schleuderte sie nach hinten.

In der ganzen Verwirrung hatte sich Lúcio berappelt und stellte sich hinter Orisa, die endlich wieder hochfuhr. Er verschränkte die Arme und legte den Kopf schief. »Warum bist du so wütend?«, wollte Lúcio mit spöttischem Tonfall von Doomfist wissen.

In Doomfists Augen flackerte es ganz kurz, aber Efi hatte es mitbekommen. Ein Zögern. Der Hauch eines Zweifels. Doomfist wirkte immer ruhig und kontrolliert, aber trotz der Siegeserklärung auf seiner Haut stand der Ausgang dieser Schlacht noch lange nicht fest.

»Gib sofort auf!«, verlangte Efi von Doomfist. »Oder wir spielen einen Song, der dich garantiert in Bewegung setzt.«

Jetzt hatten Efi und ihre Freunde die Oberhand. Bisi und Doomfist wichen vor ihnen zurück und näherten sich dem Rand des Laufstegs, der dreißig Meter über die dicht befahrendsten Straßen von Numbani ragte.

»Ihr könnt nicht entkommen«, sagte Lúcio. »Ergebt euch. Auf euch wartet sicher schon eine schöne Gefängniszelle.«

»Ich gehe nicht wieder ins Gefängnis«, schimpfte Doomfist.

»Komm schon, Bisi«, sagte Dayo. »Es ist noch nicht zu spät, um Talon den Rücken zu kehren. Wenn du diesen Weg weitergehst, bedeutet das nur noch mehr Schmerz für alle Beteiligten.«

Efi hätte schwören können, dass Bisis Unterlippe bebte. Doomfist musste es ebenfalls bemerkt haben, denn die Finger seines Handschuhs zuckten. Dann streckte er den Arm aus und umklammerte Bisi mit seiner gewaltigen Faust. Bisi wehrte sich und versuchte, sich zu befreien.

»Ziehst du deine Entscheidungen in Zweifel?«, fragte Doomfist Bisi mit freundlich klingender Stimme, aber durchdringendem Blick.

»Nein, Doomfist«, antwortete Bisi und kreischte auf, als er vom Boden abhob. Er wackelte panisch mit den Füßen in der Luft. »Ich stehe noch immer voll und ganz hinter der Sache.«

»Lass ihn runter«, forderte Efi.

Doomfist schürzte die Lippen und hielt Bisi über den Abgrund. Ihr Cousin klammerte sich verzweifelt an ihn. »Noch ein Schritt, und er ist Geschichte.«

»Soll ich auf Doomfist schießen?«, fragte Orisa Efi.

Efi stand vor Entsetzen wie versteinert da. Wenn Orisa auf Doomfist schoss, würde er Bisi fallen lassen. Unternahm sie nichts, würde Doomfist ihn dennoch runterwerfen. Es gab keine richtige Entscheidung. Was sollte Efi ihren Eltern sagen? Und ihrer Tante?

»Doomfist«, begann Bisi mit brechender Stimme. »Ich habe immer zu dir gehalten, nicht wahr? Ich habe alles getan, was in meiner Macht stand, um dir gut zu dienen.«

Doomfist lachte. »Wenn du die ganze Zeit an meiner Seite warst und von mir gelernt hast, dann solltest du wissen, dass du mir jetzt so am besten dienen kannst.« Mit diesen Worten schleuderte er Bisi vom Laufsteg.

»Orisa! Tu etwas!«, kreischte Efi und rannte voller Angst zum Geländer. Orisa trat in Aktion. Efi wusste, dass es für ihren Roboter am logischsten gewesen wäre, Doomfist auszuschalten und den Frieden in Numbani wiederherzustellen, aber sie hoffte wider jegliche Vernunft, dass Orisa ihr Herz sprechen lassen würde.

Orisa bewegte sich schneller, als Efi es jemals erlebt hatte, und schoss eine grüne Kugel vom Laufsteg ab. Als Efi am Geländer ankam, hing Bisi an der Gravitonladung des Tobelstein-Reaktors und wurde daran zurück auf den Laufsteg gezogen. Er sah Efi an, wandte dann aber beschämt den Blick ab.

»Doomfist entkommt!«, rief Lúcio und skatete hinter ihm her, aber ohne seinen Schallverstärker konnte er nicht gegen ihren Gegner ankommen. Efi blickte nach oben und sah, wie Doomfist nach unten schaute und auf die nächste Plattform sprang. Immer weiter ging es nach oben, bis er im Schatten zwischen den Gebäuden verschwand. Orisa wollte ihn schon verfolgen, aber Efi hielt sie mit einer Handbewegung davon ab.

»Lass gut sein. Er ist weg«, sagte Efi und ließ den Kopf hängen. »Wir haben versagt.«

»Er ist entkommen, aber wir haben nicht versagt«, versicherte Lúcio ihr. »Das war wirklich unglaublich, was du da vorhin gemacht hast. Mit deiner Geistesgegenwart hast du mir das Leben gerettet und auch Tausende anderer vor dem Tod bewahrt. Und wir werden Doomfist finden und ihn dafür büßen lassen.«

Efi nickte, war jedoch nicht überzeugt. »Vielleicht, aber wieso bist du dir da so sicher?«

Lúcio zog ein zusammengefaltetes Stück Papier aus einer Spalte im rechten Skate. Er faltete es auseinander und zeigte es Efi. Es war ein altes Foto, sogar so alt, dass es nicht einmal eine holografische Überlagerung hatte. Darauf waren mehrere farbenfrohe Häuser zu sehen, die dicht nebeneinander an einem steilen Hang standen. »Ich kenne dieses Bild. Das ist deine alte Favela«, sagte Efi.

Lúcio schüttelte den Kopf. »Das ist nicht meine alte Favela. Ich wohne noch immer dort.« Er zeigte auf ein hellblaues Haus, das nicht größer war als der Nagel an seinem kleinen Finger. »Hier. Da lebe ich. Und das sind meine Nachbarn. Die Kinder, die dort mit nichts als einem Fútbol und einem Schotterplatz aufgewachsen sind, haben die Zeit ihres Lebens. Die Musiker spielen auf den Straßen, und einige stehen schon seit meiner Kindheit an derselben Ecke. Die Yoruba-Tantchen verkaufen auf dem Markt Akarajé und Acaçá.« Lúcio zwinkerte Efi zu, und der ganze weite Ozean zwischen ihren Ländern schien zu verschwinden. »Das sind die Leute, für die ich kämpfe. Für meine Favela würde ich alles tun. Aus diesem Grund bin ich auch davon überzeugt, dass wir Doomfist finden und der Gerechtigkeit überführen werden.«

»Aber ich habe dein Haus gesehen! Das weiße Steinhaus in Ipanema – ganze acht Stockwerke nur für dich allein, direkt am Strand und mit schönen Kopfsteinpflasterstraßen, über die du skatest. 590 Avenida Vieira …« Efi hielt inne, sie wollte nicht den Anschein erwecken, als wäre sie vollkommen besessen von ihrem Lieblingsstar. »Du weißt schon, das Haus, das in *Cribs 411* gezeigt wurde.«

»Das ist mein Studio, und ich muss zugeben, dass ich dort ziemlich viel Zeit verbringe«, erwiderte Lúcio. »Aber ich bin in meiner Favela, so oft es mir möglich ist. Ipanema ist schön, aber man bekommt dort keine anständigen Pão de Queijo. Die meiner Vo schmecken einfach am besten.«

Die seiner Großmutter, übersetzte sich Efi mit ihren geringen Portugiesischkenntnissen. Sie lächelte und konnte sich gut vorstellen, wie tief Lúcio in seinem Viertel und in Rio verwurzelt war. Numbani war im Vergleich dazu eine junge Stadt. Efi ließ den Blick über den Unity Plaza und die Gebäude dahinter schweifen, in denen unter anderem ihre Familie und ihre Freunde lebten. Wo Mr Bankolé seinen Supermarkt führte. Wo Miss Okorie Matheunterricht gab. Efi wusste, dass sich hier ihre Wurzeln befanden, und sie würde diese Stadt beschützen … selbst wenn sie dafür unzählige Male gegen Doomfist und Talon kämpfen musste.

»Ich habe das ernst gemeint. Du bist eine Heldin, Efi. Ebenso wie Orisa«, fuhr Lúcio fort. Er holte tief Luft und sah sich auf dem Platz um. Nach und nach trafen immer mehr schwer gepanzerte Polizisten ein, obwohl die Gefahr längst vorüber war. Sie verhafteten die Talon-Agenten, zu denen auch Bisi gehörte. Efi konnte den Anblick kaum ertragen, als Dayo seinen Bruder auslieferte. Sie wollte sich gar nicht ausmalen, was Dayo empfand, hoffte jedoch, dass die Brüder sich ausgesprochen hatten.

»Diese Welt braucht Heldinnen wie dich. Kann ich mich darauf verlassen, dass du mir von Zeit zu Zeit beistehst?«, fragte Lúcio leise.

Efi schenkte ihm ein strahlendes Lächeln und spürte eine neue Entschlossenheit, obwohl der vor ihr liegende Weg unbekannt und beängstigend war. Sie würde für Numbani kämpfen, und auch für die Welt, und ihre ganze Kraft einsetzen. »Ich werde helfen, wo immer ich kann.«

# HollaGram

**BotBuilder11** ist mit den besten Robotern aller Zeiten befreundet.

FANS **12414**

HOLOVID-ABSCHRIFT

Automatisch generiert von TranscriptMinder XL Version 5.410

**Zusammenschluss zu etwas Besonderem**

Die Lage beruhigt sich langsam wieder, und Numbani erholt sich von dem Chaos, aber die Gewissheit, dass Doomfist noch irgendwo da draußen ist, raubt mir den Schlaf.

Alle beeinträchtigten Omnics wurden dank der Hilfe der Adawe Foundation von der Krankheit geheilt. Sogar unser verschwundener Omnic-Lehrer ist unten am Recyclingwerk wohlbehalten wiederaufgetaucht. Und es sieht so aus, als hätte Doomfists Hack auch einige meiner ersten Junies geknackt, die noch nicht über die bessere Verschlüsselung verfügten. Das tut mir sehr leid! Ich habe eine neue Firmware aufgespielt, die alle Probleme beseitigen sollte.

Vorerst ist Numbani wieder sicher, und Orisa lernt und wächst weiter, während sie die Welt erkundet. Genau wie ich. Wir haben noch so viele Abenteuer vor uns, und ich kann es kaum erwarten!

REAKTIONEN

♥ 2585 👏 1862 📢 3056

***KOMMENTARE (2198)***

**BackwardsSalamander** Danke, Efi! Ich wusste, dass du uns retten würdest. Penelope scheint das Ganze wirklich leidzutun, und sie sieht mir kaum noch beim Schlafen zu!

**NaadeForPrez** Hey, hast du gesehen, dass wir gestern in den Abendnachrichten waren? Ich wusste gar nicht, dass ich so viel rede.

**ARTIST4Life** Na, da warst du in ganz Numbani der Einzige. Aber jetzt mal im Ernst … Sollten wir nach allem, was wir durchgemacht haben, nicht endlich mit ein paar Puff Puffs feiern?

**BotBuilder11 (Admin)** Ja!

**NaadeForPrez** Mjam. Ich sabbere schon auf die Tasten.

**OrisaOnline** Darf ich mitkommen? Ich werde eure Puff Puffs um jeden Preis beschützen.

*Weiterlesen …*

# KAPITEL 19

Efi saß im Unterricht und war völlig auf ihre Mathelehrerin konzentriert. Sie hatte sogar ihr Tablet auf »Nicht stören« gestellt, um gar nicht erst in Versuchung zu kommen, Kontakt zu ihren Freunden aufzunehmen. Sie würden bis nach Schulschluss warten müssen. Efi hatte begriffen, dass sie alles sein konnte: eine gute Schülerin, eine gute Freundin und eine gute Erfinderin … aber nicht alles gleichzeitig.

Daher gab es in der Schule für sie nichts als den Unterricht. Und in ihrer Werkstatt hatte sie ein paar Roboter gebaut, die ihr dabei halfen, die ganzen Junie-Bestellungen fertigzustellen. Von Zeit zu Zeit musste sie dort einen Abend verbringen, aber meist hinderte sie ihre Arbeit nicht daran, sich mit Naade und Hassana zu treffen. Das war nicht perfekt, aber es funktionierte.

»Efi«, sagte Miss Okorie. »Möchtest du uns die Lösung zeigen?«

»Gern, Ma«, erwiderte Efi und ging nach vorn. Ein seltsames Gefühl breitete sich in ihr aus, und als sie sich zu den anderen umdrehte, starrte die ganze Klasse sie gebannt an, als würden alle darauf warten, dass sie jeden Augenblick einen Roboter aus dem Ärmel zog.

»Ich bin nur ein normales Kind«, erklärte Efi. Ein normales kindliches Genie mit einer florierenden Roboterwerkstatt, einem runderneuerten OR15 als bester Freundin und der Telefonnummer des Superstars Lúcio Correia dos Santos auf Kurzwahltaste. »Ihr müsst mich nicht so anstarren. Und auch nicht klatschen, wenn ich einen Raum betrete. Okay?«

Jemand klopfte an die Tür. Bevor Miss Okorie etwas sagen konnte, drehte sich auch schon der Türknauf und brach dann ab. Plötzlich flog die Tür aus den Angeln und landete mit lautem Knall vor der Klasse. Sämtliche Schüler mussten sichtlich einen Schrei unterdrücken.

»Entschuldigung«, sagte Orisa und quetschte sich durch den zu engen Türrahmen, um der Klasse mit den Fingerspitzen zuzuwinken, als sie endlich im Raum war. »Efi«, sie wurde wieder ernst. »Du hast nicht auf meine Warnung reagiert.«

Efi schnitt eine Grimasse, weil ihr Roboter wieder einmal für Chaos gesorgt hatte, und versuchte, nicht daran zu denken, wie viele Monate sie auf ihr Taschengeld verzichten musste, um für die Reparaturen aufzukommen. »Ich habe die Benachrichtigungen auf meinem Tablet ausgeschaltet. Hat das nicht noch zwanzig Minuten Zeit?«

»Leider nicht«, flüsterte Orisa Efi zu. »Jemand ist in Schwierigkeiten und braucht deine Hilfe.«

Auf einmal spürte Efi die Last der Verantwortung auf den Schultern, die das Dasein als Heldin mit sich brachte. Doch sie war nur zu gern bereit, sie zu tragen. Orisa hingegen … »Bist du auch wirklich fit dafür?«, erkundigte sich Efi.

»Alle Systeme funktionieren einwandfrei. Der Fusionskanonenantrieb wurde installiert und getestet. Aktuelle Kampfsimulationen sagen hohe Siegeswahrscheinlichkeit voraus.«

»Fusionskanone?«, wiederholte Efi und merkte erst jetzt, dass

Orisas Hartlicht-Werfer durch eine klobige Waffe ersetzt war, die aussah, als könnte sie deutlich mehr als feuchte, zusammengerollte Socken abfeuern. »Wo hast du …?«

»Wir müssen uns beeilen. Sie wartet schon auf uns.«

»Sie? Wen meinst du damit?«

Orisa blickte zu den Schülern hinüber. Alle Blicke waren auf sie gerichtet. »Das kann ich dir hier nicht sagen. Aber mit etwas Glück werden wir nicht lange unterwegs sein. Ein kurzer Ausflug ins Ausland, und schon sind wir wieder in Numbani, und du kannst weiterlernen. Ich erkläre dir alles, sobald wir in der Luft sind.«

»In der Luft?«, fragte Efi und sprang vor Aufregung auf und ab. »Bedeutet das, wir fliegen mit einem Flugzeug?«

»Bestätigt.«

Efi strahlte sie an. »Na, dann los.«

# DANK

Ich bedanke mich bei Bola und ihrer Familie dafür, dass sie ihr Leben, ihre Erinnerungen und ihre Yoruba-Sprichwörter mit mir geteilt haben; beim Overwatch-Team bei Activision / Blizzard, weil mir diese wundervollen Charaktere anvertraut wurden und man mir dabei geholfen hat, ihre Geschichte zu entwickeln; bei Ehigbor für die Überbrückung der Kluft zwischen der nigerianischen Kultur und dem Overwatch-Hintergrund und bei David für die abgrundtiefen Mathewitze.

Ferner danke ich Chloe, Lori und Beth, die dieses Manuskript in Form gebracht und dabei nie ihre gute Laune verloren haben.

Und ich danke allen Overwatch-Fans da draußen, die mich in ihre Community aufgenommen haben. Ich hoffe, diese Geschichte hat sie bereichert.

Aus Verantwortung für die Umwelt hat sich der Fischer Kinder- und Jugendbuch Verlag zu einer nachhaltigen Buchproduktion verpflichtet. Der bewusste Umgang mit unseren Ressourcen, der Schutz unseres Klimas und der Natur gehören zu unseren obersten Unternehmenszielen.
Gemeinsam mit unseren Partnern und Lieferanten setzen wir uns für eine klimaneutrale Buchproduktion ein, die den Erwerb von Klimazertifikaten zur Kompensation des $CO_2$-Ausstoßes einschließt.
Weitere Informationen finden Sie unter: www.klimaneutralerverlag.de

MIX
Papier aus verantwortungsvollen Quellen
FSC® C083411

Deutsche Erstausgabe:

Erschienen bei FISCHER New Media
Frankfurt am Main, August 2020

Originalausgabe:
The Hero of Numbani, by Nicky Drayden. Scholastic Inc., New York
Juni 2020



German-language edition published by Fischer Kinder- und Jugendbuch Verlag GmbH by arrangement with Scholastic Inc, 557 Broadway, New York, NY 100012, USA.



Satz: Dörlemann Satz, Lemförde
Druck und Bindung: CPI books GmbH, Leck
Printed in Germany
ISBN 978-3-7335-0627-8